淡海乃海

水面が揺れる時

〜三英傑に嫌われた不運な男、朽木基綱の逆襲〜

八

[著] イスラーフィール

[絵] 碧風羽《みどりふう》

TOブックス

朽木家
琵琶湖
三好家
織田家
長曽我部家
太平洋

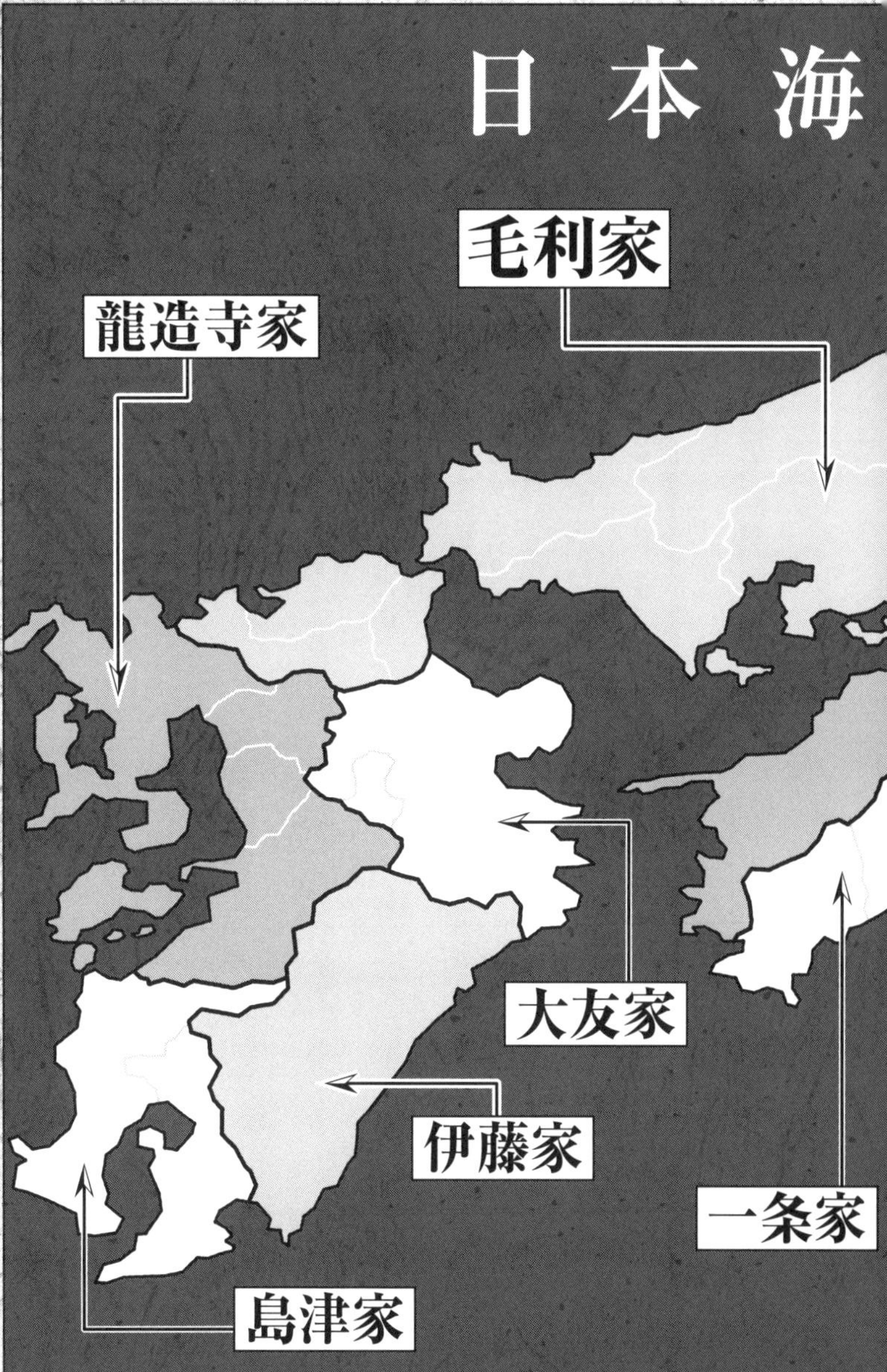

近畿・北陸勢力図【きんき・ほくりくせいりょくず】

朽木家 [くつきけ]

朽木左近衛権少将基綱（くつき さこんのごんのしょうしょうもとつな）
主人公。現代からの転生者。北近江・南越前の領主、朽木元綱に転生し二歳で当主となる。歴史の知識を駆使して戦国乱世を生き抜く。

朽木小夜（くつき さよ）
基綱の妻。六角家臣平井加賀守定武の娘。聡明な女性。

朽木綾（くつき あや）
基綱の母。京の公家、飛鳥井家の出身。転生者である息子に違和感を持ち普通の親子関係を築けない事、その将来を不安に思っている。

雪乃（ゆきの）
基綱の側室。氣比神宮大宮司の娘。好奇心が旺盛で基綱に強い関心を持つ。自ら進んで基綱の側室になる事を望む。

朽木惟綱（くつき これつな）
植綱の弟、主人公の大叔父。主人公に仕える。軍略に優れ、主人公を助ける。

黒野小兵衛影昌（くろの こへえかげまさ）
鞍馬流志能便。重蔵より八門の頭領の座を引き継ぐ。情報収集、謀略で主人公を助ける。

黒野重蔵影久（くろの じゅうぞうかげひさ）
鞍馬流志能便。八門の頭であったが引退し相談役として主人公に仕える。

竹若丸（たけわかまる）
基綱と小夜の間に生まれた子。朽木家の嫡男。

松千代（まつちよ）
基綱と小夜の間に生まれた子。朽木家の次男。

鶴（つる）
基綱と雪乃の間に生まれた子。朽木家の次女。

朽木主税基安（くつき ちからもとやす）
主人公の又従兄弟。主人公と共に育ち、主人公に強い忠誠心を持つ。主人公からはいずれ自分の代理人にと期待されている。

明智十兵衛光秀（あけち じゅうべえみつひで）
元美濃浪人。朝倉家臣であったが朝倉氏に見切りを付け朽木家に仕える。軍略に優れ、主人公を助ける。

竹中半兵衛重治（たけなか はんべえしげはる）
元は一色家臣であったが主君一色右兵衛大夫龍興との不和から浪人、主人公に仕える。軍略に優れ、主人公を助ける。

沼田上野之助祐光（ぬまた こうずけのすけすけみつ）
元は若狭武田家臣であったが家中の混乱から武田氏を離れ主人公に仕える。軍略に優れ、主人公を助ける。

朽木家譜代 [くつきけふだい]

日置行近（ひおき ゆきちか）
譜代の重臣。武勇に優れる。

宮川頼忠（みやがわ よりただ）
譜代の重臣。思慮深い。

宮川又兵衛貞頼（みやがわ またべえさだより）
朽木家家臣。譜代。殖産奉行。

荒川平九郎長道（あらかわ へいくろうながみち）
朽木家家臣。譜代。御倉奉行。

守山弥兵衛重義（もりやま やへえしげよし）
朽木家家臣。譜代。公事奉行。

長沼新三郎行春（ながぬま しんざぶろうゆきはる）
朽木家家臣。譜代。農方奉行。

阿波三好家［あわみよしけ］

三好《みよし》豊前守《ぶぜんのかみ》実休《じっきゅう》

長慶の二弟。長慶死後、家督問題で不満を持ち平島公方家の義栄を担いで三好家を割る。

安宅《あたぎ》摂津守《せっつのかみ》冬康《ふゆやす》

長慶の三弟。長慶死後、家督問題で不満を持ち平島公方家の義栄を担いで三好家を割る。

三好《みよし》日向守《ひゅうがのかみ》長逸《ながやす》

三好一族の長老。長慶死後、豊前守実休、摂津守冬康と行動を共にする。

伊賀上忍三家［いがじょうにんさんけ］

千賀地《ちがち》半蔵《はんぞう》則直《のりなお》

伊賀上忍三家の一つ千賀地氏の当主。

藤林《ふじばやし》長門守《ながとのかみ》保豊《やすとよ》

伊賀上忍三家の一つ藤林氏の当主。

百地《ももち》丹波守《たんばのかみ》泰光《やすみつ》

伊賀上忍三家の一つ百地氏の当主。

河内三好家［かわちみよしけ］

十河《そごう》讃岐守《さぬきのかみ》一存《かずまさ》

長慶の四弟。

三好《みよし》左京大夫《さきょうだゆう》義継《よしつぐ》

讃岐守一存の息子。父の死後、長慶の養子となり三好本家を継ぐ。河内守護。

松永《まつなが》弾正忠《だんじょうのちゅう》久秀《ひさひで》

三好家重臣。長慶死後、左京大夫義継と行動を共にする。大和守護。

内藤《ないとう》備前守《びぜんのかみ》宗勝《むねかつ》

三好家重臣。松永弾正忠久秀の弟。長慶死後、左京大夫義継と行動を共にする。和泉守護。

織田家［おだけ］

織田《おだ》信長《のぶなが》

尾張の戦国大名。三英傑の一人。歴史が変わった事で東海地方に勢力を伸ばす。基綱に好意を持ち、後年同盟関係を結ぶ。大変な甘党。

織田《おだ》勘九郎《かんくろう》信忠《のぶただ》

織田信長の嫡男。

上杉家［うえすぎけ］

上杉《うえすぎ》左近衛少将《さこんのえしょうしょう》輝虎《てるとら》

上杉家当主。元は長尾家当主であったが上杉家の家督と関東管領職を引き継ぐ。主人公を高く評価し対武田戦について助言を受ける。大変な酒豪。

上杉《うえすぎ》景勝《かげかつ》

関東管領上杉輝虎の姉と長尾越前守房景の間に生まれた子。輝虎の養子となり主人公の娘竹を妻に娶る。

竹《たけ》

基綱と側室雪乃の間に生まれた子。朽木家の長女。上杉家へ嫁ぐ。

華《はな》

関東管領上杉輝虎の姉と長尾越前守房景の間に生まれた子。輝虎の養女となり織田勘九郎信忠に嫁ぐ。

奈津《なつ》

関東管領上杉輝虎の姉と長尾越前守房景の間に生まれた子。華の妹。輝虎の養女となり竹若丸と婚約する。

甲斐武田家［かいたけだけ］

武田《たけだ》大膳大夫《だいぜんだゆう》晴信《はるのぶ》（徳栄軒信玄）

甲斐武田家当主。父を追放後、信濃に攻め込みその大部分を得るが第四次川中島の戦いで上杉政虎に敗れる。信濃の殆どを失い失意のうちに死去。

武田《たけだ》四郎《しろう》信頼《のぶより》

武田家当主。勝頼から改名。上杉、朽木への復讐を誓う。今川、北条との同盟関係を維持し反攻の機会を窺う。

足利家（平島公方家）［あしかがけ・ひらしまくぼうけ］

足利《あしかが》左馬頭《さまのかみ》義栄《よしひで》

義輝、義昭の従兄弟。義輝の死後、三好豊前守、安宅摂津守に擁立され将軍になる事を目指すが病死する。

足利《あしかが》義助《よしすけ》

義輝、義昭の従兄弟。義栄の弟。義栄の死後、三好豊前守、安宅摂津守に擁立され将軍になるが将軍職を辞職する事で義昭と和睦する。

徳川家［とくがわけ］

徳川《とくがわ》次郎三郎《じろうさぶろう》家康《いえやす》

徳川家当主。三河西半国の領主。今川家の属国で有ったが桶狭間の戦いの後、今川氏の混乱に乗じて独立。織田と同盟を結ぶが三河一向一揆に苦しむ。妻は今川義元の姪。

朝廷・公家［ちょうてい・くげ］

飛鳥井《あすかい》雅綱《まさつな》

主人公の祖父。

飛鳥井《あすかい》雅春《まさはる》

主人公の伯父。

目々典侍《めめないしのすけ》

主人公の叔母。朝廷に出仕。

近衛家［このえけ］

近衛《このえ》前久《まえひさ》

五摂家の一つ、近衛家の当主。関白の地位にある朝廷の実力者。主人公を積極的に武家の棟梁へと推す事で天下の安定と朝廷の繁栄を取り戻そうとしている。

毛利家［もうりけ］

毛利《もうり》右衛門督《うえもんきょう》輝元《てるもと》

毛利家の当主。毛利陸奥守元就の孫。

吉川《よしかわ》駿河守《するがのかみ》元春《もとはる》

輝元の叔父。毛利陸奥守元就の次男。弱年の輝元を支える。勇将として名高い。山陰地方を担当する。

小早川《こばやかわ》左衛門佐《さえもんさ》隆景《たかかげ》

輝元の叔父。毛利陸奥守元就の三男。弱年の輝元を支える。知将として名高い。山陽地方を担当する。

安国寺《あんこくじ》恵瓊《えけい》

毛利家に仕える外交僧。朽木の勢力拡大を防ぐために謀略を巡らす。

足利将軍家［あしかがしょうぐんけ］

足利《あしかが》義昭《よしあき》

義輝の弟。一乗院の門跡であったが兄の死後還俗して足利義昭と名乗り幕府の再興を目指す。

本願寺［ほんがんじ］

顕如《けんにょ》

浄土真宗本願寺派第十一世宗主。主人公を仏敵と敵視する。

下間《しもつま》筑後守《ちくごのかみ》頼照《らいしょう》

七里《しちり》三河守《みかわのかみ》頼周《よりちか》

杉浦《すぎうら》壱岐守《いきのかみ》玄任《げんにん》

本願寺坊官であり、加賀一向一揆の大将。越前に攻め込む。

今川家［いまがわけ］

今川《いまがわ》治部大輔《じぶたいふ》義元《よしもと》

今川氏第十一代当主。武田氏、北条氏と同盟を結び西へと兵を進めるが桶狭間の戦いで織田信長に討たれる。

今川《いまがわ》治部大輔《じぶじぶたいふ》氏真《うじざね》

今川氏第十二代当主。父の死後、独立した徳川に敵意を持ち武田との協力の元、三河で一向一揆を起こさせる。

勢力相関図[せいりょくそうかんず]

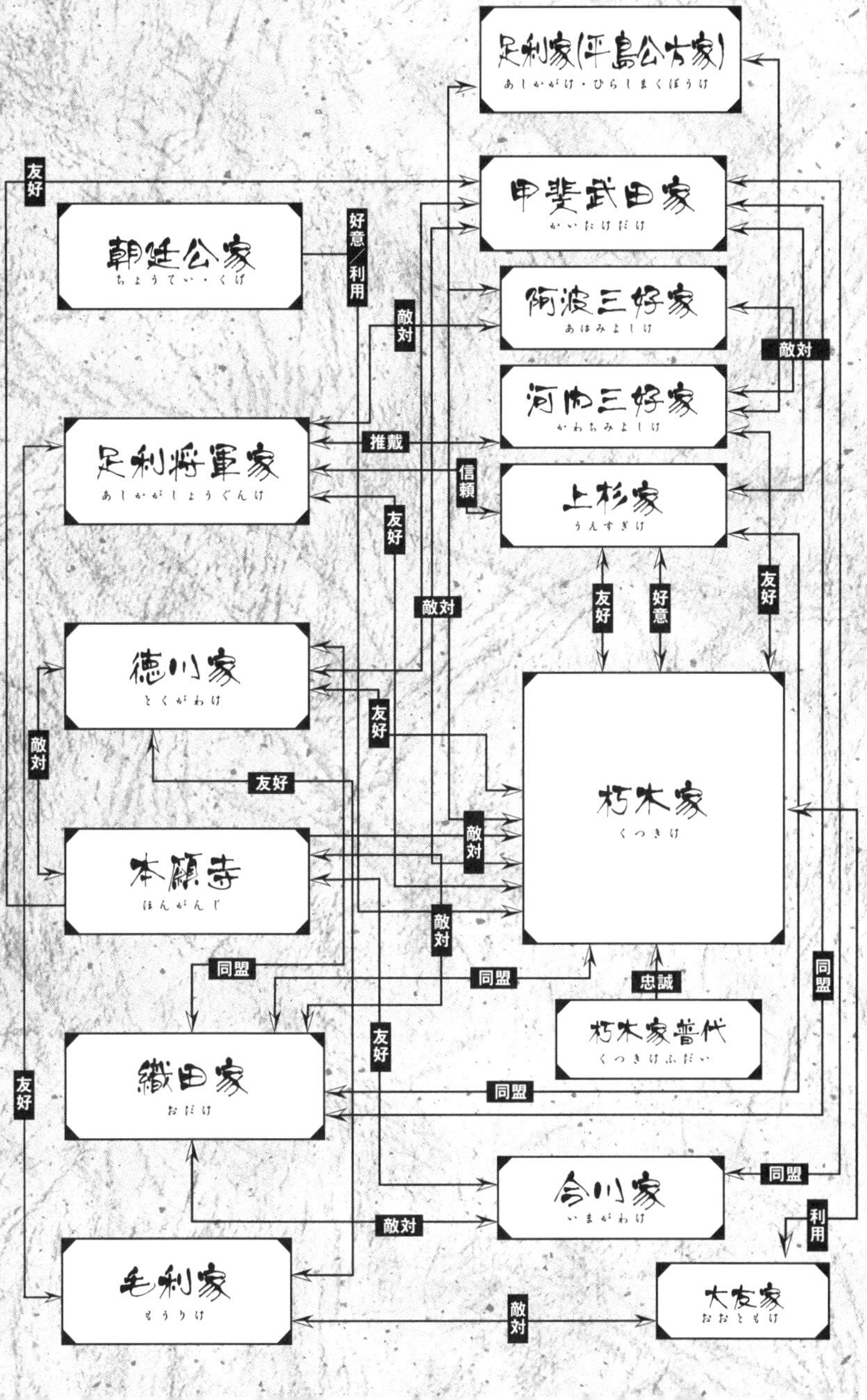

目次【もくじ】

あふみのうみ
みなもがゆれるとき

朽木基綱

ILLUST. 碧風羽
DESIGN. AFTERGLOW

崩壊

元亀五年（一五七七年）七月上旬　　近江国蒲生郡八幡町　　八幡城　　朽木基綱《くつきもとつな》

「山陽道は明智殿、播磨《はりま》の国人衆の他に摂津《せっつ》、伊勢の兵で攻めるという事になりまする」

真田源五郎昌幸《さなだげんごろうまさゆき》の言葉に大評定の参列者が頷いた。大体四万ぐらいの大軍になるだろう。毛利も大変だ、十兵衛は前回の戦でかなり怒っているからな、手荒く行くぞ。頑張れよ。

「但馬《たじま》、因幡《いなば》は近江《おうみ》、紀伊《きい》、丹波《たんば》、丹後《たんご》、若狭、越前、加賀、能登《のと》の国人衆を動かしまする。但馬攻めは播磨、丹波、丹後の三方から攻め込む事となります。播磨からは御屋形様、丹波から出石《いずし》へは日根野備前守殿《ひねのびぜんのかみ》、丹後からは鯰江備前守殿《なまずえ》が攻め込み、丹後、若狭からは水軍が侵攻を助けまする」

何処からか溜息を吐く音が聞こえた。一つじゃない、複数。まあこれだけの兵力を動かすのは簡単じゃない。兵糧方の負担は大変だが頑張って貰わなければならん。今回は和泉、大和の兵は使わない。三好左京大夫《さきょうだゆう》の一周忌だからな。松永、内藤にはそちらに専念してもらう。来年も三回忌だから駄目だな、まあ仕方ないか。それでも俺だけで約四万の兵を動かす。日根野備前守、鯰江備前守を入れれば五万を超えるだろう。十分だ。

「八月上旬に出兵し十月一杯まで兵を動かします」

源五郎の発言に皆が頷いた。毛利方の国人衆に負担をかける。但馬、因幡の山名を兵糧攻めにするのが目的だと皆が分かっている。百姓を兵として使わないという強みを最大限に活かす。もっとも簡単には行かないだろう。毛利は備前、備中、美作《みまさか》の国人を数人潰し、態勢固めをしている。理由は朽木に通じた、或いは通じようとしたというものだ。多分、毛利から見て信用度が低い者を潰したのだと思う。その中には江原又四郎夫妻の名も有る。宇喜多の当主の両親も殺した。なりふり構わなくなったな、毛利は。

十兵衛には備前攻略が上手く行かなくても毛利の主力を引き付けて貰えれば良い。山陽道は陽動だ。本筋は山陰道、但馬、因幡を攻め取りそこから美作に攻め込む。美作を獲られれば備前、備中の国人衆は動揺するだろう。その時こそ十兵衛が攻め込む時だ。簡単に備前を切り取れるだろう。山陽道一本では無く山陽道、山陰道の二正面作戦を採る。兵力の少ない毛利にとっては何よりも嫌なやり方の筈だ。

「兵糧、武器弾薬は石山に集める事とする。膨大な量になるであろう。叔父上方、宜しく頼む」

俺の言葉に右兵衛尉《うひょうえのじょう》直綱、左衛門尉輝孝《さえもんのじょうてるたか》が頭を下げた。蒲生忠三郎が兵糧方の席に居る。戦場に出たいだろうが兵糧方で後方支援を良く学べ。それ無しでは良い大将にはなれん。

「石山には山内伊右衛門《やまうちいえもん》が居る。伊右衛門と十分に連絡を取ってくれ。人手が足りぬなら補充する。その辺りも話し合って欲しい」

「はっ」

竹若丸が物問いたげにしているのが見えた。困った奴。

「竹若丸」

「はい」

期待感が顔に出ているが駄目だ。

「初陣は元服後だ。それに夏場の戦は初陣には向かぬ。その方は留守を守れ」

「……はい」

がっかりしている。

「小夜《さよ》は身重だ。その方は嫡男、母をしっかりと守れ。良いな」

「はい」

ようやく頷いたか、世話が焼けるわ。

大評定を終え暦の間に戻ると伊勢兵庫頭がやってきた。

「改元の件でございますが」

「うむ、如何《どう》なった?」

「おめでとうございまする、次の元号は天正に決まりました。朝廷でも感心する声が高《たこ》うございまする」

重蔵と下野守《しもつけのかみ》が〝おめでとうございまする〟と祝ってくれた。まあ、史実の信長の真似だから余り褒められても困るんだが……。

「改元は俺からの要請という形になるのか、それとも朝廷が自らの意思で行うという事になるのか」

「御屋形様からの要請という形になりまする」

「そうか、分かった」

まあその方が朝廷としては都合が良いのだ。朝廷主導では朝廷が義昭に喧嘩を売る形になる。義昭色を払拭したいとは思っても正面から喧嘩は売りたくないという事だろう。

「改元は年が変わる前に行われる事になりまする」

「そうか、では改元の手続きを頼む」

「はっ」

兵庫頭が頭を下げた。なんか不思議な感じだな。元亀、天正時代がこの世界でも起きるんだ。戦国で一番厳しかった時代。この世界の元亀、天正はどうなるんだろう。

「御屋形様、西園寺の件でございますが」

「うむ」

「西園寺権大納言様が御屋形様に良しなに願いたいと」

良しなに願いたいか、つまり家禄《かろく》の件はこちらの提案に従うという事だな。

「分かった。悪い様にはしないと伝えてくれ。日取りの件も異存は無いのだな?」

「はっ」

「では兵庫頭、大変かもしれぬが上手く取り計らってくれ。俺は戦に行かねばならん、兵庫頭の思う様にやって良い」

「はっ、御信頼、有難うございまする」

兵庫頭が深々と一礼して下がって行った。

まあ京はこれで良い。後で小兵衛を寝所に呼ぶか。但馬、因幡の情勢を聞かねばならん。調略を命じたがどうなったか。……武田の姫達の所に行くか。武田の遺臣達の手前、あの二人を軽んじているなどと思われては困るからな。

元亀五年（一五七七年）七月上旬　近江国蒲生郡八幡町　八幡城　真田恭《きょう》

「如何《いかが》かな？　何か不自由を感じる事は無いかな？」

「いいえ、そのような事は」

「有りませぬ」

御屋形様の問いに松姫様、菊姫様が御答えになると御屋形様が穏やかな笑みを浮かべて頷かれた。

「遠慮はなされるな。何か不自由、いやそれに限らず願い事が有れば何時でも申されよ。直接でも良いし恭を通してでも良い」

「御気遣い、有難うございまする」

松姫様が頭を下げると菊姫様も頭を下げられた。

「頼むぞ、恭」

「はい、お任せを」

「頼もしい事だ」

御屋形様が声を上げて御笑いになった。

「如何かな、近江は甲斐に比べると暑いかな」

「はい」

松姫様、菊姫様が頷かれた。

「暑さ負けせぬように食事には気を付けられるが良い」

「御心遣い、有難うございまする」

お二人とも口が重い。御屋形様も困惑しておいでであろう。さてと……。

「御屋形様、食事と言えば姫様方は大分驚いておいでです。近江では珍しい物が出て来ると」

「ほう、例えば？」

「鯛《たい》、鯖《さば》等の魚料理が出て来る度に驚いておいでです」

御屋形様が御笑いになられた。

「なるほど、そう言えばそなたの亭主殿、弾正《だんじょう》も魚、蟹《かに》、海老《えび》に夢中であったな。一度伊勢で魚貝の味噌汁を食したが美味《うま》い、美味いと御機嫌であった」

「まあ」

ようやく姫様方が御笑いになった。

「如何かな？　敦賀《つるが》に行ってみられては」

「敦賀でございますか？」

松姫様が問うと御屋形様が頷かれた。

「敦賀は魚も美味いが南蛮の船や明《みん》の船も来る賑やかな湊だ。ずっと外に出ておられぬのであろう。

良くないな、気がくさくさしてくる。偶には気晴らしをしては如何かな？」

お二人が困った様な御顔をされた。御屋形様が声を上げて御笑いになられた。

「遠慮は要らぬ。恭、そなたお二人を敦賀に連れて行ってくれぬか」

「御屋形様、もう直ぐ出陣と聞いております。その前に出かけるのは……」

お二人が頷いた。主の出陣前に遊んでいると思われては……。

「そうか、……では竹生島《ちくぶ》は如何かな。この基綱の戦勝祈願、小夜の安産祈願ならば誰も咎《とが》めはすまい」

「まあ、左様でございますね」

「頼むぞ」

「はい」

御屋形様が満足そうに頷かれた。

「そうそう、武田家に所縁《ゆかり》の者を召し抱えたが御会いになられたか？」

「いいえ」

お二人が首を横に振った。お二人が悲しんでいる事の一つ……。御屋形様が眉を顰《ひそ》められた。

「俺に遠慮しているのかもしれぬ。恭、そなたから声をかけてくれぬか。入り浸りになっては困るが偶には無聊《ぶりよう》をお慰《なぐさ》めせよとな」

「はい」

御屋形様が立ち去られると松姫様が心配そうに〝恭〟と声をかけて来られた。

「宜しいのでしょうか？　竹生島などと」

　松姫様の問いに菊姫様も不安そうな表情をなされた。

「折角の御屋形様の御厚意でございます、御遠慮なされますな。竹生島なれば朝此処を出て船にて竹生島へ、一泊して翌日こちらへ戻られれば宜しゅうございましょう。御屋形様の戦勝祈願、御裏方様の安産祈願の参詣《さんけい》なればおかしな事ではございませぬ」

「……」

　未だ不安そうにしておられる。

「あまり御遠慮なされますな。遠慮が過ぎては御屋形様もお困りかと思います」

「そうですか、……そうですね。確かにお困りの様でした。菊、御言葉に甘えましょう」

「はい、姉上」

　少しずつ、少しずつ馴染んでいけば良い……。


元亀五年（一五七七年）　七月上旬　　近江国蒲生郡八幡町　　八幡城　　真田恭

「御久しゅうございまする、小山田左兵衛尉信茂《のぶしげ》にございまする。松姫様、菊姫様にお会い出来た事、真に嬉しく思いまするが甲斐の御屋形様を見離したる事、代々武田家に受けた恩義を思えば真に面目無く慙愧《ざんき》に堪《た》えませぬ。伏してお詫び申し上げまする」

　小山田殿が深々と頭を下げた。肩の辺りが震えている。さぞかしお辛い事だろう。

「頭を上げてください、左兵衛尉」

松姫様が声を掛けたが小山田殿は顔を上げない。

「兄は皆に自由にするように、自分に従う事は無いと言ったと聞きます。そなたはそれに従ったまでの事、私達への謝罪は要りませぬ。それに、そなたも領地を失いました。私達と同じです。どうして責められましょう。さ、頭を上げてください。それでは話が出来ませぬ」

「忝《かたじけ》のうございまする。御許しを得て頭を上げさせてもらいまする」

小山田殿が頭を上げた。眼が潤んでいた。

「昨日は浅利彦次郎《あさりひこじろう》が、一昨日には甘利郷左衛門《あまりごうざえもん》が来ました。二人ともそなたと同じです。頭を下げるだけで……」

「左様でございましたか。……正直に申し上げまする。某《それがし》は姫様方にお会いするのを恐れておりました」

「兄の事を責められると？」

菊姫様が問うと小山田殿が〝はい〟と頷いた。

「それ故心の中で今は朽木家に仕える身、かつての主家に必要以上に近付くべきではないと自分に言い聞かせ避けておりました。先日、恭殿より御屋形様が自分に遠慮せず姫様方の無聊をお慰めせよと仰られたと聞き己が身勝手さを恥じました。自分がこうして生きているのは甲斐の御屋形様の御厚情によるもの、にも拘《かかわ》らず姫様方を避けるとは……」

小山田殿が俯《うつむ》いて言葉を詰まらせた。嗚咽《おえつ》を堪えているのかもしれない。松姫様、菊姫様も涙を浮かべられた。

「なんという無情かと。己が心の弱さ、情けなさを実感し恥じておりまする」

「そなただけではありませぬ。浅利彦次郎、甘利郷左衛門も同じ事を言っていました。でも三人とも会いに来てくれた。情が無いとは思いませぬ。そうでしょう、菊」

「はい、姉上」

「ですからそのように自分を責めるのは止めてください」

「はっ、お気遣い、有難うございまする」

小山田殿が懐紙を取り出し眼元を拭った。松姫様、菊姫様も眼元を押さえている。少しの間、悲しい空気が流れた。

「左兵衛尉、朽木家は武田家と違いますか？」

松姫様が明るい声で問い掛けた。話を変えようというのだろう。

「はい、違うと思いまする。外から人を積極的に入れるせいでしょう。大らかな気風だと思いました。戸惑いはございますが嫌な思いをした事はございませぬ。松姫様、菊姫様は如何でございますか？」

松姫様、菊姫様が顔を見合わせた。

「私達も違うと思います。そなたの言う通り大らかな気風だと思います。それに何と言っても食べる物が美味しい。そうでしょう、姉上」

「ええ、それに珍しい物も」

二人が口元を押さえ楽しそうに笑った。

「左兵衛尉はカステーラを食べた事は有りますか？」

「いえ、未だございませぬ。南蛮の菓子と聞き及びますが」

御二人がまた楽しそうに笑った。

「そうです。私と姉上は先日頂きました。中将様と恭も一緒だったのですけれど本当に美味しい。食べ終わってしまった時は残念に思いました。それが顔に出たのでしょうね。中将様がお笑いになったほどです」

「左様でございますか、それほどまでに美味で？」

小山田殿も興味をそそられたらしい。

「ええ、柔らかくてしっとりとして甘いのです。ふわふわします。焙《ほう》じ茶と共に頂くととても美味しい。本当ならはしたない振舞いをしたと恥じなければならないのですけれど、中将様が出陣前にもう一度持ってくる。皆で食べようと仰ってくださいましたので楽しみにしています。そうでしょう、恭」

「はい、楽しみにしております」

小山田殿が〝はあ〟と不思議そうな声を上げた。その様が可笑しかったのだろう、お二人がまた楽しそうに笑った。

「カステーラは南蛮の菓子ですけど朽木領内でも作っているそうです。中将様がそれを命じたとか。そうなのでしょう、恭」

「はい、殖産奉行の宮川様が職人を集めようやく完成させたと聞いております。今回頂いたのはそれにございます。いずれは朝廷にも献上なされれましょう」

私の言葉に小山田殿が〃ほう〃と嘆声を上げた。

「それは真かな、恭殿」

「ええ、御屋形様は新しい物を御作りになるのを好まれますしそれを朝廷に献上なされれば皆がそれを受け入れるようになるとお考えです。朽木の新しい産物として皆に受け入れられると」

小山田殿が〃ホウッ〃と深く息を吐いた。

「甲斐とは違いますね、左兵衛尉」

「はい、違うと思いまする。……ところで、御屋形様は姫様方の許を良く訪《おとな》われるのでございますか」

「ええ、お気遣いをしてくだされます。先日は気晴らしに竹生島へ行っては如何かと奨められ行きました。勿論中将様の戦勝祈願、奥方様の安産祈願を兼ねてです。行って良かったと思います。心が軽くなりました」

小山田殿が〃左様でございますか〃と頷きながら答えた。もしかすると松姫様、菊姫様のどちらかが御屋形様の側室になると思ったのかもしれない。

「左兵衛尉も出陣ですね」

「はい」

「無事に帰ってくる事を祈っておりますよ」

松姫様の言葉に菊姫様が頷かれた。

「有難うございまする。戻りましたらまたお訪ね致しまする」

松姫様、菊姫様が〝楽しみにしていますよ〟と答え、小山田殿が深々と頭を下げてから姫様方の御前から下がった。

松姫様が〝恭〟と呼びかけてきた。

「国を失うというのは寂しい事ですね」

「……」

「美味しいカステーラの事を話していても此処が甲斐であったらと思ってしまいます」

「それは……」

如何答えれば良いのだろう。信濃から甲斐へ、そして武田家を離れて十年以上が経った。近江に来た頃は故郷を懐かしく思う事も有った。しかし今ではそれも殆ど無い。

「父上や兄上にもカステーラをと……。菊、覚えているでしょう。兄上は甘い物がお好きでした」

「はい。良く干し柿を美味しいと言って食べておられました……」

松姫様が嗚咽を漏らされた、菊姫様も。涙を誘われながらも思った。この御二人も私と同じように故郷を思い出さなくなる日が何時か来るのだろうかと……。


元亀五年（一五七七年）　七月上旬　　近江国蒲生郡八幡町　　八幡城　　朽木基綱

すっと戸が開き閉まる気配がした。

「小兵衛か？」

「はっ」

「傍へ」

「はっ」

傍へと言っても見えないんだけどな。まあ気分の問題だな。

「来月、但馬、因幡に攻め込む。その前にそなたから状況を聞いておこうと思ってな。如何だ、調略は上手く行っているか」

「中々簡単には行きませぬ」

小兵衛が苦笑した様な気配がした。まあそうだな、簡単には行かないか。俺も照れ隠しにちょっと笑った。

「但馬から説明いたしまする」

「うむ」

「但馬は山名右衛門督祐豊《すけとよ》が治めておりますがその内実は山名四天王と言われる四人の重臣達の力が非常に強く右衛門督の威令が十分に行き届いているとは言えませぬ」

「垣屋、田結庄、八木、太田垣だな」

「はっ」

山名はここまでは生き残る事が出来た。しかし戦国大名にはなりきれなかったという事なんだろうな。

「それで、その四天王、如何動く？」

「太田垣、垣屋は毛利寄り、田結庄、八木は朽木寄りの姿勢を示しております。御屋形様が但馬に攻め込めば忽《たちま》ち割れましょう」

つまり統一した抵抗は出来ないというわけだ。

「太田垣は朝来郡、垣屋は気多郡。田結庄は城崎郡、八木は養父郡を拠点としております」

俺の攻め口は播磨だから朝来郡が侵入口だ。太田垣が立ち塞がる事になる。悪くないな、但馬の生野銀山は朝来郡に在り太田垣が所有している。敵対してくれた方が潰して銀山を手に入れる事が出来る。太田垣が朽木に降《くだ》らないのも、降れば銀山を奪われる、力を失うと思っているからかもしれない。

「他にこちらに寝返りそうな者は」

「養父郡はその殆どが」

「寝返るか」

「はい」

余り面白くない。養父郡は俺の侵攻ルートからはちょっとずれている。それに養父郡の国人衆が積極的に寝返って太田垣を攻撃するとは思えん。やはり朝来郡は独力で突破しなければならんだろう。そうなれば皆が積極的にこちらに付く筈だ。大丈夫だ、三方から攻め込むのだ。それに敵は内部分裂している。但馬一国、攻め獲るのは難しくない筈だ。

「因幡は？」

「こちらは領主の山名兵庫頭豊弘に実権は有りませぬ。重臣の武田三河守高信が実権を握っておりますが元は他国者、因幡では皆から嫌われております。但し、三河守の後ろには毛利、吉川が居ります。それゆえ因幡の国人衆も大人しくしております」

要するに毛利怖さに大人しくしているだけだ。朽木が攻め込めば当然だが反旗を翻《ひるがえ》す者は居るだろう。

「誰が寝返る？」

「岩美郡猪尾山城主坂上定六、岩美郡二ッ山城主篠部周防守《すおうのかみ》、高草郡大崎城主樋土佐右衛門、八頭郡富貴谷城主隠岐土佐守、八頭郡右近城主小宮山宗珠《そうしゅ》等が」

岩美郡か、但馬との国境の郡だな。これも悪くない。

「小兵衛、伯耆《ほうき》に人を入れてくれ」

「はっ」

「旧尼子の家臣に接触して欲しい。いずれ孫四郎勝久から連絡が行く。それまでに覚悟を決めて欲しいとな」

「承知しました」

因幡を獲ったら尼子の一党を因幡に置こう、但し伯耆との国境沿いではない。鳥取城かな？　或いはその周辺か。旧尼子の家臣で毛利に服属している人間に尼子の再興が夢ではないと教えてやろう。

元亀五年（一五七七年）　七月下旬　近江国蒲生郡八幡町　八幡城　朽木惟綱

「大叔父上、火急の要件との事だが？」

「如何にも、大事を出来《しゅったい》しましたぞ。土佐と九州」

私の言葉に御屋形様が頷き、重蔵、下野守の二人が顔を見合わせた。

「土佐と九州、……土佐は負けたか？」

「負けたとは言えませぬ」

御屋形様が眉を寄せた。

「と言うと？」

「一条少将様率いる二千五百と長宗我部宮内少輔《くないしょうゆう》率いる三千の兵が高岡郡の須崎村という所で戦ったそうにござる。かなりの乱戦になり両者共に五百近い死者を出したとか、負傷者を入れれば損害は一千を超えましょう」

重蔵、下野守の二人が唸った。両者共に一千近い損害を受けた。一条も長宗我部も当分兵を動かす事は出来まい。

「悪くない」

驚いて御屋形様の顔を見ると微《かす》かに笑みを浮かべている。

「大叔父上、百姓の補充は簡単ではない。だがな、銭が有れば足軽の補充は難しくない。そうであろう？」

確かにそうだが……。

「土佐に銭を送ろう。そして足軽を雇わせ秋の取り入れに合わせて出兵させる。乱取りだ。決戦は

させぬ、長宗我部の百姓達を痛め付けるのが目的だ。宮内少輔は兵を出せるかな？　出しても地獄だが出さなくても地獄だ。徐々に宮内少輔の足元を崩していこう」

御屋形様が笑い声を上げた。

御屋形様の申される通りだ。兵を出せば百姓に恨まれる。出さずに乱取りを見過ごしても百姓に恨まれる。長宗我部宮内少輔は少しずつ追い込まれる事になる。

「大叔父上、そろそろ長宗我部家の重臣達に一条家との和睦を検討すべきだと吹き込む頃合いだな」

「和睦がなりましょうや？」

御屋形様が笑い声を上げた。

「ならんだろう。宮内少輔と重臣達を反目させる、重臣達を分裂させるのが狙いだ」

重蔵、下野守と目を合わせた。御屋形様は長宗我部を滅ぼす事を御望みだ。

「では少将様にその事を？」

「いや、俺が使者を出す。その方が効果的だ。時期は戦が終ってからだな。一条家との和睦を願うなら仲立ちする、家中を纏《まと》めろ、そんな文を送ろう。重臣達が如何いう反応を示すか、そこからは伊賀衆の腕の見せ所だ」

「はっ、そのように伝えましょう」

「して九州は？」

「伊東氏の南の守りの要である櫛間城が島津によって落とされました。そして同じ頃に日向北部の土持右馬頭が伊東領に攻め込んだそうにございます」

「……伊東家の当主、三位入道殿からは人心が離れていると聞いた。大叔父上、伊東家はこの難局堪えられるかな？」

「分かりませぬ、伊賀衆からも伊東家の崩壊は近いかもしれぬと報告が入っております」

御屋形様が〝戦国だな〟と言って大きく頷かれた。真《まこと》、戦国、興亡の激しさは畿内だけではない。

一周忌

元亀五年（一五七七年）八月中旬　　但馬国朝来郡竹田村　　竹田城　　朽木基綱

「これが竹田城か」

「何か？」

真田源五郎の問い掛けに〝なんでもない〟と答えた。眼の前に有る竹田城を見ながらちょっとイメージが違うなと思った。俺の知っている竹田城は雲海に浮かぶ天空の城、石垣の城というイメージが有る。でも眼の前に有る竹田城には殆ど石垣は無い。所々に有る曲輪《くるわ》の敷地が崩れるのを防ぐために石垣を利用しているくらいだ。

改築したのかな。織田の城になってから改築した可能性はあるな。という事はだ、俺もこの城を攻め落としたら但馬の重要拠点として改築した方がいいのかもしれない。近江では観音寺城が有るから石垣の城はそんなに珍しくない。そうだよな、石垣で城が造られるようになったのはそれほど古くない。丁度、俺が生きているこの時代から城石垣が盛んになる。

うん、織田、いや秀吉が改築した可能性はあるな。城石垣で有名なのが穴太衆《あのう》だ。元々は叡山《えいざん》等の寺院の石垣施工を行っていた。でも俺が叡山を焼いたからな、今では食うために城の石垣を築くのを熱心にやっている。八幡城でも随分と仕事をして貰ったし伊勢でも長野氏の為に頑張って貰った。ここでも頼もうか？　喜んでくれるだろう。

播磨から但馬街道を北上し生野峠から但馬に入った。最初に生野城を攻略して生野銀山を手に入れた。北上して岩洲城を攻略、夜久野城の磯部兵部大輔豊直はこちらの味方に付いた。磯部兵部大輔は五人張りの弓を引く事が出来るらしい。そういう男が味方に付いてくれると他の国人衆もこちらに降り易くなる。大事にしてやらないとな。そして今俺は竹田城を包囲している。後で朝廷に銀を多少なりとも献上しないといかんな。

「御屋形様、如何なされますか？」

「そうだな」

如何したものだろう、力攻めをするか、それとも包囲して敵が降伏するのを待つか。石垣は無いがそれなりに堅固な城だ。無理攻めしても落ちるだろうが、余り犠牲は出したくない。暑いから無理攻めはしたくないという思いも有る、兵が可哀想だ。しかし城主の太田垣土佐守輝延が簡単に降伏するかと言われれば自信が無い。

大筒を持ってきているからそれで攻撃して戦意を挫《くじ》く事も出来る。しかしあまり使いたくない。

城を壊したくないんだ。後始末が大変なんだよ。それに竹田城は但馬街道を押さえる場所にある。出来れば降伏して貰ってそのまま使いたいというのが本音だ。

「太田垣は此処が最後か？」

「いえ、養父郡に建屋城がございます」

沼田上野之助が答えた。そう言えば上野之助に細川の息子を預けていたな。そろそろ元服か、竹若丸と一緒にやるか。

「ここに一隊を残し建屋城の攻略に向かおう。攻略後はそのまま養父郡を制圧する。養父郡は朽木寄りの国人衆が多い、制圧は難しくない筈だ。その後で竹田城に降伏を促す。周りが全て朽木に付き孤立しているとなれば太田垣土佐守も強情は張れまい。たとえ張っても家臣達の心は保《も》たぬ筈だ」

周囲の人間が頷いた。まあ本当にそうだと良いんだけどね。

竹田城の押さえは宮川新次郎に任せた。新次郎が隠居したいと言っている。五郎衛門も隠居したいと言っている。二人とももう歳だからな。許さざるを得ない。年内一杯仕事をして貰って年が明けたら隠居という事にした。今回の出兵が最後になるだろう。寂しくなるな。隠居したら相談役として俺の傍に置こうと思っている。俺よりも先にあの世に行くだろうから俺のやっている事を良く見て貰って御爺に報告してもらおう。

養父郡の攻略は上手く行った。十日程で攻略が済んだ。建屋城は直ぐに降伏した。他の国人衆は積極的に味方に付くか抵抗しても形だけで直ぐに降伏した。朝倉城主朝倉大炊《おおい》兼章、浅間城主佐々木近江守義高、宿南城主宿南修理太夫《しゅりだゆう》輝俊、坂本城主橋本兵庫介弘幸、三方城主三方《みかた》大蔵丞《おおくらのじょう》正秀《まさひで》、八木城主八木但馬守豊信。これからは朽木家の家臣だ。

竹田城の太田垣土佐守も降伏した。養父郡が朽木に付いた事、そして丹波の日根野備前守が出石郡を殆ど平定した事で気落ちしたらしい。俺に仕えるかと訊いたが断ってきた。毛利に行くのかもしれないが余り賢い選択じゃないぞ。日根野備前守は有子山城に籠城《ろうじょう》した山名右衛門督祐豊、山名右衛門佐堯熙親子も降している。こいつは五千石程で家は残そう。丹後から侵攻した鯰江の伯父も順調に攻略を進めている。残りは気多郡、七美郡、二方郡だ。九月の上旬には因幡攻略にかかれるだろう。取り入れ前だ、敵にとっては厳しい戦いになるだろうな。八幡城に文《ふみ》を書こう、安心するだろう。


元亀五年（一五七七年）　九月中旬　　近江国蒲生郡八幡町　　八幡城　　朽木小夜

御屋形様から文が届いたと知らせると竹若丸、松千代、亀千代の三人が私の部屋にやってきた。

「母上、父上からは何と？」

「但馬の攻略はほぼ終わったと文には書いてあります。これから因幡に向かう事になるだろうと」

竹若丸の問いに答えると松千代、亀千代が歓声を上げた。

「私も行きたかった」

「……文にはまだまだ暑い日が続くから気を付けるように、兄弟仲良く喧嘩をしないようにと書いてあります。良いですね、御屋形様に心配をかけてはいけませぬよ」

松千代と亀千代が元気よく〝はい〟と答え、竹若丸は頷くだけだった。松千代と亀千代に部屋に戻るように、そして竹若丸に残る様に言うと竹若丸がバツが悪そうな表情をした。

「何故残る様に言ったのか、分かりますね？」

「はい」

「初陣の事は元服後と決まった筈《はず》。いつまでも未練がましくするものではありませぬ」

「……はい」

納得してはいない。

「少しは御屋形様の事を労わって差し上げなさい。御屋形様は戦に出れば皆から御命を狙われるのですよ。政《まつりごと》でも京の朝廷の事でも御苦労をされているのです。御屋形様が寛《くつろ》げるのはこの城で家族と居る時だけ。何時までも我儘《わがまま》を言うものではありませぬ」

「……」

俯いている。分かっているのだろうか……。

「そなた、御屋形様に不満が有るのですか？」

「そんな事は有りませぬ」

驚いている、嘘ではないようだ。

「ならば未練がましく初陣の事を言うのは止めなさい。他人はそなたが御屋形様に不満を持っていると思いますよ」

「母上、私は」

「そなたが如何思っているかではありませぬ。周りが如何思うかです」

「……」

目が泳いでいる。初めてこの事に気付いた様だ。なんと心許ない。

「朽木家の当主と嫡男が不和などという噂が広まれば必ずそれを利用しようとする者が現れます。敵だけとは限りませぬよ、朽木家の内《なか》にもそれを利用して自分の地位を高めようとする者が居るかもしれません。そんな事になれば朽木家は混乱し揺らぎますよ」

「……私は、父上に不満など有りませぬ」

困惑している。嘘ではないのだろう、でもだからといって許される事ではない。

「たとえそうであろうとも、そなたはもう少し自分の発言に責任を持ちなさい。朽木家の嫡男という立場は他の者に比べれば色々と恵まれているでしょう。ですが同時に非常に窮屈《きゅうくつ》でもあるのです。自分の発言、行動が周囲にどんな影響を与えるのか。その辺りを良く考えなさい。来年には元服しその後には嫁も娶《めと》るのです、何時までも思慮の無い発言や行動は許されぬと理解しなさい。甘えはもう許されませぬ。御屋形様も先日同じような事を言われた筈ですよ」

竹若丸は項垂《うなだ》れて帰った。厳しい事を言ったかもしれない、煩《うるさ》い母親だとも思うだろう。でも何時かは誰かが言わなければならない事。元服が間近になった今、何時までも子供の我儘は許されないのだから……。


元亀五年（一五七七年）　十月中旬　　大和国添上郡法蓮村　　多聞山城　　内藤宗勝

「近江中将様は因幡の大部分を手中に収められたようじゃ」

兄が背を丸めながら茶を啜《すす》った。歳を取った、兄も私も。己の手の甲を見れば斑《しみ》が幾つか浮いている。

「左様ですか、毛利は？」

首を横に振った。

「吉川駿河守が伯耆に一万程の兵を率いて待ち構えているらしい」

「ほう、因幡には入りませぬか」

「入らぬの、どうやら吉川は武田を見捨てたらしい」

「なるほど、水軍も動いていると聞きます」

「そうよな、下手に因幡に入れば後ろに回られかねぬ。入れぬの。山名兵庫頭豊弘も毛利は当てにならぬと見て降伏したようだ」

「では因幡は仕舞ですな」

兄が頷いた。

これまで毛利は武田三河守を通して因幡に影響力を保持していた。だが武田三河守は他国者、必ずしも因幡の国人衆の支持を受けているとは言えぬ。ここで因幡に入り三河守を援けても国人衆にそっぽを向かれては孤立しかねんと判断したのだろう。冷酷ではあるが妥当な判断ではある。一口茶を飲んだ、香ばしさが口中に広がる。

「大分涼しくなりましたな、兄上」

「そうじゃの、虫の音が耳に心地良い」

「確かに」

今年も夏が過ぎた。去年に比べると格段に暑かった。その所為だろうか、去年は凶作だったが今年は豊作とは言えなくても十分に米が穫れた。やはり夏は暑い方が良い、寒い夏など碌《ろく》な物ではない。あのような事は思い出したくもない。

「毛利も苦しいですな」

「そうよな、備前だけでも手一杯な所に但馬、因幡を攻められては……」

兄が軽く笑い声を上げた。朽木家は山陽、山陰の両方に約五万の兵を動かした。不意を突けば毛利も互角に戦えようが万全の準備をされては到底勝ち目は無い、今頃は毛利右馬頭も青褪《あおざ》めていよう。

「備前ですがこちらも毛利は分が悪いようで」

「徐々に徐々に押されておる、石山城も朽木の手に落ちた。備前一国の切り取りも間近であろう。明智十兵衛と言ったか、小早川《こばやかわ》左衛門佐を押し切るとは流石よ。重用されるだけの事は有る。春の雪辱と言ったところかの」

春の戦では中将様が負傷した。援軍を要請した明智としては何が何でも備前は独力で切り取りたいところであろう。

「朽木は余力が有りますな」

「そうよな、我らを使わぬのだから」

出陣は止むと思っていたがそれには及ばぬと命令が来た。故三好左京大夫の一周忌を優先せよと。正直驚いた。

「……良い一周忌でしたな」

兄が頷いた。

「阿波三好家、安宅家からも使者がきて参列してくれた。中将様が和解を勧めてくれたからの。こう言っては何だが左京大夫様が亡くなられた事で向こうも良い頃合いと見たのかもしれぬ」

「そうですな」

かつてのように一族として固い結束は望めまい。だが緩やかな結び付きは可能かもしれぬ。

「ところで改元の事、聞いたか？」

「はい、天正ですな」

兄が頷いた。

「表向きは中将様からの要請となっているが真実は朝廷がそれを望んだらしい」

「なるほど、鞆《とも》の御方も大分嫌われたようで」

「そうよな」

二人で顔を見合わせて笑った。

「今回は中将様の御心遣いで戦に出ずに済んだ。次の戦では我等兄弟、先陣を願わねばなるまい」

「左様ですな」

心遣いを受けている以上、それに応えなければならぬ。我等の為だけではない、千熊丸様の為にも……。

元亀五年（一五七七年）　十月中旬　　近江国蒲生郡八幡町　　八幡城　　朽木小夜

「小夜殿、御手柄でしたね」

「有難うございます」

「疲れたのではありませぬか」

大方様が気遣う様に私を見ている。

「いえ、これまでで一番軽かったと思います」

「そうですか、でも無理はなりませぬよ」

「はい」

嘘ではない、本当に軽かった。床に横になっているのが申し訳ない程に身体が軽い。この子で五人目、子を産むのに慣れたのかもしれない。

隣を見た。赤子がスヤスヤと眠っている。私が産んだ四人目の男の子。御屋形様に似ているだろうか？　小鼻が似ている様な、ううん、口元の方が似ている様な気がする。大方様がクスクスと御笑いなされた。

「大方様？」

「可愛いですか？　今とても愛おしそうに見ていましたよ」

「はい、可愛いと思います」

答えると大方様が頷かれた。

「生まれて来た子を素直に可愛いと思える、良い事です」

「大方様？」

大方様が困った様な御顔をなされた。

「小夜殿も知っての通り、私はあの子を可愛がれませんでした。その事が寂しくもう一人子が居ればと時折思ったものです」

「……」

「でもそれは危険な事でした。私はあの子を可愛がれないだけではなく疎《うと》んじるようになったでしょう。そして私の可愛がる子を跡継ぎにと望んだかもしれませぬ。そうなった時、如何なったか……」

「……」

「あの子は朽木家を危うくする存在を許さなかった筈です。必ず殺したでしょう。私がどれ程詫び、どれ程頼んでも……。場合によっては私をも殺したかもしれませぬ」

「大方様」

そんな事は無いと止めようとした。でも大方様が〝良いのです〟と遮った。

「あの子が決して情の無い子ではないと分かっています。でも情に溺《おぼ》れる事も無い。今思えばあの子だけが私の子だったのは寂しい事でしたけど正しかったのだと思います」

「……」

「それに今では小夜殿、雪乃殿が沢山の孫を私に抱かせてくれます。だから寂しいとは思いませぬ」

大方様の表情は明るい。強がりではないと思った。

「大方様、この子に名を付けてくれませぬか？」

「良いのですか？」

「はい。御屋形様がお戻りになるまで未だ間が有りましょう。名が無くては可哀想です」

大方様が嬉しそうに微笑まれた。

「そうですね……、菊千代というのは如何でしょう？」

「菊千代」

大方様が頷かれた。

「庭に菊の花が美しく咲いていました。この季節の花ですね。菊は薬効が有りますし菊酒を飲むと身体が丈夫になると言います。この子が丈夫に育つ事を願って菊千代」

「菊千代、良い名だと思います」

菊千代、御祖母様が良い名を付けてくれましたよ。健やかに、そして丈夫に育ちなさい。


元亀五年（一五七七年）十一月中旬　近江国蒲生郡八幡町　八幡城　朽木基綱

「これが菊千代か」

「はい」

小夜が嬉しそうに答えた。秋に生まれたから菊千代ねえ、菊は薬効が有るって言うけど花なんて直ぐ散るから名前には相応しくないと思うんだが綾ママが付けた名前だからな、文句は言えん。菊千代の頬を突くとむずかる様に手を動かした。可愛いかな？　眠っているから良く分からん。膝に乗せた百合に〝可愛いか〟と訊くと頷いた。なるほど、可愛いか。

「母子共に元気で何よりだ。そなたは百合を産んでから間が無かったからな。心配していた」

「有難うございます、御屋形様こそ暑い中大変だったのではありませぬか」

「戦はそれほどでもなかった。だが確かに暑かった。嫌になるほどな」

二人で顔を見合わせて笑った。竹若丸を連れて行かなくて良かった、連れて行ったら汗で大変だったろう。

「上杉家から使者が見えられました。来年は織田家との婚儀を、再来年に竹若丸との婚儀をと」

「そうか、では来年早々に元服させよう。烏帽子《えぼし》親を誰に頼むか……、一門からとなると長門の叔父上が良いかな」

「そうでございますね」

その後は初陣か、四月から六月くらいだな、その辺りで初陣を済ませよう。ツンツンとまた菊千代の頬を突いてみた。お、またむずかった。小夜が笑う。膝に乗せた百合もニコニコしている。家族団欒《だんらん》だな、元の世界じゃ無縁だったものだ。

団欒を切り上げて暦の間に戻ると早速仕事が押し寄せてきた。先《ま》ずは大叔父からの報告だ。九月に土佐の一条が長宗我部領に攻め込んだ。長宗我部元親が出て来ると兵を退け元親が戻ると攻め込むのを繰り返した。元親の兵の主力は百姓だ。当然農繁期の動員は嫌がる、動きは鈍い。一条兼定は好き勝手に荒らしまわった様だ。当然だが元親への不満は強まる筈だ。

そろそろ長宗我部の重臣達に和睦の手紙を出す頃合いか。伊賀衆からの報告では桑名弥次兵衛吉成、谷忠兵衛忠澄、久武肥後守親信、久武内蔵助親直、長宗我部新左衛門親吉、香宗我部安芸守親泰の名が有る。長宗我部は元親の叔父、香宗我部は元親の弟か。そうだな、家臣では言えなくても親族なら言える事が有る。もっとも受け入れられるかどうかは別だが……。

元親は如何思うかな？　結構強情なところが有ると俺は見ている。土佐統一間近で挫折、口惜しいだろうな。和睦を素直には受けないだろう。だが冷静に考えれば和睦を受けた方が得だ。和睦を受け入れようという家臣達との間で齟齬が発生すれば面白くなる。特に叔父の新左衛門親吉だな、親族の年長者が和睦を唱えた場合、和睦派の勢力は長宗我部内部で無視出来ないものになる筈だ。長宗我部が割れれば面白くなる。

九州の伊東はもう駄目だと書いてある。となるといよいよ島津と大友がぶつかるな、そして龍造寺もそこに加わって九州は三つ巴の戦いになる。元の世界では島津が力を延ばした。しかしこの世界ではどうなるか。まあ大友は駄目だな、内部がぐだぐだだ。決戦は龍造寺と島津だろう。どちらが勝つか、分が有るのは島津だろうが……。

阿波の三好家、安宅家から文が来た。今回の故三好左京大夫の一周忌に色々と配慮して貰って忝いと書いて有った。阿波三好家、安宅家も三好本家、松永、内藤との関係改善は望むところだったらしい。松永、内藤からも感謝の文が来ている。次の戦では厚意に応えたいと書いて有った。そうだな、しっかり働いてもらおうか。

伊勢兵庫頭からも文が来ている。来月に改元が有るらしい。元亀は五年で終わりという事だ。それと永尊内親王の西園寺家への降嫁が正式に決まった。降嫁は来年の後半になる。これからその準備だが西園寺家の家も建て替えた方が良いんじゃないかと提案してきた。文に書いて来たという事はかなり酷いのかもしれん。文には飛鳥井の伯父とも話した、伯父が感謝していた、千津叔母ちゃんと内親王も感謝している様だと書いてあったがもしかするとこの件も話したのかもしれん。良いだろう、建て替えさせよう。新築の家に内親王を迎える。喜んでくれる筈だ。西園寺家は大儲けだな。それと仙洞御所用の土地の確保がもう少しで終わると書いてある。となるとこっちも御所を建てなければならん。設計図とかってどうなるんだろう？　良く分からん、兵庫頭に確認してみよう。或いは朝廷に過去の事例から設計図の様な物が有るのかもしれん。

但馬、因幡、備前を切り取った。美作が残っているが三方を朽木領に囲まれている。調略で或る程度崩してから攻略しよう。その方が楽に進む筈だ。三好も同時期に兵を起こして伊予を完全に三好家の物にしたようだ。西園寺、河野は三好に降ったらしい。河野が三好に降った事で来島村上氏も三好に降った。また一つ毛利は追い込まれた。というより毛利は手を広げ過ぎだろう。九州、四国、山陰、山陽。天下を望むなと元就に言われたのに戦線を縮小していない。これじゃ中途半端だ。

次の戦では山陰方面は尼子の調略を仕掛けてから伯耆、出雲を攻略。山陽は美作、備中になる。備中か、高松城が有るな。水攻めか。金が掛かるな。しかし毛利配下の国人衆の度肝を抜くという効果は有る。毛利にもプレッシャーを与える事が出来る筈だ。やってみるか、竹若丸の初陣で水攻め。思い出になるだろう。

伊勢国員弁郡治田で銀が採掘されたと報告があった。前々から多少は採れていたみたいだが大々的に採掘が可能？　将来性有り？　良く分からんが本当なら有難い。生野銀山も手に入れたし貨幣鋳造を本気で考えるべきかな？　どんなものか一度見に行くか……。


元亀五年（一五七七年）　十一月下旬　　近江国蒲生郡八幡町　　八幡城　　尼子勝久

「尼子孫四郎勝久にございまする。お呼びにより参上致しました」

「うむ、良く来てくれたな、孫四郎殿。鹿助、元気であったか。風邪など引かなかったか？」

「はっ。お気遣い、有難うございまする。至って健康にございまする」

「そうか、それは良かった」

上座に座る近江中将様が朗らかに笑い声を上げた。その周りには朽木家の重臣達が控えている。但馬、因幡をあっという間に制した中将様から呼び出しがかかった。おそらくは伯耆、出雲攻めの相談であろう。漸《ようや》く我らの出番だ。期待に胸を弾ませ山中鹿助と共に中将様の御前に参じた我らを中将様は穏やかな表情で迎えてくれた。一代で朽木家を一万石に満たない国人から天下最大の大名にしたとは思えぬ穏やかさだ。

「さて、ここに来てもらったのは他でもない、毛利攻めの相談だ」

「はっ」

「尼子勢には因幡の天神山城に入って貰いたい」

「天神山城にございますか？」

問い返すと中将様が頷かれた。

「知っているかな、天神山城を」

はて？　後ろに控えた鹿助に視線を向けると微かに頷いた。

「畏れながら申し上げまする。天神山城は山名氏が鳥取城に居を移すまで山名氏の居城であった城でございました。今は廃城になったと記憶しておりまする」

中将様が頷かれた。

「流石だな、鹿助。その通りだ、天神山城は湖山池を利用したなかなかに堅固な城であった。池からは湖山川を使って海にも出られる。良い城なのだが廃城になった。だが近年天神山城は修復され生き返った。理由は朽木が攻めて来ると思ったからだ。ま、無駄に終わったがな」

「左様でございましたか」

鹿助が恥じ入る様な表情をしている。山陰の事で知らない事が有った。暫《しば》らく山陰を離れている間に情勢が変わっている。これでは毛利攻めの役に立たないのではないかと自分を責めているのだろう。鹿助らしい事だ。

「年が明け四月になれば兵を動かす。その前に伯耆、出雲の国人達に調略を仕掛けて貰いたい」

「はっ、必ずやこちらに寝返らせて見せまする」

誓うと中将様が嬉しそうに御笑いなされた。

「頼もしい事だ、期待させてもらう」

「はっ、これをと思われる者が居りましょうか？」

必ず期待に応えなければ……。

「そうだな、先ず調略して欲しいのは東伯耆の羽衣石《うえし》城主の南条右衛門尉元続だ」

「畏れながら南条右衛門尉を調略するのは難しいかと思いまする」

叱責されるのを覚悟で異見を述べた。安請け合いは出来ぬ。それは尼子の信用に関わる。叱責は無かった、中将様は〝分かっている〟と頷かれた。

「南条家は一度没落した。家を再興したのは右衛門尉の父豊後守であり豊後守を援助したのが毛利であった。毛利氏は南条氏を優遇し東伯耆の旗頭にした。豊後守は死の間際、一族を呼んで毛利家に対し等閑《なおざり》の所存《しょぞん》ゆめゆめあるべからず。当家を再び引き興《おこ》したること皆毛利家の恩誼《おんぎ》なればと遺したと聞く。そうであったな？」

「はっ」

驚いた。中将様は南条家の事を良くご存じだ。

「吉川駿河守が一万の兵を率いて伯耆に居る。朽木を相手に一万とは少ないが駿河守は南条を信じているのだろう。朽木が攻め寄せれば南条が立ち塞がる。駿河守は一万の兵で後詰《ごづ》めするとな」

「某もそのように思いまする」

中将様が頷かれた。

「豊前守が死んだのは二年前だ。その頃の朽木は本願寺を漸く石山から追い出したが越後の関東管領殿が御倒れになって右往左往していた。豊前守は朽木が攻めて来るとは思っていなかっただろう」

「……」

「南条家の者は没落して辛酸を舐めた。毛利に恩は感じていようがもう一度没落したいとは思うまい」

「かもしれませぬ」

尼子も没落した。既に十年以上が経つ。南条氏は二十年以上の年月を流離《さすら》ったと聞く。どれほど苦労したか……。

「羽衣石城の城下に福山次郎左衛門茲正《これまさ》という人物が居る。孫四郎殿は知っているかな？」

「いえ、存じませぬ」

私が答えると鹿助が〝畏れながら〟と口を開いた。

「知っているのか、鹿助」

「某の記憶に間違いが無ければ尼子の旧臣、八橋城の城主であったと覚えておりまする」

「何と！」

尼子の重臣ではないか！　慌てて中将様を見ると中将様が頷かれた。

「鹿助の言う通りだ。その次郎左衛門だが右衛門尉と昵懇《じっこん》の間柄らしい」

「……つまり次郎左衛門を使って右衛門尉をこちらに引き込めと」

「そういう事だ」

上手く行くだろうか？　疑問に思っていると中将様が〝ふふふ〟と御笑いになられた。

「不安かな？」

「はっ、多少は不安がございます」

正直に答えると中将様が今度は声を上げて御笑いなされた。

「そう深刻に取るな、孫四郎殿。引き込めれば上々、失敗しても南条と毛利を混乱させる事が出来れば十分な成果よ」

「なるほど」

「それにな、脈は有ると俺は見ている」

どういう事だろう？　何か根拠が御有りなのだろうか？

「孫四郎殿達が俺の下に居る事を毛利は知っている。南条も知らぬとは思えぬ。朽木の侵攻が間近な今、尼子の旧臣である福山次郎左衛門と親しくするなど毛利が如何思うかと考えれば有り得ぬ事よ。朽木が攻め寄せれば後詰めを請《こ》う立場なのだからな」

「では右衛門尉は……」

中将様が頷かれた。

「そうだな、待っているのかもしれぬ」

なるほど、脈は有る！

「後は出雲で尼子所縁の者を引き込んでもらいたい。赤穴、三刀屋、三沢、牛尾、湯原……。南条が毛利から離れ出雲が揺れれば伯耆にいる駿河守も怯えて兵を退《ひ》こう。そうなれば伯耆は朽木の物よ。出雲の揺れは更に大きくなる。そうであろう？」

「はっ、某もそう思いまする」

出雲が獲れればその先は石見、石見に兵を入れれば安芸は、毛利は動揺しよう。尼子復興の日が見えてきた……。

呟き

天正二年（一五七八年）一月中旬　甲斐国山梨郡古府中　躑躅《つつじ》ヶ崎館　酒井忠次

殿に呼ばれ石川伯耆守殿、大久保新十郎殿と共に大広間に行くと殿は一人でポツンと座っておられた。暗い表情で何やら考え込んでおられる。三人で御前に座ると我らに気付いた殿が扇子で近付けという様に手招きした。遠慮せずに近付く。殿が一つ息を吐いた。

「伊豆攻めだが、……延期になった。織田殿から報せが参った」

伯耆守殿、新十郎殿と顔を見合わせた。

「何故にございましょう。織田様は随分と意気込んでおられた筈ですが……」

新十郎殿が首を傾げた。

「寒さで足に痛みが走ったらしい。大事を取って暖かくなってから伊豆攻めを行いたいと有った」

はて、足に痛み？　膝に痛みでも走ったか……。

「織田様も四十を超えましたからな。徐々に体に不調を覚える事もございましょう」

儂の言葉に伯耆守殿、新十郎殿が頷いた。儂は五十、二人は四十を超えた。歳は取りたくないとぼやく事も有る。

「暖かくなってからというと三月頃ですかな」

「皆を集めましょう。延期になった事を教えねば」

立ち上がろうとした新十郎殿を殿が〃待て〃と止めた。

「ただの痛みだと思うか?」

伯耆守殿、新十郎殿と顔を見合わせた。

「違うとお考えでございますか?」

問い返すと殿が〃分からぬ〃と言った。

「左衛門尉の言う通り、織田殿も四十を超した。不調を覚えてもおかしくはない。だが……」

歯切れが悪い。俯いて爪を噛み始めた。何か気になる事が有るのだと分かった。こういう時急かしても殿は話さない。待つしかない。

殿が爪を噛み千切った。我らを見た、暗い眼をしている。

「飲水病という事はないかの?」

飲水病? 伯耆守殿、新十郎殿と顔を見合わせた。確かに飲水病なら手足に痛みが走ると聞いた事が有る。眼が見えなくなるとも言うが……。

「お心当たりが有るのですな?」

新十郎殿が問い掛けると殿が首を横に振った。

「無い。だがの、奥から織田殿は甘い物が大が付く程の好物だと聞いた事が有る」

甘い物か……。

「織田殿が暖かくなるまで待つというのが信じられぬ。耐えがたい痛みが有るのであろう。となると本当に寒さで痛みが走ったのかという疑問が生じるのだ。考え過ぎかの？」

殿が我ら三人を見た。

答えられない。皆で見合うだけだ。

「分かりませぬな、調べましょう。織田様を、その周囲を探らせます。織田様が飲水病なら何かが出て来る筈」

儂の言葉に伯耆守殿、新十郎殿が頷いた。

「某は薬師に飲水病の事を尋ねてみます。どのような症状が出るのか、飲水病にかかった場合、どの程度生き永らえる事が出来るのか……」

伯耆守殿の言葉に殿が頷かれた。

「儂も奥を使って探りを入れてみよう。奥は織田殿の妹、兄を気遣っても不思議ではない」

「大丈夫でございますか？」

新十郎殿が不安そうな声を出すと殿が御笑いになられた。

「案ずるな、新十郎。今の奥は儂よりも織田殿を憎んでおる。三河の国人領主に嫁がせた上に甲斐という山奥に押し込んだのだからの。織田を守るためと泣く泣く嫁いだのに使い捨てられた、騙されたと恨んでおるわ」

殿の笑い声に我ら三人も笑い声を合わせた。

「殿、織田様が飲水病だった場合でございますが」

「……」

「北条に繋ぎを付けまするか?」

問い掛けると殿がジッと儂を見た。口元に笑みが浮かんだ。

「そうじゃのう。そのためにも真実が知りたいものよ」


天正二年(一五七八年) 一月中旬　備後国御調郡三原村　三原城　小早川隆景《たかかげ》

三原城の書院で私の前に七人の男が集まっていた。宮地山城城主乃美少輔七郎元信、冠山城城主林三郎左衛門重真、加茂城城主上山兵庫介元忠、日幡城城主日幡六郎兵衛景親、松島城城主梨羽中務丞景連、庭瀬城城主井上豊後守有景、高松城城主清水長左衛門宗治。備前と備中の国境に位置し境目七城と呼ばれる重要な防衛拠点である七つの城を守る男達。

「わざわざお呼び立てして申し訳ない」

頭を下げると七人も頭を下げた。

「新年を迎え目出度い正月でござるが毛利を取り巻く環境は決して目出度いと喜べるものではござらぬ。各々方《おのおのがた》もお分かりでござろう」

七人が無言で頷いた。

「昨年、朽木家は山陰道で但馬、因幡を制し山陽道で備前を制した。おそらく今年は美作、備中、備後、伯耆、出雲を狙って来るものと思われる。それらしき動きも有る。東伯耆の南条右衛門尉は朽木に寝返った」

「……」

皆無言だ。微動だにしない。

「朽木家は上杉家と婚姻を結び上杉家は織田家と婚姻を結ぶ。言わば朽木家と織田家は上杉家を通して縁戚。東方に心配は無い。朽木家の動員兵力は十万にもなろう」

ホウッと息を吐く音が聞こえた。上手いものよ、朽木家は味方を増やし敵を少なくしている。毛利家は九州で大友と争い伊予で三好と争った。少ない兵力を更に少なくした。これでは到底勝てまい。

「其処許《そこもと》達の守る城は備前、備中の境目の城でござる。朽木は必ず攻め寄せてこよう。さればこれから言う事を良く聞いていただきたい」

七人が頷いた。表情は硬い。

「十万の大軍を相手にすれば城を枕に討ち死には避けられぬ。そのような事、毛利家としても強要は出来ぬ」

正確には強要しても意味が無い。勝手に降伏するだろう。それに朽木の手が及んでいないとも思えぬ。

「さればこれ以後は毛利に対しての義理立ては無用にござる、御随意になされよ」

「……好きにせよと申されますか？」

冠山城の林三郎左衛門が驚いたように問い掛けてきた。

「如何にも。どのようにされようとも毛利が其処許達を恨む事は無い。以後は家を保つ事を専一に御考えなされよ。古来、武家とは左様な物でござろう、違うかな？」

七人が顔を見合わせた。

「御情け無き言葉を伺うものにござる。左衛門佐様は我らの心底をお疑いか。我ら一命を捨て毛利家の御役に立ちたいと思うばかりにござる」

日幡六郎兵衛の言葉に六人が頷いた。これで良い、毛利は一度選択肢を与えた。そして七人は毛利を選んだ。後に七人が毛利を裏切っても毛利の恥にはならぬ。裏切った者の節度の無さこそ非難されよう。生き残る道を選ぶのであれば汚名ぐらいは背負って貰う。

「有難き言葉にござる。左衛門佐、感じ入り申した。出来ればこれを御受取頂きたい」

手を二回叩くと家臣達が現れ脇差をそれぞれの前に置いた。もし彼らが本当に毛利のために戦うなら、その脇差は腹を切る時のために使う事になろう。七人もその事は理解した筈。

七人が脇差を受け取る。それぞれが勝利を誓う中、高松城の清水長左衛門だけが首を振った。

「敵は大軍であり到底勝てるとは思えませぬ。某は存分に戦い、敵わぬ時は腹を切ろうと覚悟を決めており申す。この脇差はその時のために有難く頂戴致しまする」

シンとした。言葉を飾らぬ、本気か、清水長左衛門。残りの六人も脇差に視線を落としている。

「御見事な御覚悟にござる」

頭を下げた。或いは皆毛利のために戦ってくれるやもしれぬ。この男の覚悟が皆の心を纏めてくれるかもしれぬ……。

彼ら七人が押し寄せた朽木の大軍を前に籠城する。包囲する朽木軍を毛利本隊の軍が後方を遮断する動きを示す事で後退させる。要になるのが高松城……。攻め辛い城だ、朽木も手古摺《てこず》る筈……。しかし備中で防げぬとなった時には……、難しい事になる。

天正二年（一五七八年）一月中旬　安芸国高田郡吉田村　吉田郡山城　小早川隆景

備中の国人衆が毛利の為に戦ってくれる。その事を右馬頭に報告し自分に用意された部屋で寛いでいると顕如が訪ねて来た。

「御寛ぎの所、申し訳ない。御迷惑でしたかな？」

「遠慮は要りませぬ。一息入れたら三原へ戻ろうと思っておりました」

「左様でしたか」

顕如を部屋に入れ相対した。

「如何でしょう？　戦の準備は整っておりましょうか？」

「出来る事は致しました。備中の国人達は期待出来そうです」

顕如が頷いた。

「駿河守殿も山陽道に出ると聞きましたが」

「朽木勢の主力は山陽道でしょう。そちらを抑えれば山陰は何とかなる。そう考えております」

また顕如が頷いた。

山陽道の状況も良くないが山陰道の状況も良くない。東伯耆の南条右衛門尉が朽木に付いた。出雲にも調略の手が伸びている。兵を別けるよりも一つにして戦おうと提案したのは兄だった。山陽道で朽木の主力部隊を抑えれば山陰道は保ち堪える事が出来ると。だが山陽道で負ければ朽木勢は山陽、山陰で一気に攻め込んでくるだろう。

「厳しい戦いになりましょうな」

「なりましょう。ここで負ければ備中から備後、安芸へと押し出してくる筈。何とかここで食い止めねば……」

「我らも此処が正念場と見ております。門徒達も朽木と戦う事を望んでおります。軍勢にお加え頂きたい」

「忝い、今は一兵でも味方が欲しい時、感謝しますぞ」

御世辞ではなく本心から感謝した。毛利は孤立している。織田も上杉も公方《くぼう》様の呼び掛けに応えようとはしない。むしろ朽木との連携を強めつつある。

「余り長居しては三原へ戻られるのが遅くなりますな。愚僧はこれにて失礼致しまする」

暗い雰囲気を解すかのように顕如が冗談を言って立ち去った。

勝てるだろうか？　難しいだろう。だが備中で朽木の侵攻を止める事は不可能ではない筈だ。なんとか膠着状態に持ち込んで和睦を結ぶ……。簡単ではなかろうな。劣勢な状況での和睦だ。大きく譲る事になる。備中、伯耆、出雲、その三国は割譲せねばなるまい。だが毛利を滅ぼしてはならぬ……。

天正二年（一五七八年）　一月中旬　　安芸国高田郡吉田村　　吉田郡山城　　顕如

左衛門佐の部屋から自室に戻ると刑部卿と顕悟が待っていた。

「如何でございました？」

「予想通りだ。良くない、いや厳しいな」

刑部卿の問いに答えると二人が沈痛な表情で頷いた。

「山陽道に兵力を集め何とか朽木の侵攻を食い止めようとしている。……もう勝つ事は諦めているな。多分、有利な条件で和睦、そう考えているのだと思う」

「そうでしょうな、我らから見てもあと二年が精々だと思います」

顕悟の言葉に刑部卿が頷く。自分も同感だ、あと二年が限界だろう。

「上手く行って欲しいものですが……」

「そのためにも門徒達には頑張って貰わねば……」

顕悟、刑部卿の言葉には力が無い。

「問題は上手く行かなかった時だ」

私の言葉に二人が鋭い視線を向けて来た。

「二年、早ければ一年で毛利は滅ぶだろう」

二人が頷いた。

「誰の眼にもそれは明らかになる筈だ。その時、我らは如何するか……」

「滅ぶまで戦うか、それとも朽木に降るかでございますな」

顕悟が問い掛けて来た。そうだ、毛利が今一つ当てにならぬ中で知った朽木の誼意に対する扱い。今更ではあるが降伏を選択するべきではないかという想い。しかし、現状では強硬派を抑える事は難しい。だがその時なら……。

「その時点で朽木に降伏する事を皆に話す」

二人がまた頷いた。そこまで追い込まれれば強硬に主戦論を唱える者達も諦めがつくだろう。


天正二年（一五七八年）一月中旬　　近江国蒲生郡八幡町　　八幡城　　竹中重治

細川与一郎が私と新太郎殿を見ながら〝あの〟と話しかけて来た。元服したばかり、まだ初々しさというよりも幼さが顔に残る。

「何かな？」

「半兵衛殿と新太郎殿は朽木家の譜代ではないと十五郎殿に聞きました。真でございましょうか？」

新太郎殿と顔を見合わせた。新太郎殿が笑みを浮かべている。

「真でござる。某も新太郎殿も朽木家譜代の臣ではござらぬ」

細川与一郎、黒田吉兵衛が眼を丸くしている。可笑しかった、新太郎殿と声を揃えて笑った。

「それなのに傅《もり》役を仰せつかったのですか？」

吉兵衛が溜息混じりに訊いてきた。また二人で笑った。

「左様、正直驚き申した。本来なら有り得ぬ事。譜代の方々の反発を考えれば断るべきであったかもしれませぬ。しかし頼むと御屋形様に頭を下げられては断れませぬ。そうではありませんか、新太郎殿」

「半兵衛殿の申される通りにござる。断れませぬ」

新太郎殿が頷いた。幸い危惧した反発は少なかった。いや、殆ど無かった。

多分、傅役を引き受けた頃には朽木家は大きくなり譜代よりも新参の者の方が多くなっていた所為だろう。新参の者の力無くしては朽木家が成り立たなくなっていたのだ。それに御屋形様は積極的に新参の者を登用した。真田弾正殿、明智十兵衛殿は朽木の副将に任じられた。領地を貰い城主となった者も居る。朽木の強さは積極的に外の人間を受け入れる事に有った。もしかすると誰よりも譜代の家臣達がそれを理解していたのかもしれぬ。田沢殿は理解していたな。

「お二人は何時頃朽木家に仕官されたのです？」

吉兵衛が興味津々といった表情で訊ねて来た。

「新太郎殿の方が先にござる」

皆の視線が新太郎殿に向かった。

「左様、野良田の戦いの少し前に仕えましたから永禄三年の初め頃でしたな。某の家は尾張の国人領主でしたが家を今川家に滅ぼされ仕官先を探して諸国を回っておりました。中々良い仕官先が見つからず困っていた時に今は石山に居る山内伊右衛門殿に会いました。伊右衛門殿も仕官先を探していた。そして二人で朽木家に仕えてみようと決めたのです。あの頃は未だ高島郡で五万石ほどの国人領主でしたな。元服もされていませんでした」

〝五万石〟と溜息混じりの声が聞こえた。

「何故朽木家を選んだのです？」

十五郎が問い掛けて来た。他の二人も喰い付きそうに新太郎殿を見ている。どうして小身の朽木家を選んだのか気になるのだろう。

「鉄砲です」

「鉄砲？」

三人の声が重なった。新太郎殿が満足そうに頷いた。

「幾つか回った仕官先では鉄砲の訓練をしている家など無かった。それを朽木家は行っている。裕福なのだ、銭が有るのだと思いました。それに関が無かった。他の家とは違うと思いましたな。惹き付けられるものが有ったのです。それで伊右衛門殿と相談し仕官したのです」

三人が感心している。若殿は嬉しそうだ。新太郎殿が私を見た。私の番だな。

「某が仕官したのはその後ですな。観音寺崩れの前年ですから永禄五年と覚えております。朽木家は北近江三郡、ざっと二十万石を治めておりました」

感嘆の声が上がった。わずか二年で朽木家は北近江の覇者になっていた。確かに早い。自分も驚いた覚えが有る。

「某は美濃の国人領主でしたが当時、美濃を治めていた主君の一色右兵衛大夫に疎まれましてな、家を弟に譲って隠棲していたのです。そんな時に御屋形様から誘いの文を頂きました。それで仕官したのです」

酷い文であったな。後に行くほど読み辛くなる文であった。善くもこのような文を寄越したものよと呆れたが自筆の文を貰ったのだと思えば悪い気はしなかった。むしろ下手でも一生懸命書いたのであろうと思うと可笑しかった。今でもあの文は保管してあるが読む度に可笑しくなる。我が家の宝だな。そして朽木家は勢いがあったし御屋形様は朽木仮名目録を作るなど政にも熱心であった。一色右兵衛大夫とは明らかに違った。そう、新太郎殿と同じだ。御屋形様に惹かれる物が有ったのだ。

「その頃の御屋形様はどのような御方だったのでしょう。今と違いましょうか？」

問い掛けて来たのは吉兵衛だった。十五郎、与一郎も頷いているから関心があるようだ。

「如何ですかな、新太郎殿」

話を向けると新太郎殿が〝そうですなあ〟と言って天井を見た。そして戻した。

「余り変わりはないと思いますぞ。武勇の大将と評判でしたが穏やかなお人柄で意外に思ったものです。領内の仕置にも熱心で見回りにも付いていきましたが領民達に気さくに声をかけておられましたな。領民達も御屋形様を恐れてはおりませんでした」

懐かしそうな声だった。武勇の家程兵役が厳しく税の徴収も重くなりがちだ。領民達にとっては守ってもらえるのだが負担も大きくなるのだ。領主に対する感情は決して単純なものにはならない。御屋形様はそれを領内を富ませ銭で兵を雇う事で解決した。いずれ与一郎、十五郎、吉兵衛も理解するだろう。そして若殿も。

「半兵衛殿は如何ですか？」

新太郎殿が問い掛けて来た。

「某は主に軍略面でお仕えしましたが慎重な事に驚いた覚えが有ります。もっとも事に於いては非常に大胆で果断でした。頼もしく思ったものです」

新太郎殿が頷きながら〝そうですな、野良田の戦いでは驚きました〟と言った。

「野良田の戦いとは？　教えてください、新太郎殿」

与一郎が喰い付きそうな表情で問い掛けて来た。新太郎殿が笑いながら話し出した。

「江北にあった浅井家と六角家が戦った戦です。朽木家は六角家の依頼に応えて兵を出したのですが後方に居りました。味方は大軍、敵は小勢、我らが戦う事は有るまいと思っておりました。実際味方が優勢でした。夏場の戦で御屋形様は疲れるから座って休めと皆に命じられた程に余裕が有った。しかし浅井勢が崩れた直後でしたな、御屋形様は浅井勢が突っ込んでくると仰られて皆を立たせたのです。半信半疑でしたが実際に浅井新九郎が突っ込んできました。あの時は驚きましたなあ」

三人が感嘆の息を吐いた。あの戦いの様相は美濃にも届いた。六角は朽木の御陰で勝つ事が出来たと言われたものだ。

「それで勝ったのですか？」

十五郎の問いに新太郎殿が頷いた。

「そう、勝ちました。鉄砲隊が突っ込んできた浅井勢を撃ち払い、槍隊、騎馬隊が逃げる浅井勢に追い討ちをかけました。大将の浅井新九郎を始め多くの武将を討ち取ったのです。大勝利でしたな。

誰もが御屋形様の采配に感嘆の声を上げたものです。日置五郎衛門殿は御屋形様は武功を独り占めだと呆れておりました。某も伊右衛門殿と共にこの御方こそ我が主君と改めて思いました」

〝凄い〟と吉兵衛が呟き他の二人が頷いた。若殿も上気した顔をしている。

「某も木の芽峠の夜襲の事を良く思い出します。あの時は味方は敵の三分の一、おまけに野分《のわき》になり鉄砲が使えない。せっかく兵糧方が用意した馬防柵も意味が無くなり困った事になったと思い申したな」

新太郎殿がウンウンと頷いた。

「日暮れも間近、雨は激しくなる一方でこの天候では戦は無理、敵も避難しているようだからこちらも兵を避難させようと某だけではなく十五郎殿の父上、十兵衛殿も進言しました。しかし御屋形様は敵がこの嵐を避けようとするなら攻撃をかける、敵が押し寄せて来るなら迎え撃つと申されたのです。皆驚いていましたな」

四人が息を呑んで私の話を聞いている。

「敵が嵐を避けようとしていると分かって夜襲をかけましたが酷い戦でした。足元は泥濘《ぬかるみ》、雨と風に叩かれながら敵に攻めかかったのです。しかし暗闇で戦況が分かりませぬ。一瞬の稲光《いなびかり》だけが戦況を確認する術《すべ》でした。勝ったからこうして話せますがあれほど酷い戦を経験した事は他に有りませぬ」

四人がホーッと息を吐いた。

「早く元服したい、初陣もだ」

若殿が声を弾ませた。やれやれ、困ったものよ。新太郎殿と顔を見合わせた。新太郎殿は苦笑を浮かべている。多分自分も同様だろう。

「焦る事は有りませぬ。若殿は未だ十三歳、戦場に出る前に覚えなければならない事は沢山有ります」

「左様、半兵衛殿の申される通りです」

若殿が首を横に振った。

「父上は十一歳で初陣を迎えられた」

「御屋形様が初陣を迎えられた頃、朽木家は八千石の国人で率いる兵は三百にすぎませぬ。その分だけ負担は少なかったのです。今の朽木家は十万の大軍を動かします。十万の大軍を動かす、大変な事ですぞ。その事は新太郎殿なら良くお分かりでござろう」

新太郎殿が〝如何にも〟と頷いた。

「兵糧、武器、弾薬、その手配は容易な事ではござらぬ。若殿は朽木家の世継ぎ、一武者ではござらぬ。戦場に出る事よりも軍略を、そして兵糧方の仕事を覚えなければなりませぬ。それこそが軍の動かし方を覚えるという事、大将の役目にござる。そうでなければ戦場に出てもただそこに居たというだけになってしまいますぞ。それでは皆に頼り無いと思われてしまいます」

若殿が唇を噛み締めた。

「我ら両名が若殿の傅役に任じられたのも軍略と兵糧方の仕事を教える様に、さすれば愚かな大将にはならぬだろうとの御屋形様の御考えにございます。御屋形様の御心遣いを無にしてはなりませぬぞ」

私の言葉に若殿が不承不承に頷いた。やれやれ、御屋形様は些《いささ》か大き過ぎる。御屋形様のような父を持った子は苦労する、当然その傅役も……。

天正二年（一五七八年）一月下旬　　近江国蒲生郡八幡町　　八幡城　　朽木基綱

「大叔父上、では日向の伊東家が滅んだのだな？」

問い掛けると大叔父が〝如何にも〟と言って頷いた。俺の周りから溜息が漏れた。蒲生下野守、黒野重蔵、日置五郎衛門、宮川新次郎。皆俺の相談役だ。五郎衛門と新次郎は隠居して俺の側に居られるのが嬉しそうだ。ずっと離れていたけど寂しかったのかな。それともまた俺を玩具に出来て嬉しいのか。両方ありそうだな。

五郎衛門の越前の領地には左門が入っている。但し、越前の旗頭は高野瀬備前守にした。旗頭は世襲ではないという事だ。この事は五郎衛門、左門も納得している。新次郎の坂本には息子の又兵衛が入っている。又兵衛は殖産奉行だ。何時かは交代だろうが今は兼任させている。

「日向の伊東家と言えば九州南部でかなり勢力を張った筈」

「島津に圧《お》されているとは聞いておりましたが……」

五郎衛門と新次郎が首を振りながら呟く。

「大友を頼って落ちましたか。となると大友と島津で新たな戦いが始まりますな」

下野守の言葉に皆が頷いた。その通りだ、史実では島津が勝ったがこの世界ではどうなるか……。

「御屋形様、毛利にとっては朗報ですな」

「そうだな、重蔵。しかし九州をがら空きにする事も出来まい。一息は吐いたが苦しかろう」

連年戦続きだ、決して楽ではあるまい。だが毛利には石見の銀山が有る。財政的には余力が有るのかもしれない。こっちも生野銀山、そして新たに治田の銀山を得たから銀山の有難さは分かる。しかし毛利の足軽は百姓兵だからな。百姓達への負担はそれなりに有るだろう。

「御屋形様、大友が日向に兵を出すとなれば一条家に兵を出せと頼むのではありませぬか？」

大叔父の言葉に皆が頷いた。有りそうだな、それに一条兼定は舅《しゅうと》に頼まれたとか言ってその気になりそうだ。史実だとこの時期の土佐は長宗我部が統一している筈だ。長宗我部にとって一条と縁戚の大友は敵の筈。だから大友と島津の戦いには関与しなかったのだろうが日向と土佐か……。決して遠いとは言えない。

「予め釘を刺しておいた方が良いな。一条家の主敵は長宗我部、それを忘れるなと」

皆が頷いたが不安そうな表情だ。已むを得ん、一条家の本家にも頼むか。内大臣から右大臣に昇進したからな、それなりに重みは有る筈だ。それと長宗我部攻めは三好にも応援を頼んだ方が良いだろう。伊予を攻め獲ったのだから余力が有る筈だ。土佐の東部を三好に獲られても良いのかと一条兼定に伝えよう。兼定も長宗我部攻めを優先させる筈だ。その事を話すと皆が賛成してくれた。

そうだよな、喰えるものから喰う。一条家が喰えるのは長宗我部だ。

「四月に毛利攻めを再開する」

五人が頷いた。四月から六月頃まで軍を動かす。田植えの時期だ、百姓兵を使う毛利にとっては一番嫌な時期だろう。毛利は改元が有ったにも拘わらず元亀を使っている。義昭が居る以上使わざるを得ないのかもしれないが朝廷は怒っているぞ。改元を願ったのは俺じゃない、朝廷なのだから。

「今回は弥五郎を連れて行く」

「初陣ですな」

「楽しみな事で」

新次郎と五郎衛門がニコニコしている。こうしているとごく普通の爺《じじい》だ。朽木譜代の二人にとっては竹若丸の元服は何よりも嬉しい事なのかもしれない。

竹若丸を元服させた。朽木弥五郎堅綱《かたつな》と名乗らせた。俺の名前の基綱は朽木の土台を作って欲しいという願いから付けられた。堅綱にはその土台を固めて欲しいという願いを込めている。その事は弥五郎にも伝えた。官位をという話も有ったが断った。実績の無いガキに官位など要らん。勘違いさせるだけだ。まあ本人には弥五郎は朽木の嫡男だけが名乗れるのだから大事にしろと言っておいた。本人も納得していたな。

弥五郎と一緒に細川藤孝、明智十兵衛、黒田官兵衛の息子も元服させた。細川与一郎綱興、明智十五郎綱秀、黒田吉兵衛綱政。それぞれに俺の綱の字を与えこれを機に弥五郎の側に置く事にした。二十年後にはこいつらが朽木の主力になる筈だ。その他に石田佐吉、加藤孫六、藤堂与右衛門、そして朽木の譜代からも人は育っている。後は弥五郎がそれらをどう使っていくかだ。

「毛利攻めは今回も山陰、山陽の二正面からで？」

大叔父が問い掛けてきたので頷いた。

「そうなるな。但し比重は山陽が重い。山陰には二万程度で進ませようと考えている」

「ほう」

「尼子に調略させる。戦が進むにつれて兵力は増えるだろう」

皆が頷いた。

山陰では既に小兵衛が旧尼子家臣の国人衆に対して調略を仕掛けている。感触は悪くない。尼子孫四郎の文が届けば、そして朽木軍が進めば毛利から寝返る者が出るだろう。孫四郎に戦闘はさせるなと言っておく必要が有るな。戦後は出雲で五万石程を与えよう。しかしなあ、御家再興で幸せな尼子家？　想像が付かんな。

もしかすると毛利は降伏を願ってくるかもしれない。その場合どうするか、ある程度検討しておく必要が有るだろう。いやこちらから降伏を促すか？　その方が主導権を取れる。となると毛利にはもう朽木には敵わないという心理的なダメージを与える必要が有るだろう。やはり高松城の水攻めだな。講和条件を軍略方に検討させよう。

講和条件の中には義昭、顕如の事も入れた方が良いな。毛利領内に留まる事を許さず。あの二人、如何するかな。朽木に降るか、それとも九州に逃げるか。義昭は島津、龍造寺に行きそうだな。しかし顕如は如何だろう、或いは降伏するかもしれん。その処遇を如何するか……。

「ところで御屋形様、武田の姫様方の事でございますが」

「松姫と菊姫の事か？」

「はい、如何なされます」

如何？　何だ、新次郎。その奥歯に物が挟まった様な物言いは。嫌な予感がしてきたぞ。

「何が言いたい」

「されば若殿が上杉より姫を迎えられます。となると武田の姫を家臣に嫁がせるというのは……」

新次郎の言葉に皆が複雑そうな表情をした。なるほど、それが有ったか……。

「親族衆では駄目か？」

俺が問うと新次郎が首を横に振った。

「若殿の正室が上杉家以外から迎えられるのなら申しませぬ。ですが……、やはりどちらか御一人は御屋形様の御側に置かれませぬと。武田の遺臣達も不満に思いましょう」

「皆も同意見か？」

皆が頷いた。なんだかなあ、来年には篠を側室にするのに武田の姫を？

「しかしな、変な閥が出来んか？　子が出来てその子の周りに武田の者が集まる。それは避けたいのだが」

「御屋形様の御懸念は御尤もにございます。しかし弥五郎様を始め松千代様、亀千代様は御正室腹、それは揺るぎませぬ。武田の姫に子が出来、元服する頃には弥五郎様は朽木の家督を継いでおられましょう。余り御心配は要らぬかと」

五郎衛門が断言した。大丈夫かな？　まあちょっと検討が必要だな。小夜にも相談しなければならんし恭にも確認してみよう。

天正二年（一五七八年）　一月下旬　　近江国蒲生郡八幡町　　八幡城　　真田昌幸

「皆集まったか」

御屋形様の言葉に暦の間に集まった者達が畏まった。竹中半兵衛殿、沼田上野之助殿、芦田源十郎殿、長左兵衛殿、長九郎左衛門殿、朽木主税殿、日置助五郎殿、宮川重三郎殿、荒川平四郎殿、長沼陣八郎殿、内藤修理亮殿、そして俺真田源五郎。皆軍略方として朽木の軍略を、御屋形様を支える者達だ。そして御屋形様の傍には相談役の蒲生下野守殿、黒野重蔵殿、日置五郎衛門殿、宮川新次郎殿が居た。

「皆も知っての通り四月には毛利攻めを行う。山陰、山陽の二方向から攻める。毛利は相当に追い込まれる筈だ」

皆が頷いた。

「あの家は朽木と同じ国人衆から成り上がった。守護を務めた家なら面目に拘って滅びの道を選ぼうがそういう事はするまい。何処かで和を求めて来る筈だ」

また皆が頷いた。

「軍略方は講和の条件を検討してくれ。勿論、対等の和ではない。毛利の服従を受け入れるという形になる。それがはっきりと分かる様な形の条件を検討して欲しいのだ」

ざわめきが起きた。皆が驚いている。

「滅ぼすのではありませぬので？」

沼田上野之助殿が問い掛けると御屋形様が頷かれた。

「九州で伊東が滅びた。島津が力を伸ばしつつある。毛利を滅ぼすのは難しくないが時が掛かる。天下統一を考えた時、九州で島津が力を付けるのを許すのは愚策だ」

「大友が居ますが？」

日置助五郎殿が問うと御屋形様が首を横に振った。そして〃鍋丸〃と助五郎殿の幼名を呼んだ。

「大友は龍造寺を持て余しているのだぞ。到底島津に勝てるとは思えぬな。龍造寺は西から、南から島津に攻められて右往左往するだけだろうよ」

「……」

「それにな、織田殿の事を考えるとな、毛利攻め、九州攻めで余り手間取りたくないのだ。今は俺に協力する姿勢を示しているが織田殿の心には天下への野心が有る。俺に隙が見えれば当然だが牙を剥くだろう。毛利には大名を上手に唆《そそのか》す御仁も居るしな」

なるほどと思った。御屋形様が危険視しているのは織田か。朽木が西で手間取っている時に織田が東で事を起こす。有り得ない事ではないな。頷いている者も居る。

「御屋形様の御懸念、良く分かりました。毛利は潰さずに朽木に服属させる、良い御考えかと思いまする。となりますと毛利との講和の条件でございますが外せぬ眼目を教えて頂きたく思いまする」

朽木主税殿が問うと〃そうだな〃と御屋形様が仰られた。

「先ず公方様の追放、そして顕如の追放だ。これは外せぬ」

「引き渡しではありませぬので？」

俺が問うと御屋形様が〝フッ〟と御笑いになられた。

「そんな事をすれば二人に価値が有ると認めるようなものではないか。二人が俺に降伏する、朽木の法の下で生きるというなら受け入れるがそうでなければ無用だ。朽木の法の及ばぬところで生きて行けばよい」

価値は認めぬという事か。御屋形様も厳しい事よ。さぞかし公方様も顕如も屈辱であろうな。

「それと畠山修理亮《はたけやましゅりのすけ》の首だ。あの男は一旦は朽木に服属しながら裏切った。或いは俺を欺いて服属したのかもしれぬが許せる事ではない。俺は毛利にあの男の首を要求する」

皆が頷いた。三好左京大夫殿、伊勢伊勢守殿、細川兵部大輔殿が死んだのも畠山が裏切った事が一因としてある。許せる事ではない。

「他には領地の割譲だな。その時点で切り取った領地以外にも割譲させる。それによって毛利は朽木に負けたのだという事を天下に、何よりも毛利に理解させる」

「……」

「以上の三点は必ず条件に入れる事。それ以外は軍略方に任せる。質問は有るか？」

半兵衛殿が周りを見た。皆無言だ。それを確かめてから上野之助殿が〝ございませぬ〟と答えた。

「では頼むぞ」

皆が畏まってから席を立った。廊下をぞろぞろと歩く。

「石見の銀山はこちらで押さえなければなるまい」

「確かに」

ボソボソと話す声が聞こえた。芦田源十郎殿と長左兵衛殿だな。

「顕如はこちらに引き取った方が良いのではないかな」

「岩松、御屋形様は無用だとお考えだぞ」

「それは分かっている。しかしな、鍋丸。安芸は一向門徒の勢力の強い所だ。毛利を大人しくさせるには顕如をこちらで押さえた方が良いと思うのだ」

「なるほど、確かに一理あるな」

岩松と鍋丸か。日置助五郎殿と宮川重三郎殿だな。

「九州攻めを行おうとしても安芸が混乱しては……」

「上手く行かぬな。それこそ織田が動きかねぬか……」

二人の声が暗い。安芸か、確かに厄介な土地だ。講和条件は九州攻めまで睨んだ形で作らねばなるまい。なかなか難しくなりそうだ。


天正二年（一五七八年）一月下旬　越後国頸城郡春日村　春日山城　樋口兼続

パチリ、と石を置く音がした。

「喜平次様、三でございます」

「うむ」

パチリ、と喜平次様、いや弾正少弼《だんじょうしょうひつ》様が石を置く。碁盤を挟んで弾正少弼様と竹姫様が向かい合っている。でも二人とも相手を見ていない。見ているのは盤上の石だけだ。今のところ弾正少弼様の三勝四敗、此処で勝てば四勝四敗の五分だ。

パチリ。

「喜平次様、四でございます」

「うむ、三じゃ」

弾正少弼様が竹姫様の石を防ぎながら三を宣告した。パチリと竹姫様が石を置くと弾正少弼様の表情に狼狽が見えた。

「四三でございます。竹の勝ちです」

弾正少弼様が〝ホウッ〟と息を吐いた。これで弾正少弼様の三勝五敗になった。竹姫様は御強い。

「もう一番、お願い出来ますか?」

「いや、もう十分に負けた」

竹姫様が〝まあ〟と言ってコロコロと笑った。つられたように弾正少弼様もお笑いになった。弾正少弼様は妹君の華姫様、奈津姫様を苦手になさっているが竹姫様はそうではない。最初の頃はぎこちなかったが今では口数は少ないがごく普通に接しておられる。まるで仲の良い御兄妹のようだ。

「また上洛する事がございますか」

「さて、どうであろう」

「淡海乃海《あふみのうみ》を見たいと思います。何度見ても見飽きませぬ」

「そうか」

「船が一杯走っていました」

「そうだな」

「あの船には一杯荷が積んであるのだと。淡海乃海を使って荷が色々な所へ行くのだと。以前父上が楽しそうに教えてくださいました」

「そうか」

弾正少弼様が不思議そうな声を出された。

お気持ちは分かる。天下を制そうとされている御方が娘と船を見て楽しんでいる。想像がし辛い不思議な光景だ。

「喜平次様、淡海乃海には人魚が居るのですよ」

「人魚？」

弾正少弼様が私を見た。困ったような御顔をされている。

「願生寺と観音正寺というお寺には人魚の木乃伊《ミイラ》が有るのです」

「木乃伊？」

「御存じありませぬか？　干乾びた身体の事です」

弾正少弼様が〝ああ、あれか〟と頷かれた。

「人魚か、海に居るものとばかり思っていたが……、そう言えば佐渡には八百比丘尼《やおびくに》の言い伝えが有ったな、与六」

「はっ、人魚の肉を食べて千年の寿命を得たと言われておりますが、自身は歳を取らない事をむしろはかなみ、寿命のうち二百年分を国主に譲って諸国を巡り、最期は八百歳になった時に若狭へ渡って入定《にゅうじょう》したと聞いております」

私が答えると竹姫様が眼を大きく見開いて〝まあ、凄い〟と驚かれた。

「千年……、木乃伊だとどのくらいかしら、五百年くらい？」

竹姫様が小首を傾げている。どうやら竹姫様は干乾びた肉では効能が落ちるとお考えのようだ。

弾正少弼様が声を上げてお笑いになった。

「竹姫は長生きしたいのかな？」

「はい！　長生きして色々と見たいと思います」

竹姫様が元気よく答えられると弾正少弼様がまたお笑いになった。

「しかし五百年も生きては飽きてしまうかもしれぬぞ。八百比丘尼もはかなんだと言われている」

「……そうでございますね」

シュンとなってしまった。沈んでおられる。さてどうやってお慰めしたものか……。

「畏れながら申し上げまする。八百比丘尼の話はあくまで言い伝えで真実ではないと思われまする」

「……」

「八百比丘尼は二百年を国主に譲ったと言われておりますが二百年も生きた国主の話など聞いた事がございませぬ。本当に二百年を生きたのなら後世に伝わっている筈でございます」

竹姫様が私をジッと見て溜息を吐いた。何故そんな事を……。

「喜平次様、与六は頭は良いですけど詰まりませぬ」

弾正少弼様が〝プッ〟と吹き出された。

「そうか、詰まらぬか」

「はい、夢がございませぬ」

弾正少弼様が頭をのけ反らせてお笑いになった。そんなに笑わなくても……。それに夢が無いとは……。


天正二年（一五七八年）　一月下旬　越後国頸城郡春日村　春日山城　上杉景勝

「華に続いて奈津の嫁入りも決まりました。御目出度い事が続きますね」

母の言葉に父が頷く。そして華、奈津が嬉しそうな表情を見せた。竹姫はおっとりと座っている。確かに目出度い、これで少しは春日山城も静かになる。押し付けられる織田勘九郎殿、朽木弥五郎殿には災厄かもしれぬが一人なのだ。二人押し付けられた俺よりはましだろう。

「喜平次殿、そなたもそう思うでしょう」

「はい」

俺が答えると母がホウッと息を吐いた。嫌な事をする、もう少し言葉を出せという事なのだろう。

「目出度いな、華、奈津」

「有難うございます、兄上」

「嫌々のようですけれど嬉しいですわ」

だから口を開くのが嫌なのだ。我が家の女達は口が達者過ぎる。おまけに父は妹達に甘い。

「秋には華の輿入《こしい》れを行う事になる。その前に喜平次の関東管領就任を行わなければな。御実城《おみじょう》様《さま》も頻《しき》りに気にしておられる」

となると関東管領職への就任は遅くとも夏までには終わらせなければならんという事になる。華は関東管領の妹として織田家に嫁ぐのか。……このお喋りで可愛げのない妹が？　いくら乱世とは言え世も末だな。

「来年は奈津が嫁ぐ。寂しくなるな」

父上、貴方は寂しいだろうが俺は清々する。来年、いや二人が居なくなった再来年が待ち遠しい気分だ。だが言葉には出せん、重々しく頷く事で我慢した。上杉家の家督相続は多分来年だな。奈津が嫁ぐ前というところだろう。それにしてもこの騒々しい妹が朽木家に嫁ぐ？　淡海乃海の鯰が怒るぞ。そっちの方が心配だ。

「華と奈津が居なくなっては竹姫様も寂しくなりますね」

「はい、寂しいです。でも喜平次様がいらっしゃるから大丈夫です」

母の問いに竹姫が答えると皆が笑い声を上げた。

「良かったですわね、兄上」

「本当、竹姫様だけですわ、無愛想な兄上を慕ってくれるのは」

余計な御世話だ。お前達も少しは竹姫のような大らかさと素直さを持て。そうすれば可愛げも出る。見ろ、竹姫は今も何が可笑しいの？　と言う様にきょとんとしている。大らかな性格で嫌味が無い、素直なのだ。刀の手入れをしても文句を言わないし喋らなくてもそれを気にする事も無い。傍に居られても負担に感じずに済む。時々妖怪の話や壺の話をされるとちょっと困るが何時も俺を困らせるお前達に比べればずっとましだ。お前達の御蔭で俺は女という生き物に大分耐性が出来た。直江津の湊に行きたがるのも散歩だと思えば悪くない。別に何かが欲しいと強請《ねだ》るわけでもないからな。そのうち壺を買ってやろう。

「嫁入りにはどのくらいの供が付きますの？　竹姫様の時には三万人の供が付きましたけれど」

華の問い掛けに奈津が頷いた。

「まあそんなには無理だ。精々五千人といったところだろう」

「そうですね」

父と母の会話に妹達が不満そうな表情を見せた。

当然だろう、あの時朽木家が三万人もの供を付けたのは俺の立場を強固なものにするためだ。他にも屏風や花火などで皆の度胆を抜いて俺の立場を固めてくれた。そうでなければ上杉家は今でも後継問題で揺れていただろう。近江中将様が無理をして下さったのだ。お前達の婚儀が決まったのは俺の立場が強固になったからだ。供は五千で十分だ。十分過ぎて御釣りが来るな。

「詰まらないの」

「本当」

詰まる詰まらぬの問題ではない。その必要性を認めぬという事だ。五千でも相当なものだぞ。

「我儘を言うな、嫁入り道具も揃えなければならん。二年続けての嫁入り、上杉家と雖も容易ではないのだぞ」

父の言葉に不承不承二人が頷いた。納得したらしい。俺が同じ事を言ったらギャーギャー盛りの付いた猫の様に騒いだだろう。可愛くないのだ、この二人は。

確かに上杉家にとっては容易ではない。だが織田、朽木としっかりとした絆を結ぶ。その事が上杉にとって何よりも大事なのだ。織田は武田を滅ぼし、いずれは伊豆攻めに入る。それが終われば相模攻めだ。関東に織田が入って来るのだ。だから多少の無理をしてでも二人を嫁がせる。その辺りを華と奈津にはしっかりと理解してもらわなければ……。今の上杉は盤石とは言えぬのだ。土台を固めなければならぬ。

「そうですね、嫁入り道具は京で揃える物も出て来ましょうし……」

母が溜息を吐いた。

「公家の方々に頼まなければならぬ物も有ろう。越後屋に京に行ってもらわなければならぬ」

「頭の痛い事ですわ」

両親の心配はもっともだ。特に奈津は朽木家に嫁ぐ。向こうは京を治めているのだ。在り来たりな嫁入り道具では奈津も肩身が狭かろう。上杉の色を出さなければ……。

まあ上杉領の特産と言うと海産物に越後上布、絹織物、木材だが……。まさか鮭や白海老を持って行くわけにも行かんしなあ……。贈り物としては喜ばれるだろうが嫁入り道具にはならん。さて一体何が用意されるのか……。

天正二年（一五七八年）　二月中旬　　近江国蒲生郡八幡町　　八幡城　　朽木基綱

今夜は冷えるな。こんな夜は隣に人が居る事が素直に嬉しい。柔らかい辰の身体を抱き寄せると辰が頭を胸の上に置いた。そして大きく息をした。

「如何した？」

「もう直ぐ御屋形様は御出陣でございます。ですから匂いを……」

最後は良く聞こえなかった。多分匂いを覚えておこうというのだろう。小夜と雪乃も同じ様な事を時々する。そして戦場から戻って来るとやはり同じ様に匂いを嗅ぐ。あれって何なんだろう。俺が本物だと確認してるのかな、女って不思議だ。

辰がまた匂いを嗅いでいる。可愛いとは思うんだがちょっと恥ずかしい。俺、もう三十なんだよな、加齢臭とか大丈夫だよな。

「今夜は冷えるな」

「はい」

「寒くはないか」

「大丈夫でございます。御屋形様はとても温こうございます」

「そうか、辰も温かいぞ」

辰がクスクスと笑い出した。側室になって一年か。幸せなのかと不安に思う時が有る。

「御屋形様」

「何だ？」

「辰は幸せでございます」

「……」

ちょっと言葉に詰まった。考えていた事の答えを言われた。分かるのかな？　俺が何を考えていたのか。

「温井、三宅の家が畠山に滅ぼされ篠と二人きりになった時は不安でございました。これから私達はどうなるのかと怯えていたと思います。御屋形様に庇護《ひご》された時もその不安は消えませんでした。国を幾つも攻め獲った御方だから恐ろしい御方に違いないと思ったのです」

「そうか」

根切りに焼き討ち、恐ろしいと思うのは当然だ。辰が手を伸ばしてきた。俺の胸を寝巻の上から弄《まさぐ》った。

「でも違いました。御屋形様は私達を気遣ってくれました。本当に優しくて私も篠も御屋形様を兄上の様に思う様になりました」

「……父親でも良かったのだぞ」

辰が〝まあ〟と言って笑い出した。そんな可笑しいかな。今年で三十だ、十代半ばの娘が居ても可笑しくはないんだが……。

「大方様は私達を実の娘の様に可愛がって下さいました」

そうだろうな、綾ママにとって俺は可愛げのない息子だった。愛情を注げる存在が欲しかったのだろう。それに息子と違って娘は着飾らせて楽しむ事が出来る。楽しかっただろうな。……もしかすると綾ママが辰と篠を俺の側室にと考えたのは二人を手放したくないと思ったからかもしれない。

「幸せでございました。御屋形様に守られ大方様に可愛がられ朽木家の人間として育てられたのです。ずっと、ずっとこんな日が続けば良いと思っていました。ですから大方様から御屋形様の側室にと言われた時には嬉しゅうございました」

「……」

辰が欲しかったのは家族だったのかもしれない。畠山に不当に奪われた家族、その温もり……。

「御屋形様」

「うむ」

「辰は幸せでございます」

「そうか」

胸を弄る辰の手を握った。辰が握り返してくる。

不意に子が欲しいと思った。俺と辰の子が。温井家の再興の為じゃない、辰を俺の家族にするためだ。身体を入れ替えた。辰が〝御屋形様〟と驚いたような声を上げた。

「辰、もう一度良いか？」

「はい、嬉しゅうございます」

男でも女でも良い、子を作ろう。辰の柔らかな身体を抱きながら思った。側室じゃない、辰は俺の大事な家族だ。

飲水病

天正二年（一五七八年）　三月上旬　　播磨国飾東郡姫山　　姫路城　　黒田孝隆

「吉兵衛から文が届いたそうだな」

妻の光《てる》と息子からの文を読んでいると父が声を弾ませて部屋に入って来た。

「はい、これに」

「どれどれ」

差し出すと奪う様に受け取ってドンと音を立てて座った。貪る様に読み出す。妻がクスクスと笑うのも気にかけない。それほど長いものではない、読み終わるともう一度読んでホウッと息を吐いた。

「元気でやっているようだな、安心した」

「はい」

「若殿の御側で勤めるか。吉兵衛の他に細川様、明智様の御子息も一緒か。良い刺激になるであろう」

父がウンウンと頷いている。

「そうですな」

朽木は人が多い、得る物も多い筈。文には八幡の繁栄に驚いていている内容が書かれていたがそこから何を得てくれるか……。

「初陣は次の出兵か」

「そうなります。叔父上に八幡城に行って貰いました。大丈夫でしょう」

叔父は嬉しそうに八幡に向かった。おそらくは壺を手に入れるつもりであろうというのが善助、九郎右衛門、太兵衛の読みだ。叔父も最近焼き物に煩くなったらしい。

「そうだな。しかし備中、備後を獲られれば毛利も苦しかろう。次は安芸、毛利の本拠地になる」

「山陰では伯耆、出雲に尼子が調略をかけていると聞いております。そちらの方が毛利にとっては危険でしょう。山陽道に夢中になっていると鯰江様に北から攻め込まれますぞ」

父が〝それも有るな〟と言って頷いた。

「毛利もここ二、三年だろう。それ以上は保つまい」

「まあ、毛利様がですか？」

光が驚いたように父と俺を見た。毛利は未だ山陽、山陰に大きな勢力を持っている。二、三年で滅ぶとは信じられないのだろう。

「父上の申される通りだ。備中、備後、伯耆、出雲を失っては毛利に服属する国人衆が動揺する。一旦崩れれば将棋倒しのように皆が朽木家に靡《なび》こう。そうなれば毛利も終わりだ」

俺の言葉に父が頷いた。光が〝厳しいのですね〟と言った。そう、厳しい。大を成すためには頼りがいが有ると周囲に証明しなければならない。だからこそ中将様も先の戦で先頭に立って戦われたのだ。そして毛利はそんな中将様に圧されている。

「まあそうなる前に和睦をと考えるだろう。毛利には安国寺恵瓊という坊主もいる。むざむざと毛利を潰す事はあるまい」

俺の言葉に父が頷いた。毛利が降伏したら顕如と義昭様は如何するのか。九州か奥州に行くしかない。意地を張って九州に行っても影響力は殆ど無いだろう。もはや二人とも死んだも同然だな……。

「毛利の次は九州か。中将様はまた一歩天下に近付かれるな」

父が大きく息を吐いた。

「そうですな。しかし九州は大友、島津、龍造寺が争う所、なかなか簡単には進みますまい」

特に大友の扱いが厄介だろう。明確に同盟を結んだわけではないが一条家を通して繋がりが有る。それに形としては毛利を挟撃するようになっている。さて、如何なるか……。

ドンドンと足音が聞こえた。〝御隠居様、御隠居様〟と父を呼ぶ声が聞こえる。

「父上、太兵衛ですぞ」

「そうじゃの」

「壺の話ではありませぬか」

俺の言葉に妻の光がクスクスと笑う。太兵衛はしばしば父の許を訪ね壺の話で盛り上がっている。中将様から頂いた二つの壺を父に見せに来た事は黒田家では有名な話だ。

「かもしれん。どれ」

嬉しそうに立ち上がろうとする父を〝父上〟と止めた。

「こちらへ呼んでは如何です。某も光も父上と太兵衛がどんな話をしているのか興味が有ります」

「そうか、そなたも興味が有るか」

父が嬉しそうに言って座り直した。

「太兵衛！　父上はこちらだ！」

大きな声で呼ぶとドンドンという足音が近付いて来た。太兵衛が姿を現す。背中には木箱を背負っていた。どうやら壺を持ってきたらしい。

「こちらでございましたか」

「うむ、官兵衛と光が壺の話を聞きたいそうじゃ。さあ、入れ。背負っているのは壺じゃな。織田焼か、珠洲《すず》焼か、それとも丹波焼かな」

太兵衛が〝失礼致しまする〟と言って部屋に入って来た。背負った木箱を下ろして座った。

「御隠居様、織田焼でも珠洲焼でも丹波焼でもございませぬぞ」

太兵衛が自慢げに言った。父が〝ほう〟と嬉しそうに声を上げた。妻の光が口元を押さえてクスクスと笑っている。

「何を持って来たのだ、太兵衛」

「されば、これにござる」

太兵衛が木箱の中から壺を取り出した。

「これは！」

「まあ！」

「なんと！」

嘆声が上がった。太兵衛が取り出した壺は白っぽい素地に赤、茶、朱色などの線が入った美しい壺だった。

「美しい壺ですね、太兵衛」

「備前焼にござる」

妻が褒めると太兵衛が顔を綻ばせ自慢げに答えた。はて、自分の知っている備前焼とは随分と違うような気がするが……。

「これがか？」

父も首を傾げている。

「はい。火襷《ひだすき》と言いましてな、壺を焼く時に藁で壺を包むのだそうで。すると藁が壺に触れた部分に色が付くのだとか」

「ほう」

父が嘆声を上げた。

「元々は壺を焼く時に壺と壺がくっ付かぬ様に藁を挟んだのが始まりだと聞きましたぞ」

「なるほどのう。備前焼にも色々有るのじゃな。黒備前だけではなかったか」

父の言葉に太兵衛が〝はい〟と頷いた。父は唸りながらしげしげと壺を見ている。

「貴方様も一つ求められては如何でございますか？」

「壺をか？」

問い返すと妻が〝はい〟と頷いた。

「とても綺麗ですし御義父様も太兵衛も楽しそうでございます」

どうやら妻も壺が気に入ったらしい。困ったものよ、だが無下には断れぬな。

「そうだな、適当なのが有ったら買ってみるか」

妻が頷き父が笑い出した。

「そうか、そなたも壺の良さが分かったか、官兵衛」

いや、そういうわけではないのだが……。

「殿がどのような壺を選ばれるのか、楽しみにござる」

「そうよのう」

「……ま、その内に……」

困ったぞ、買うと言っても何を買えば良いのか……。詰まらぬ壺を選んでは皆に文句を言われよう。面倒だな、いっそ中将様に御願いして適当な壺を送って貰うか。それなら誰も文句は言わぬ筈だ。


天正二年（一五七八年）　三月下旬　　近江国蒲生郡八幡町　　八幡城　　朽木基綱

「病？」

「はっ」

闇の中で小兵衛が答えた。

「織田殿が病だと言うのか?」

「飲水《いんすい》ではないかと」

「飲水……」

飲水、やたらと水を飲み小水を出す病気。現代では糖尿病という名で知られている。信長が糖尿病? 高血圧というのは聞いた事が有る。本能寺の変が無くても数年後にはそれが原因で謙信《けんしん》同様に死んだんじゃないかという説が有る事も知っている。だが糖尿病? 甘党だとは史実からも知っているが……。この世界の信長はちょっとメタボ気味だよな。それが影響しているのか? どうも信じられんな。

「水を飲みたがるのか?」

「はい、尿もかなり出るようで。今月の初めに伊豆攻めを行う予定でしたが足に痛みが走り、取り止めたようでございます。未だ寒いのでもう少し暖かくなってからにするとか」

「……なるほど」

サラリーマンをやっている頃に同僚や得意先に糖尿病の人間が居た。色々話を聞いたから多少は知っている。糖尿病で出る症状は頻繁に喉が渇いて水を飲んでトイレに行く事だ。信長の症状は合致するな。そして糖尿病で怖いのが合併症だ。糖尿病が原因で発症する病気、その一つが目だ。網膜に異常が出て失明する。二つ目は神経障害、こいつは身体に痺《しび》れが、痛みが発生する。三番目は腎不全。信長は二番目の神経障害を発生しているらしい。

しかし信長が糖尿病? なんか信じられんな。織田は昨年の夏から駿河の今川館を改築して東国攻略の拠点にしようとしている。これから関東に攻め入ろうとしているのに大将の信長が糖尿病？

……いや、待て、神経障害が発生すると痛み、痺れから非常に苛立つと聞いた事が有る。信長の癇《かん》性《しょう》ってまさかこれか？　痩せていても糖尿病というのは十分にある。だとすると史実でも信長は糖尿病だったのか？　分からん、しかし暖かくなったら伊豆攻めという事は信長もその周囲も糖尿病の合併症ではなく関節炎とでも思っているのかもしれない。

「駿府《すんぷ》の城が出来るのは何時頃だ？」

「大分急いでいる様にございますが来年の完成は難しいかと」

「織田殿は癇性が激しいと聞いたが？」

「はっ、御怒りになると折檻が厳しいと聞きます」

やっぱり糖尿病が原因かな、思わず溜息が出た。糖尿病か、気を付けよう。野菜、玄米、麦飯だな。あんまり美味くないんだよな、でも我慢だ。長生きした人間が最後は勝つんだから。健康に気を付けないと。

いや、そんな事より今考えなければならないのは信長の寿命だ。肥満、糖尿病、高血圧か。完全なメタボ、生活習慣病だな。信長は長くない。その死は史実よりも早いかもしれない。あるいは謙信同様高血圧によって脳に異常が生じるかもしれん。となれば戦国武将としての寿命はさらに短い可能性が有る。

「小兵衛、織田殿の傍に人を入れられるか？」

「それは……、時間を頂けるのであれば可能かとは思いまするが……」

「急ぐ」

「……難しいかと」

重苦しい空気が漂った。小兵衛も俺が信長の寿命が短いと判断していると思ったのだろう。

「では織田殿の側近から情報を入手出来るか？」

「それは」

「出来るのだな？」

「はい」

「どんな小さな事でも良い、何かおかしな事が有れば報せてくれ」

「はっ」

「それと徳川の動きから目を離すな。徳川が織田殿の病の事を知れば……。或いは妙な事を考えるかもしれん」

「……織田からの独立……」

「可能性は有るな」

動くのは信長が動けなくなってからだろう。だが準備はするかもしれん。その兆候だけでも見つけておきたい。……三河か。

「小兵衛、三河にも人を入れてくれ。特に徳川の家臣で三河に残った者から目を離すな」

「はっ」

徳川の人間と密かに会うようだと危険だ。三河で一揆を起こす可能性もある。三河に注意を向けておいて甲斐で事を起こす……。

信長が倒れれば跡を継ぐのは嫡男の信忠だ。織田勘九郎信忠、この男に家康の相手が出来るかな？　分からん。場合によっては東海から関東にかけてとんでもない騒乱が起きるだろう。上杉と協力して東海、関東に兵を出す事になるかもしれない。上杉は織田と婚姻で絆を強めたが上杉の立場を強める事よりも織田の窮状を救う形で婚姻が役に立つかもしれないな。

毛利を降すのが今年から来年。直ぐには九州攻略に向かえん。旧毛利領の慰撫《いぶ》、そして毛利を完全に従属させなければならん。どのくらいかかるだろう、二年か、三年か……。九州へ向かえるのは最短でも三年から四年は先だろう。その時、信長が倒れたら如何するか？　状況にもよるだろうが九州攻略は後にせざるを得ないだろう。全力で東海、関東の混乱を鎮め早期に終わらせる。そして九州攻めだ。

一番拙《まず》いのは九州攻略中に信長が倒れる事だ。その場合、朽木は東西で問題を抱える事になる。勘弁して欲しいわ。九州攻略を中断するのは拙い、だが片手間に出来る事でもない。九州はこれから統一に向かう。大友、島津、龍造寺、誰であろうと統一させるのは拙い。その前に叩いて朽木の手で秩序を作らなければ……。

大体信長がいつ倒れるかなど誰にも分からないのだ。用心はすべきだが統一事業を遅らせるべきじゃない。九州でも伊東が滅び島津の勢いが強くなった。天下は動いている、そして未来は流動的だ。やはり毛利は年内に片付ける必要が有るな。軍略方に講和条件を検討させているがそろそろどんな案が出たか確認しよう。

「厄介な事になったな、小兵衛」

「真に」

「だがこれまでにも厄介な事は有った。一つ一つ片付けて行こうか」

「はっ」

そう一つ一つ、出来る事からだ。


天正二年（一五七八年）三月下旬　　近江国蒲生郡八幡町　　八幡城　　朽木堅綱

遠くから小鼓《こつづみ》の音がした。

「若殿、鼓の音がします」

「父上だ、与一郎。時折悩み事が有られる時は小鼓を打たれる。大体半刻から一刻。心を落ち着かせるためだと聞いている。他にも壺を磨《みが》いたり算盤を弾《はじ》く事も有る」

細川与一郎、明智十五郎、黒田吉兵衛の三人が感心したように頷いた。

「御屋形様でもお悩みになる事が有るのでしょうか？　父からは御屋形様は何時も力強くて頼りがいの有るお方と聞いております」

吉兵衛が、いや、十五郎、与一郎も訝しげな表情をしている。

「有る様だな、吉兵衛。もっとも私には父上が何をお悩みなのか分からぬ。私には何も相談してくれぬからな」

三人がちょっと困った様な顔をした。自分が未熟な事は分かっている。何時になったら父上の御役に立てるのか……。

母上から父上を労《いた》わって差し上げなさいと言われた。母上には父上の御苦しみが分かるらしい。だが私には分からない。吉兵衛の言う通りだ、父上は何時も強く大きい。いつか父上は私を頼ってくれるのだろうか？　私はそこまで大きくなれるのだろうか……。父上に不満など無い、ただ役に立ちたい、それだけなのだ。

「如何なされました、若殿」

心配そうに十五郎が私を見ている。

「いや、今回初陣を済ませれば少しは父上に認めて貰えるのだろうか、そう思ったのだ」

三人が困った様に口を噤《つぐ》んでいる。そうだな、初陣を済ませたくらいでは認めて貰える筈がない。父上の周りには百戦錬磨《れんま》の家臣達が揃っている。父上御自身も当代きっての戦上手なのだ。私の様な未熟者では……。

半兵衛や新太郎から何度も聞いた。父上はお若い時から戦に出られて一度も後《おく》れを取る事が無かった。皆が父上の下で安心して戦えたと。私には無理だ、とてもそんな事は出来そうにない。

「若殿、千里の道も一歩からと申します。先ずは今回の初陣で一歩踏み出される事が大事なのではありませぬか」

与一郎の言葉に十五郎、吉兵衛が頷いた。励まされている、有難いと思う。でも情けないとも思った。私は気遣われている。

「そうだな、与一郎の言う通りだな。少しずつ父上に認めて貰えるように努めなければ……。その方達にも力を貸して貰う事になる、頼むぞ」

「はっ」

「微力を尽くしまする」

「必ずや」

細川与一郎、明智十五郎、黒田吉兵衛、三人が頷いた。少しずつ、少しずつだ。母上に言われた通り、自分に足りぬ物を埋めて行く。そうやって父上の御力になるしかない……。


天正二年(一五七八年)　四月中旬　　備前国御野郡岡山　　石山城　　朽木基綱

美作を攻略し朽木軍六万が備前の石山城に入ったのは四月の中旬だった。美作では殆ど戦は無かった。毛利勢は降伏するか逃げたかだから攻略と言うより接収に近い状態だった。その御蔭で軍の士気は極めて高い。山陰道では鯰江の伯父御が伯耆に侵攻している。負けて堪るかという競い合う心が更に士気を高めている。良い傾向だ。

城の大手門では明智十兵衛が待っていた。十兵衛は備前攻略後は二万の兵を率いて御着城から石山城に居を移している。備中攻めにはその内の一万五千を率いる事になっている。

「御久しゅうございまする」

「うむ、久しいな、十兵衛。苦労を掛ける」

「いえ、そのような」

「十五郎を連れて来たぞ、十兵衛。初陣を済まさなければならぬからな、十五郎！」

大声で呼ぶと甲冑姿の十五郎が出て来た。十兵衛が嬉しそうな顔をした。やっぱり息子が可愛いらしい。十五郎も嬉しそうな顔をしている。

「なかなか凛々《りり》しいものだ、そうではないか？」

「いえ、まだまだでございまする。若殿の御側に付けられたとの事でございまするが御役に立てるかどうか……」

「謙遜《けんそん》は要《い》らぬぞ。先が楽しみだ」

十兵衛が〝恐れ入りまする〟と言って頭を下げた。嘘はついていない、十五郎は将来有望な少年だ。

挨拶を終え石山城に入ると大広間で早速軍議になった。弥五郎だけでなく細川与一郎、明智十五郎、黒田吉兵衛も参加を認めた。傅役の竹中半兵衛、山口新太郎も同席している。この二人にとっては久々の実戦になる。十兵衛が大きな地図を皆の前に広げた。二メートル四方は有るだろう。備前と備中の国境付近の地図だ。皆に分かるようにと大きな地図を作ったようだ。

「備前から備中に攻め込むとなれば境目の七つの城を攻略しなければなりませぬ」

十兵衛の声に皆の視線が国境の付近に集中した。

「北から宮路山城、冠山城、高松城、加茂城、日幡城、庭瀬城、松島城。既に調略は試みましたが全て拒絶されました」

十兵衛が渋い顔をしている。毛利は上手く連中の心を獲ったらしい。

「では攻めるしかないな」

「はい、この七城の中でも要となるのが高松城でございまする」

皆の目が地図上の高松城に集中した。

「かなりの堅城と聞いておりますが？」

官兵衛が問うと十兵衛が頷いた。

「高松城は土塁によって築かれた平城ではありますが周囲が湿地で田、沼、池が多くこれが天然の堀となっております。大軍を動かすには向きませぬ。しかも足守川が城の背後を流れており攻めるのは容易ではありませぬ。大手門の道は一本で騎馬が一騎駆け抜けられる程度の狭さでございます。徒《いたずら》に攻撃を仕掛ければ城から鉄砲で狙われるのは必定、それを避けて湿地に入り込めば、動けなくなる怖れがございます」

十兵衛の説明に彼方此方《あちこち》から溜息を吐く音が聞こえた。これじゃ七万を超える大軍でも簡単には落ちないわ。

「高松城にはどのくらいの兵が？」

「大凡《おおよそ》五千人の兵が籠《こも》っております」

五千人の敵、放置は出来ないな。先に進んで後背から襲われてはとんでもない事になる。

「如何なされますか？　大筒で攻撃するという手もございますが……」

松永弾正が問い掛けてきた。今回の戦には弟の内藤備前守と共に参加している。今年は三好左京大夫の三回忌だから無理するなと言ったんだけど今回は是非にと言われて参加を認めざるを得なかった。律儀なんだよな、何で史実では評判悪かったんだろう。さっぱり分からん。

「大筒で攻めるにしても残りの六城が邪魔であろう。先ずは高松城を裸にしよう」

皆が頷いた。宮路山城、冠山城を松永弾正と内藤備前守、加茂城、松島城を舅殿、日幡城、庭瀬城を明智十兵衛。俺は高松城が見下ろせる龍王山に陣を布《ひ》く事にした。弥五郎達が初陣をと願ったが許さなかった。早めに高松城攻めに入りたい。弥五郎達の初陣を認めればそのために攻略が遅れるだろうからな。

変わった初陣

天正二年（一五七八年）　四月下旬　　備中国賀陽郡高松村　　龍王山　　朽木基綱

「なるほど、これは厄介な」

朽木主税《ちから》基安が呟くと弥五郎、与一郎、吉兵衛が頷いた。重蔵、下野守は無言だ。主税ももう三十歳を超えた。毛利攻めが終わったら軍略方から外して俺の直属の指揮官にしよう。兵糧方でも軍略方でも特に問題は無かった。決して切れるタイプではないが安定した手堅い仕事をする男というのが主税に対する周囲の評価だ。

俺が陣を布いた龍王山は高松城から半里程の所にある。高松城が良く見えるのだがここから見ても攻め辛いのが分かった。高松城は足守川の横に広がる平野部に有る。平野部の中に有る細長く延びている小高い丘、その丘に高松城の本丸、二の丸、三の丸が有った。その背後に家臣達の屋敷らしい建物が有る。そのまた背後に足守川が有って屋敷らしい建物を守る形になっている。つまり背後から攻めるのは難しい。

そして城の周辺は明らかに湿地帯だ。沼、池が幾つか有る。これじゃ大軍は展開出来ない。多分、地盤もかなり柔らかいだろう。鎧の重みで一足毎にズブズブ沈む所も有るんじゃないかと思う。十兵衛は大手門の道は一本で騎馬が一騎駆け出来る程度と言っていたがそこまで行くのが大変だな。弓矢の攻撃でもかなりの損害が出そうだ。夏は蚊が出て大変だろうな。ついでに言えば夜は蛙《かえる》の鳴き声が煩いに違いない。蛇だって一杯いるだろう。湿気で物は腐り易いだろうし生活環境は決して良くない城だ。

俺だったら絶対に住みたくない。しかし主税が厄介なと評価したのは控えめに言っても妥当だ。これは攻め辛いわ。軍事的には間違いなく難攻不落で頼りになる城だろう。史実では秀吉は清水宗治に備中、備後を与えるから寝返れと言っている。これ一時凌ぎじゃなくて本気だったんじゃないかと思うほどだ。この城を放置して先には進めないんだから。

「御屋形様、如何なされますか？」

主税が問い掛けてきた。

「さて如何するかな、無理攻めは良くないと思うが……」

「間もなく御味方が残りの城を落としてここに集まりましょう。その上で一度降伏を促しては？」

「そうだな、使者を出そう」

先ず上手くはいかんだろう。だが手順としては敵を孤立させて大軍で威圧するのが常道だ。但馬では上手く行ったのだから主税の提案は間違っていない。だから弥五郎、そのように不満そうな顔をするな。重蔵も下野守も表情を変えていないぞ。攻め落とすのも降伏させるのも変わりは無いのだ。大事なのはどの城を攻めて周囲に威を示すかだ。そこを間違わなければ良い。

「しかしな、主税。上手く行くと思うか？　この城、相当に堅固だ。敵はその事に自信を持っているだろう。そう簡単に降伏はするまい」

「まあ、そうでしょうな。敵将清水長左衛門は城を枕に討ち死にすると小早川左衛門佐に誓ったと聞き及びます」

安心したよ、主税。お前が敵を甘く見ない男だと確認出来て。

「父上、攻めなければ高松城は落ちませぬ。それとも兵糧攻めになさるのですか？」

「まあ思うところは有るが皆が揃ってからだな」

弥五郎が不満そうだ。与一郎、吉兵衛、十五郎はそれほどでもない。弥五郎は感情が顔に出易いようだな。

「弥五郎」

「はい」

「もう少し感情を抑えよ。それでは皆に簡単に心を読まれてしまう。操られてしまうぞ」

「はい」

弥五郎が顔を赤くした。少しずつだ、教えて行かなければ……。

全軍が揃ったのは十日後の事だった。早速沼田上野之助《ぬまたこうずけのすけ》、真田源五郎を使者に出して降伏を促したがものの見事に失敗した。条件は本領安堵に五万石加増だったんだけどな、駄目だった。ケチだとは思わない。むしろ五万石加増の方が反故《ほご》にされる可能性は少ない、信じて良さそうだと思える筈なんだが……。やはり清水宗治はやる気だな。

「如何すべきだと思うか？」

皆答えない。そうだよな、使者になった沼田上野之助、真田源五郎が極めて攻め辛そうですと報告したばかりなのだから。

「やはり大筒で攻めた方が……」

日置左門の言葉に彼方此方で同意する声が上がった。

「御屋形様、お気に召しませぬか？」

「分かるか、半兵衛」

「それはもう、長い付き合いでございますれば」

竹中半兵衛がおっとりと笑う、何人かが半兵衛を咎めたが俺が止めた。半兵衛に笑われても腹が立たんな。それにしても俺って結構感情が表に出易いのかな？　だとしたら弥五郎を責められん。

「何か御考えが御有りなのでございますな？」

「有る」

半兵衛の問いに答えると皆が俺を見た。視線が痛いわ。

「正直に言う、途方もない攻略法だ。皆俺の頭がおかしくなったのではないかと疑うだろう。それに銭が掛かる。馬鹿みたいに掛かる。キチガイ沙汰《ざた》だな。だが上手く行けば毛利の度肝を抜けるだろうし、毛利に服属する国人衆の心を折ることも出来るだろう」

皆が黙り込んだ。そして俺をじっと見ている。小僧、その先を言え、そんな感じだ。

「高松城を水攻めにする」

「……」

あれ、あんまり感動が無いな……。

「高松城を水没させるのだ」

「……」

俺、日本語話してるよな。何で皆表情を変えないの、少しは反対意見とか出ても良い筈なんだけど……。

天正二年（一五七八年）　五月上旬　　備中国賀陽郡高松村　　龍王山　　小山田信茂

「水攻めか……、如何思う？」

問い掛けると浅利彦次郎昌種、甘利郷左衛門信康の二人が困った様な表情をした。

「分かりませぬな、水攻めと言っても水の手を切るのではない、城を水で埋めるとなると……」

「彦次郎殿の言う通りでござる。分かりませぬな、唐土《もろこし》にはそのような例《ためし》が有るとは聞き及びますが……」

二人とも歯切れが悪い。上手く行くのか行かぬのか判断が付きかねるというところであろう。だがこの龍王山からは高松城を水没させるべく普請作業が進められているのが見える。

「蛙ヶ鼻から長さ二十六町、高さ四間の堤《つつみ》を造る……。一体どれほどの銭を必要とするのか」

「土嚢《どのう》一俵で銭二十文を与えるそうですが……」

「土嚢は六百万俵は要ると聞いた。銭は十万貫を超えよう。途方もない話よな」

溜息が出た。

武田とは全てが違う。高が城一つに此処まで大がかりな事をするとは……。武田なら城を包囲し兵糧攻めをするのが精一杯であろう。或る程度こちらの武威を示してから調略を仕掛けるか降伏を促す。だが朽木は違う。銭を使い人を動かし堤を造ろうとしている。眼下には土嚢を持って来た百姓が次から次へと大勢集まっている。戦場と言うよりも普請場に近い。これが戦だろうか？　攻撃する我らが疑問を感じているのだ。城将の清水長左衛門は我ら以上に困惑しているだろう。

「しかし恐ろしいのは朽木家の人間が御屋形様の申される事を何の躊躇いも無く受け入れた事にござろう」

「如何にも、某も驚き申した」

確かにその通りだ。皆、さほどに驚く事も無く受け入れた。銭が掛かる事を思えば反対しても良さそうなものだが……。天下第一の富強というのは嘘ではないのだ。我らとは感覚が違う。それに皆銭勘定に明るい。銭に慣れ親しんでいるのが分かる。

「銭も有るのであろうが御屋形様に心服しているのであろうな。何と言っても朽木家を近江の一国人衆から天下最大の大名にしたのだ」

二人が頷いた。信玄公がそうであった。甲斐一国から信濃をほぼ制圧するところまで行った。我らは皆信玄公に従い戦場に赴いた……。あの敗戦が無ければ……。

「堤が出来ても水が溜まりますかな？」

彦次郎が小首を傾げた。

「足守川の水が入れば水は溜まらずとも泥濘《ぬかるみ》になるのではないか。間もなく毛利勢がやってこよう。毛利と戦う時に背後から襲われる可能性はかなり小さくなる」

「なるほど」

俺が答えると郷左衛門が頷いた。

「彦次郎殿、郷左衛門殿、水が溜まるかどうかは天候次第だろうな」

二人が空を見上げた。

「雨が降るかどうか、それ次第という事ですか」

「運ですな」

そう、運だ。事を謀るは人に有り、事を成すは天に有る。御屋形様に天運が有るかどうか……。


天正二年（一五七八年）　五月下旬　備中国賀陽郡高松村　龍王山　朽木堅綱

「御屋形様、毛利軍が間もなく当地へ、十日もすれば現れましょう」

「ほう、そうか」

黒野小兵衛の報告に父上が頷いた。そして立ち上がり陣幕の外に出た。皆がそれに従う。高松城が見える、堤に囲まれた高松城。だが堤の中に水は溜まっていない……。

「十日の内に雨が降ってくれれば良いのだが」

父上が空を見上げると皆も見上げた。快晴、雨が降りそうな気配は無い。十日の内に雨が降るのだろうか？

「確かにそうですが今でもかなり土地は泥濘んでいるとか。毛利と戦になっても簡単に城を出て加勢をとはいきますまい」

祖父の言葉に父上が頷いた。でも必ずしも納得はしていないようだ。不満そうに見える。

「そうだな、舅殿。だが出来れば最低でもあの家臣達の住まいは沈めたい。そうなれば皆が高松城に入る事になる。兵糧の問題も有るが受け入れが大変な筈だ、かなり苦しかろう。心が折れ易くなる」

皆が頷いた。なるほど、そういう事か。

水攻めをすれば敵は出撃は出来ない。そして城の中に大勢の人を入れてしまえばその分だけ兵糧は早く無くなる。降伏が早くなる。なるほどと思った。城の中に人が多ければその分だけ抵抗は激しくなる。力攻めは損害が大きくなる。しかし人が多くなれば兵糧は早く無くなる。包囲して時を稼ぐのも有効な攻略法か。

父上がまた空を見上げた。

「これから雨が多くなる時期だと思うんだが……」

「左様ですな」

「雨が降れば足守川の水も増水する。一気に堤の中は水が満ちる筈なんだが……。運だなあ、俺には運が無いのかな？」

父上の慨嘆《がいたん》に皆が笑い出した。

「中将様、中将様が運が無い等と申されましては天下に運の有る男など居りませぬぞ」

内藤備前守が笑いながら言うと父上が困った様な表情を見せた。

「そうかな、運が悪いとは言わないが運が良いとも余り言えぬと思うのだが……。しかし大将が運が無い等と嘆くというのは良くないな。運が有ると信じよう。うん、雨は必ず降る！」

また皆が笑った、父上も笑っている。

「弥五郎」

「はい」

「ここで黙って見ているだけでは詰まらぬだろう。戦がしたいか？」

「はい！」

父上が笑みを浮かべている。いよいよ初陣か。でもどこの城を？

「良かろう、初陣を飾らせてやろう」

彼方此方から声が上がった。皆が顔を綻ばせている。半兵衛、新太郎も喜んでくれている。

「して、何処の城を？」

「城攻めではないぞ、半兵衛。弥五郎は朽木家の跡取り、それなりの戦をさせる」

皆が押し黙った。父上も笑みを消している。

「弥五郎、朽木家の当主の仕事は様々にある。だが戦に関して言えば何時、誰と、何処で戦うかを決めるのが先ずある。そしてどのように戦を終わらせるかも決めねばならぬ。これは家臣には任せられぬ、当主の務めだ」

「……」

「父はこの高松城攻めで毛利を降伏させようと考えている。銭の掛かる水攻めを選んだのはそのためだ。毛利の見ている前で高松城を水に沈める。毛利の心を撃ち砕く、そのためなら十万貫など安いものよ」

ざわめきが起こった。皆が顔を見合わせている。

「その方なら毛利との戦、如何終わらせる。それを考えてみよ。攻め滅ぼすというならそれも良い。だが毛利攻めの後は九州も有るという事を忘れるな。その上で攻め滅ぼすか、和議を結ぶか。和議を結ぶのなら条件は如何するか、考えよ」

「……はい」

答えると父上が頷いた。これが初陣？　毛利を潰す？　和議？　それを考える？　如何する？　誰かに訊くしか……。

「誰も弥五郎に助言をしてはならぬ。弥五郎が相談して良いのは十五郎、与一郎、吉兵衛だけだ。四人で考えよ」

「はい」

声が掠れた。十五郎、与一郎、吉兵衛も顔が強張っている。我らだけでそれを考える？　そんな事出来るわけが……。

「その方に与える日時は二日だ。纏まったら父に報告せよ」

「……」

「和議の条件は軍略方に検討はさせたが最終的には父が判断を下す。それが当主の仕事だからな。和議か、潰すか、その方の進言に見るべきものが有れば取り入れる。励め」

「はい」

私の意見が取り入れられる？　分からない、如何すれば良いのだろう、とんでもない事になった……。


天正二年（一五七八年）五月下旬　備中国賀陽郡高松村　龍王山　朽木基綱

「随分と変わった初陣でございますな」

弥五郎達が宿題を片付けるために離れると明智十兵衛がニコニコしながら話しかけてきた。

「おかしいか？」

「いえ、御屋形様らしい壮大な初陣かと。水攻めをなされたのもそれが理由の一つでございましょう。いや、若殿も生涯忘れる事は有りますまい。良き初陣にございまする」

十兵衛が笑うと皆が笑った。

「十五郎にも良い経験になろう」

「はい、有難うございます」

十兵衛が頭を下げた。官兵衛、上野之助も頭を下げた。

「しかしどのような案を出してくるか、楽しみですな」

「願わくば御屋形様が取り入れられるような案だと良いが」

重蔵、下野守の言葉に皆がまた楽しげに笑った。

「ま、無理だろうな。戦の終わらせ方などこれまで考えた事も有るまい。今頃は戸惑っていよう」

あらら、楽しげな雰囲気が消えてしまった。

「宜しいのでございますか？　誰も助けずとも」

半兵衛が不安そうな表情を見せた。

「良いのだ、半兵衛。人それぞれに思う事、考える事は違う。正しい答えなど有って無い様なものだ。考えて考えて考え抜く。自分の出した答えに自信が持てずに悩んで悩んで悩み抜く。それが当主の仕事、宿命だ。弥五郎が身を以てそれを知ってくれれば良い。敵の首を獲る事よりも余程に役に立つ」

皆が頷いた。

首を獲る、敵を討ち果たすなどという仕事は家臣達に任せて良いのだ。朽木家の後継者ならば朽木の家をどのような方向に進めるか、それを常に意識しながら決断する事を求められる。それを理解してもらう。それが出来るようになれば知恵は家臣達から借りても良いのだ。俺だって皆から知恵を借りた。頑張れよ。

高松城水攻め

天正二年（一五七八年）五月下旬　　備中国賀陽郡高松村　　龍王山　　朽木堅綱

父上が指定した期日に考えが纏まったと伝えると父上は人払いを命じた。残ったのは父上、明智十兵衛、竹中半兵衛《たけなかはんべえ》、沼田上野之助、黒田官兵衛、そして私、与一郎、十五郎、吉兵衛。皆が居る所で話すよりは良いが遣《や》り辛い。与一郎、十五郎、吉兵衛も遣り辛そうにしている。

なにより父上、半兵衛、十兵衛、上野之助、官兵衛の顔には表情が無い。こちらを見極めようとしているかのようだ。いや、実際試されているのだろうと思う。父上と半兵衛は私を、十兵衛は十五郎を、上野之助は与一郎、官兵衛は吉兵衛を。どの程度の能力が有るのかを見極めようとしているに違いない。もし頼りないと判断されたらどうなるのだろう。

「して、毛利は如何するのだ？」

「はっ、和議を結びまする」

「理由は？」

「毛利と和議を結び一日も早く九州に攻め込むべきかと思います。大友氏と協力すれば九州攻略は難しくはないと思いまする」

「なるほど」

父上が頷いた。間違ってはいない筈だ。父上も頷いている。与一郎、十五郎、吉兵衛も幾分表情が緩んでいるのが分かった。

「毛利との和睦の条件は？」

「はっ、備中、備後、伯耆、出雲、石見、隠岐《おき》を朽木に割譲《かつじょう》する事とします」

「他には？」

「鞆に居られまする義昭様の引き渡し、それと顕如上人の引き渡しを要求致しまする」

「なるほど」

また父上が頷いた。表情が無い、半兵衛、十兵衛、上野之助、官兵衛の顔にも表情が無い。自分は正しいのだろうか？　石見の銀山を手中に収めようとすればおかしな案ではないと思うのだが……。

「終わりか？」

「はっ」

「九州の毛利領は如何する？　豊前、筑前の領地だが」

「それは毛利に」

「なるほどな」

父上が頷きながら半兵衛、十兵衛、上野之助、官兵衛に視線を向けた。四人が父上に対して頭を下げた。如何いう意味だろう？　不安だ、与一郎、十五郎、吉兵衛も不安そうな顔をしている。

「弥五郎、十五郎、与一郎、吉兵衛、御苦労であった。初めての事だ、大変であっただろう」

「はっ、御言葉、有難うございまする」

労《いたわ》ってくれた、ホッとした。実際大変だった、四人で案を纏めては何度も正しいのか、抜けは無いのかと確認した。この案を纏めるのは半日で終わった。後はずっと確認に時を費やした。確認すればするほど分からなくなった。

「今のそなた達では良くやった方であろうな」

今の？

「父上、父上の御考えは如何なのでしょう？　御教え頂ければ幸いにございまする」

与一郎、十五郎、吉兵衛も頷いた。自分達の考えが足りぬ事は分かっている。だがどの辺が足りぬのか、それが知りたい。

「そうだな、父ならば安芸を要求するな」

「安芸を？　しかし安芸は毛利にとって父祖伝来の土地……」

そう簡単に渡す筈はない。一つ間違えば和議は成らぬが……。

「弥五郎、安芸は一向門徒の力の強い土地だ。それを考えたか？」

「あっ、……」

思わず声が出てしまった。父上が顔を綻ばせ笑うのを堪えている。恥ずかしかった、顔が熱くなった。

「毛利に任せては安芸は反朽木を唱える一向門徒の根拠地になりかねぬ。だから朽木の領地とし政には一切関わらぬと誓わせる。毛利とて馬鹿共に担がれて滅ぶのは嫌であろうよ。話の持って行き方次第では安芸をこちらに譲る可能性は有る」

「顕如を引き取りますが？」

父上が首を横に振った。

「俺ならそれはせぬ。顕如が朽木の法を受け入れるのなら朽木領に入る事を認める。寺も建ててやろう。だが受け入れぬのなら朽木領への立ち入りは認めぬ。……いずれ信者も居場所も無くなるだろう。そうなっては意地も張れまいな、俺に頭を下げてくる」

「なるほど……」

父上は顕如を屈服させようとしているらしい。

「しかし毛利が安芸を手放しましょうか。周防、長門、それに九州での領地だけになりますが」

「石見を代わりに与える」

「しかし石見は銀山が」

抗弁すると父上が笑い声を上げた。

「銀山は朽木の物とすれば良い。違うか？」

「なるほど……」

そうか、石見銀山と国を別と考えるのか。石見は朽木にとって必ずしも必要な国ではない、銀山が有るから重要なのだ。銀山を朽木の物にしてしまえば石見を毛利に与える事は可能だ。

「まあ他にも色々あるが、これ以上は毛利との交渉の中で見ていくと良い。交渉の場にはその方達も参加させるからな」

「はい、有難うございまする」

父上と毛利の交渉の場に立ち会える。嬉しい。与一郎、十五郎、吉兵衛も喜んでいる。

「それと一つだけ覚えておくと良かろう。父は大友と組んで九州攻略をする気は無い」

「ですが大友は一条家と」

驚いて問うと父上が首を横に振った。

「大友と土佐の一条家は縁戚関係に有る。だが俺には関係ない。毛利を東西から挟み撃つ形ではあるが我らは協力はしていない。大友と組めば大友は必ず九州にある毛利領を渡せと言って来るだろう。面倒な事になるだけだからな」

「……なるほど」

父上が九州の毛利領を如何するかと訊いたのはそれが理由か……。私はまだまだ足りぬ。

「それに大友家は家中が纏まっておらぬ。大友宗麟《そうりん》という男、内を治めるのが苦手らしい。内を治められぬ男というのは得てして外に対して強く出たがる。自分の武威を高める事で内の不満分子を押さえ付けようとするのだ。だが失敗すればあっという間に家が傾く。驚くほど簡単にな。そういう男とは組めぬ。覚えておけ」

「はい」

驚く事ばかりだ。父上の大友宗麟に対する評価は驚くほど低い。世間では大友は九州の雄《ゆう》として評価されているのに。しかし父上が間違われるとも思えぬ、大友宗麟の事をもっと知らねばならぬ。

「朽木が攻め獲った毛利領を安定させるまで最低でも二年は掛かろう。九州へ攻め込むのは三年後か。その間に九州は動くぞ、大友、龍造寺、島津。家中の纏まらぬ大友が何処まで頑張れるか、良く見ておく事だ」

「はっ」

答えると父上が頷いた。

「弥五郎、そなたはもっと外に目を向けよ」

「外、でございますか？」

「そうだ、九州の事、関東の事、北陸の事、奥州の事、四国の事。九州の事を知っていれば今回の和睦の条件ももっと変わったであろう。知らぬと言う事は当主として許される事ではない」

「はい」

足りぬと母上に言われた事を思いだした。確かに足りぬ。埋めなければならぬ事は多い。大友宗麟の事は一例でしかない。

「初陣は如何であった？」

「はい、……良く分かりませぬ。ですが疲れました」

父上達が顔を見合わせて笑い出した。可笑しそうに何度も顔を見合わせて笑っている。少し恥ずかしかった。

「正直で良い、見栄を張るよりはずっとな」

如何答えて良いか分からなかったから頭を下げた。

「朽木が小さい家ならばもっと自由にしてやれるのだがな。城を攻め獲って来いと武功を上げさせる事も出来た。だが朽木はいささか大きくなり過ぎた。朽木は天下の仕置をせねばならん立場にある」

「はい」

「その方はそれを学ばねばならん。戦、政、百姓の事、銭の事、商い、そして朝廷の事、大変だな」

父上の言葉に素直に頷けた。初陣一つで疲れているのだ、大変だというのが身に染みて分かった。そして父上の大きさも。どれだけ御苦労しておいでなのだろうか……。それなのに私達にはそんなところはまるで見せない。父上が何時か私に疲れたと言って頼って下されるのだろうか？　考えていると父上が〝弥五郎〟と私の名を呼んだ。

「焦る事はない、十年かけて覚えるのだ」

「十年でございますか」

「そうだ、十年後には松千代、亀千代も元服している。その方を助けてくれるだろう」

「はい」

ちょっと想像が付かなかった。松千代が元服、これは分かる。亀千代も？　十年と言えば亀千代は十八歳。十八歳の亀千代？　今の私よりも年上だ、髭も生やしているかもしれない。亀千代の髭？　想像が付かない。私の困惑を察したのかもしれない、父上がまたお笑いになった。

「十年など直ぐだぞ、弥五郎。ぼやぼやしているとあっという間に過ぎてしまう。励めよ」

「はい」

十年か、来年には妻を娶る。となれば子が出来てもおかしくはない。私が父親？　父上は祖父？

十年か、確かにあっという間かもしれない。

「後は雨が降るかどうかだ。雨が降って城が水没するほどになれば交渉も有利に進められるのだが……、こればかりは運だなあ。雨乞いの踊りでもするか」

父上が嘆息すると半兵衛、十兵衛、上野之助、官兵衛が笑い出した。雨が降って欲しい。父上がどんな交渉をするのか、それを見てみたい。


天正二年（一五七八年）　六月上旬　　備中国賀陽郡高松村　　小早川隆景

「なるほど、堤を築いたか」

「そのようですな」

相槌《あいづち》を打つと兄が頷いた。

「高松城を水攻めにしようというのだろうが……」

「はじめて見ますな」

「うむ」

兄が大きく息を吐いた。確かに息を吐きたくなる。朽木め、途方もない事をする。城を水攻めか、そんな事が本当に出来るとは……。

毛利軍四万が日差山に布陣している。日差山からは高松城、そして朽木軍の状況が見えた。足守川と朽木軍が造った堤の間に朽木軍が展開している。ざっと三万は居るだろう。おそらく、堤を守るためだ。堤の内側には水が溜まっていた。そしてその後ろの石井山に朽木の本隊が陣を構えていた。元は龍王山に本陣を構えていたが堤を築いてからはより近い石井山に移ったらしい。その周辺に朽木の武将達が陣を布いている。

「左衛門佐、今から正面の朽木勢を破り堤を破壊する、如何かな?」

「難しいでしょうな」

「そうだろうな」

兄が頷いた。難しい、本気で出来るとは兄も思っていない。正面の敵はこちらより少ない。だがあれを破るためには足守川を渡らねばならぬ。当然敵はそこを突いてくる。簡単には破れぬ。そして手古摺っている間に朽木の本隊が山を下りこちらの側面を突くだろう。勝負はそこで着く。

「高松城からの援軍は期待出来ぬか?」

「出来ませぬな。見ての通り水が溜まっております。どの程度の嵩《かさ》が有るのかは分かりませぬ。ですがあの辺りは湿地です。兵を出しても泥に足を取られてどうにもなりますまい」

兄が息を吐いた。

「朽木め、嫌な事をする。左衛門佐、右馬頭様に何と申し上げる」

右馬頭輝元は本陣で我ら兄弟を待っている。状況を確認すると言って高松城の有様を見ているが……。

「正直に申し上げるほかありますまい。こちらから打つ手は無いと」

「向こうも高松城に何もするまい。睨み合いか」

「そうなりますな」

兄がこちらを見た。

「しかしな、左衛門佐。この季節だ、雨が降らぬとは思えぬ。雨が降れば忽ち水嵩が上がるぞ」

「……」

「先ず屋敷が水没する。そうなれば家臣達は家族諸共城に籠らざるを得ぬ。これから蒸し暑くなる。城内は地獄になるだろう、将兵が何処までそれに耐えられるか……」

思わず溜息が出た。一雨毎に情勢は悪くなる。そしてそれを止める術は我らには無い。

「それに何時までも此処には留まれぬ。山陰では尼子を使って朽木が伯耆を引っ掻き回している。伯耆が獲られれば次は出雲だ。その連中が我らの後背を突けば……」

「我らは孤立しますな」

私の言葉に兄が渋い表情で頷いた。朽木は此処で決戦をするまでもない。水攻めで我らを足止めすればそれだけで勝利が転がり込んでくる。

「長左衛門に朽木に降伏するようにと伝えますか」

兄が私を見た。

「それしかあるまいな」

あの男に降伏せよと言うのか。存分に戦い、敵わぬ時は腹を切ると言ったあの男に満足に戦わせる事も無く降伏せよと……。已むを得ぬ、世鬼を走らせよう。

「左衛門佐」

「はい」

兄が空を見上げている。曇天《どんてん》、天気は良くない。

「雨だ」

「……」

空を見上げると冷たい水が頬に当たった。雨が降ってきた、急がねばならん……。


天正二年（一五七八年）　六月上旬　　備中国賀陽郡高松村　　石井山　　朽木堅綱

「少しずつですが水が溜まってきたようですな」

「確かに。水没には程遠いですがあれなら簡単には兵を出せませぬ。泥濘に足を取られるだけでござろう」

「毛利の援軍も頭を痛めておりましょう」

陣幕の中では父上が黒野重蔵、蒲生下野守等の重臣達と談笑しているところだった。出直したほうが良いだろうか？　迷っていると父上が〝如何した？　弥五郎〟と声を掛けて下さった。

「はい、父上に教えて頂きたい事がございます。宜しゅうございますか？」

父上が御笑いになった。

「遠慮は要らぬ。見ての通り、皆と話をしていただけだ。こちらへ参れ」

父上が手招きして私を呼んだ。遠慮なく前に進む、小姓が用意してくれた床几《しょうぎ》に座った。

「して、何が知りたいのだ？」

「近江に付いて知りとうございます」

父上が〝ほう〟と声を上げられた。

「近江は朽木家にとって最も大事な国にございます。であるのに某は近江の事を良く知りませぬ。近江とは如何なる国なのか、朽木家にとって如何いう国なのかを教えて頂きたいと思いまする」

「なるほどな」

父上が頷かれ周囲の重臣達に視線を向けた。御機嫌は悪くない、むしろ楽しそうだ。

「近江国は日ノ本の中心に有る。そして東海道、東山道、北陸道が合流する交通の要衝の地だ。淡海乃海が中心に有る事で東西南北の移動もし易い。直ぐ傍には若狭、越前、伊勢が有りそれぞれの海を使える。近江というのは極めて移動し易い国なのだ。分かるか？」

「はい」

〝本当かな？〟と言って父上が笑った。

「ならば移動し易いという事が意味するものが何か、答えられるか？」

「意味でございますか？」

問い返すと父上が頷かれた。

「それは……、兵を動かし易いという事ではありませぬか」

「ふむ、間違いではない。だが足りぬな」

足りない？　重臣達にも頷いている者が居る。足りないのだと思った。だが何が足りないのか……。

「何が足りないのでございましょう？」

「その方が朽木の一武将ならその答えで良い。だがその方は朽木家の次期当主だ。となれば足りぬ。もっと視野を広げる必要が有る」

「はい」

「その方の今の答えには国を治めるという視点が欠けている」

「あ……」

思わず、声が出た。父上が御笑いになった。

「まあこれまで俺の下で功を挙げる事しか考えていなかったのだ。欠けているのも無理はない。だがその方は自分の立場を理解した。となればこれからはそういう視点も持たねばならぬ」

「はい」

素直に頷けた。

「国を治めるには国の顔を知らねばならぬ」

「国の顔でございますか？」

「そうだ。近江、越前、若狭、それぞれに顔が有り特性が有る。一様ではないのだ。そういう意味では人と一緒だな、同じ人間は居《お》らぬ」

「はい」

「その方は近江を知りたいと言ったな。それは近江という国の顔を知る事だ」

なるほどと思った。

「さて、話を戻そう。人が移動し易いという事はな、発展し易い、豊かになり易いという事なのだ。新しい道具、武器、芸能、それらは全て人が運んでくるのだからな、分かるであろう？」

「はい」

「父はな、関所を廃した。それによって近江は豊かになったとその方は思っているかもしれぬ。そうではないのだ。それ以前から近江は豊かだった。父はそれをより豊かにしただけだ」

そうだったのか。それも知らなかった。

「近江は発展し易い、街道は四方に通じている。さて、如何なる？」

「……攻められ易いと思いまする」

父上が頷かれた。

「その通りだ。近江という国は発展し易い、豊かになり易い。それだけに四方から狙われ易いのだ。しかし外へ出易いという利点もある」

「はい」

「この国は一つに纏まれば強い。外へ出て大きく威を張れるだろう。しかし分裂していては弱い。周囲を懼《おそ》れなければならぬ。そういう国だ」

「はい、良く分かりました」

父上が満足そうに頷かれた。

「もう一つ有ったな、朽木にとって近江は如何いう国なのか」

「はい」

答えると父上が頷かれた。

「近江は朽木にとって最も大事な国であり最も厄介な国だ」

「厄介な国なのですか？」

意外な言葉だ。疑問に思って問い返すと父上が頷かれた。

「先に言ったがこの国は四方に通じ発展し易い、強くなり易い国だ。だがそれは一つに纏まればだ。バラバラならば四方から攻められる事になる。敵に通じる者も出るだろう。そうは思わぬか？」

〝はい〟と答えると父上が頷かれた。

「近江の国は佐々木源氏が大いに威を張った国だ。朽木家はその佐々木源氏の流れを引く。だが近江で威を張った佐々木源氏は六角家と京極家だった。朽木家ではない。朽木家は高島郡の朽木谷を領した小さい国人領主に過ぎぬ」

「……」

「その朽木家が浅井、六角家を滅ぼし近江を制した。さて、浅井、六角家の旧臣達は如何思うかな？」

それは……。蒲生下野守の顔を見た。無表情に控えている。

「面白くないと思います」

父上が頷かれた。

「そうだ、面白くあるまい。元は自分達とさほど変わらぬ存在であったのに今では上に居る。勿論、家を保つには朽木に服属する事が最善の道であった。その事には納得していようが満足だとは思わぬ」

「はい」

初めて気付いた。そんな事は考えた事も無かった。自分にとって朽木家は大きかった。大きい事が当たり前だと思っていた。だがそうではないのだ。

「六角左京大夫輝頼は承禎入道殿の甥であった。だが南近江の国人衆達は左京大夫ではなく父を選んだ。それは左京大夫が国人衆達の事を考えなかったからだ。国人衆達は失望した。このまま六角家に服属しても碌な事にはならぬと思った。家を守れぬと思ったのだ。だから見限った。朽木が左京大夫と同じ事をすればもっと簡単に見限るだろう。近江を治めるにはその事を肝に銘じなければならぬ」

「はい」

いずれ平井の御祖父様、伯父上に六角家の事を訊かねばならぬ。左京大夫輝頼とは如何いう人物だったのか、何故国人衆達から見限られたのか……。

「近江だけではないぞ、他の国も同じだ。国を攻め獲ったら良い政をして国人衆達を、領民達を豊かにしなければならぬ。そうする事で国は安定し纏まるのだ。戦が強くとも政が下手では国が治まらぬ。それでは十分に強さを発揮出来ぬ、簡単に敵にそこを突かれるだろう」

「はい」

父上が頷かれた。

「簡単ではないし終わりも無い。飽きるという事も許されぬ。楽ではないな。庭の草毟りと同じだ。雑草が出てくる度に毟って庭の景観を保つ。面倒で詰まらない仕事だが怠れば庭は雑草で一杯になり荒れてしまう」

雑草というのは国人衆達の不満の事だろう。不満を放置しては国が一つに纏まらない、国人衆達が反旗を翻す……。

「まあ今回はこの辺りで良かろう。一度に詰め込み過ぎては却って分からなくなるからな。また分からぬ事が有れば訊きに来ると良い」

「はい、有難うございまする」

一礼して席を立った。父上が労わる様に自分を見ている。ずっと父上は雑草を毟って来たのだと思った。皆が気付かぬところで庭を守って来た。私が見ている近江は父上が守って来た近江なのだ。その事を忘れてはならぬ。何時かは私が近江を守る事になるのだから……。

陣幕の外に出ると十五郎、与一郎、吉兵衛が控えていた。

「如何でございましたか？」

「うむ、驚く事ばかりだ。自分が情けなくなった」

十五郎の問いに答えると三人が困ったような表情を見せた。三人が後から付いて来る。そうだ、吉兵衛なら何か知っているかもしれぬな。足を止めて振り返った。

「吉兵衛」

「はい」

「播磨は朽木の領地になってから豊かになったのかな？」

問い掛けると吉兵衛が首を傾げた。

「さあ、……そういえば壺が播磨に出回るようになったとか」

「壺？」

思わず問い返すと吉兵衛が〝はい〟と頷いた。

「以前は織田焼、珠洲焼の壺はなかなか播磨には出回りませんでしたが最近は結構出回るようになったと聞いております。関を廃しましたし兵糧方が街道を整備したから商人も来易くなったのだろうと大叔父の休夢が言っておりました」

「なるほど、そうか」

壺だけではないのだろうな。他にも多くの物が播磨に来るようになったのだろう。その分だけ播磨は豊かになったのだと思った。

「大叔父が驚いておりました」

「驚いていた？」

問い返すと吉兵衛が頷いた。

「街道の整備は敵が攻めて来る事を考えれば簡単には出来ませぬ。ですが朽木家は兵糧方が積極的に行います。それは敵が攻めて来れば必ず御屋形様が守ってくださると信じているから出来るのだろうと」

十五郎、与一郎が頷いた。父上にはそれだけの信頼が有るのだと思った。その信頼を得るためにどれだけの苦労をなされたのか。

自分が当主だったら兵糧方は躊躇しただろう。自分には何も無い。

「足りぬな」

十五郎、与一郎、吉兵衛が訝し気な表情をした。

「足りぬと思ったのだ。父上は大きい。私はまだまだ足りぬと」

十年かけて覚えよと言われた。十年などあっという間だとも言われた。確かにその通りだ。自分は未だ何が足りないのかも分からないのだから……。


天正二年（一五七八年）　六月上旬　　備中国賀陽郡高松村　　石井山　　朽木基綱

「父上、水嵩が増しております」

弥五郎が興奮したように声を上げた。周囲の人間も声を上げている。昨日一日雨が降ったからな。足守川の水も増水しているようだ。結構な事だ。当初雨が全然降らないので落ち込んだが毛利軍が来てから降り始めた。毛利輝元、吉川元春、小早川隆景、この三人の中の誰かが雨男なのだろう。出来ればあと一日は降って欲しかったな。城と家臣達の屋敷が有る小高い台地以外は完全に水没している。船を使っているからかなりの水嵩なのだろう。家臣達の屋敷は水没はしていないが水が迫っているのは此処からでも分かる。もう一雨くれば屋敷を捨てて城内に逃げるだろう。幸い天気は良くない、もう一雨来そうな感じだ。

「弥五郎」

「はい」

「生水は飲むなよ。必ず沸かしてから飲め」

「はい、腹を壊さぬようにですね。父上が蒲生忠三郎に注意したと聞いております」

「うむ」

あれ、そんなに有名なのかな。ちょっと不思議だ。

「屋敷が水没したら堤の前にいる兵は撤収させる」

「宜しいのですか？」

「構わぬぞ、重蔵。万一堤が壊れれば将兵が水で流されるからな。危険だ。もし毛利が堤を壊せば水は毛利軍を押し流すだろう。それに合わせてこちらは山を下り毛利軍に攻撃をかける。それでこちらの勝利は確定する」

皆が頷いた。

それから三日間、雨が降ったり止んだりした。足守川の水が増水し高松城を包囲する水の量も増えた。屋敷は殆ど水没、将兵は皆高松城に入ったらしい。城は完全に孤立したな。最後の避難所になったわけだが雨が降れば徐々に高松城は水没していく。さて、どうなる事か……。この先の敵は毛利と清水の忍耐力だな。天候を何処まで味方に出来るか。また雨乞いの踊りでもするか。半分は滞陣の憂さ晴らしだが結構楽しかったし雨も降ったから評判も良い。派手にやって毛利の連中の度肝を抜いてやろう。

和睦交渉（一）

天正二年（一五七八年）　六月上旬　備中国賀陽郡高松村　石井山　朽木基綱

高松城が水に浸かっている。いや浮いている。屋敷は水没し完全に城だけが湖に浮いている。足守川の手前に置いた部隊は引き上げさせた。水の取り入れ口には兵を置いている。指揮官は官兵衛だ。官兵衛は機転が利く。この仕事には打って付けだろう。

雨乞いの踊りの効果は抜群だった。この踊り、雨乞いの百石踊りというものらしい。摂津国有馬郡上本庄村の駒宇佐八幡神社で毎年行われている。摂津と言っても播磨に近い所で官兵衛がこの踊りを見たようだ。官兵衛の記憶を頼りにやったのだが御利益有るわ、直ぐに雨が降った。

俺も踊ったんだが皆、大喜びだ。弥五郎にも踊らせた。楽しそうだったな。まあ戦場ではこういう余興は必要だ。毛利の連中も俺が雨乞いの踊りをしていると知ったら驚くだろう。後で留守番の五郎衛門と新次郎に文で教えてやろう。それと小夜にも文が必要だな、弥五郎は一生懸命務めていると書こう。喜んでくれる筈だ。

実際あの初陣以来一生懸命周囲に九州の事や関東、奥州の事を訊きまくっている。先ずは知識を付けようという事らしい。俺には近江の事を訊きに来た。目的が出来た事で変な焦りは無くなった様だ。もっと早く朽木の当主に必要な物を教えてやれば良かったのかもしれない。松千代の時には気を付けよう。

「御屋形様、毛利はこの後如何動きましょう」

主税が問い掛けてきた。二人で高松城を見ながら立小便をしている。なんか堤の中に小便を入れているような感じだ。昔は二人で良く連れションをやったよな、主税。

「さて、如何出るかな。まあ高松城の降伏を申し出て来るのではないかと思うが」

「御認めにはならぬのでしょう？」

「まあそうだ」

高松城の降伏は認めぬ。高松城の降伏を認めるのは毛利が降伏した時だけだ。良し、終わった。主税は未だ終わらない。昔からそうだった、こいつは容量がでかいのだろう。

この儘なら高松城は見殺しだ。だがそれをやれば毛利の威は失墜する。国人衆は毛利から逃げ出すだろう。大毛利家の崩壊が起きる事になる。史実の武田がそうだった。勝頼が高天神城を見殺しにした。正確には降伏するようにと命じたらしいのだが攻城方の徳川がそれを受け入れなかった。信長がそれを命じたらしい。その所為で勝頼に対する国人衆の信頼は失墜、他にも要因は有ったが武田家は滅んだ。

このままでは毛利にも同じ事が起きるだろう。それを未然に防ぐには高松城を降伏させるしかない。だが俺が高松城の降伏を受け入れなかったら？　当然検討するだろう。その場合は毛利が降伏するしかない。その辺りは毛利側も理解している筈だが……。うん、主税も終わった。

山陰では鯰江の伯父が順調に伯耆を攻略している。流石に尼子の名は山陰では通りが良いらしい。旧尼子家臣が続々とこちらに付いている。その所為で毛利は統一的な抵抗が出来ずにいる。このまいけば高松城で身動きが出来ない間に山陰が切り取られる事になる。

それも毛利にとっては降伏を促す要因の筈だ。特に山陰担当の吉川元春にとっては気が気ではないだろう。……だが反応が鈍い、右馬頭輝元かな？　決断出来ずにいるのかもしれん。或いは降伏そのものを検討する事を皆が拒んでいるのか？　そっちの方が可能性は高そうだ。大毛利家が降伏、簡単には受け入れられないのだろう。

「毛利の尻を叩くためにもう一雨欲しいな、主税。城が見えなくなるほどに降って欲しいものだ」

「左様ですな」

「踊るか？」

「よろしいですな、某も一緒に」

「良し、決まりだ。上野之助に用意させよう」

上野之助を呼ぼうとしたら上野之助の方から近付いて来た。急いでいる、さて何が起きた？　上野之助が片膝を突いた。

「上野之助、如何した？」

「毛利から使者が」

「来たか」

上野之助が頷いた。主税と顔を見合わせた。主税も頷いた。

「名前は？」

「安国寺恵瓊《あんこくじえけい》と」

恵瓊か、他の奴なら余程の大物でもない限り追い返したが恵瓊なら問題無い。毛利に降伏を勧告しても受け入れるだけの判断力は有る筈だ。

本陣の陣幕の中で恵瓊と会った。当然だが弥五郎達にも同席させた。

「初めて御意を得ますする。安国寺恵瓊と申しますする。主、毛利右馬頭輝元の使いとして参上いたしました」

恵瓊が頭を下げた。大きな頭だ。脳味噌が一杯詰まっていそうだな。なんか見ていて楽しくなってきた。ツルツルでピカピカしているんだ。多分恵瓊は自分で磨いているんだろう。俺にも磨かせてくれないかな。

「御苦労だな、恵瓊。して、使者の趣は？」

「はっ、高松城の事にございまする」

「……」

「高松城の清水長左衛門、降伏し城を明け渡しまする。それと引き換えに城主清水長左衛門と将兵の助命を願いまする」

恵瓊が頭を下げた。さてここからだな。

「残念だが恵瓊、降伏は認められぬな」

「……」

恵瓊は答えない、俺をじっと見ている。ある程度想定はしてきただろう。だが毛利内部で何処まで検討したか？　毛利の降伏まで検討したのか……。

「理由は分かるな？」

「……毛利を潰そうと御考えで？」

低い声だ。そして目を逸らそうとしない。気合負けは出来ん、下腹に力を入れた。

「潰そうとは思わぬ。だが屈服させようとは思っている」

「……毛利に降伏せよと？」

「毛利が天下を望むなら潰すしかない。だが天下を望まぬのなら朽木に対して膝を折る事が出来る筈だ」

「なるほど」

恵瓊が頷いた。この世界でも元就は天下を望むなと言った。それは言葉を変えれば天下人に従えという事だろう。そして今天下を収めつつあるのは俺なのだ。

「条件は？」

「それを言う前に降伏の意思が有るのかを確認しよう、如何なのだ？」

「条件次第かと思いまする」

「それでは駄目だ。降伏するというなら条件を言おう」

「しかし、それでは」

「恵瓊、毛利を潰しても良いのだぞ」

「……」

　恵瓊の口元に力が入った。苦渋、だろうな。

「戻って右馬頭殿の肚《はら》を固めては如何だ。御坊ではこれ以上は話を纏められまい」

「確かにそのようでございます」

「一つ忠告しておこう。その気になれば朽木は大筒を使って毛利の本陣を攻撃出来る。それを避けようとすれば毛利は陣を下げざるを得ぬ。それが何を意味するかは分かるな？」

「……」

　恵瓊が俺を睨んだ。結構負けん気が強い。頭が切れるだけではないな。

「高松城は見捨てられたと思うだろう。毛利に参陣している国人衆も同じ事を思う筈だ。毛利は頼りにならぬとな。そうなれば毛利は終わりだ。雨が降るか、俺が攻撃をするか、その前に決断すべきだと思うぞ。山陰道からも朽木が攻め込んでいる事を忘れるな」

「……」

　恵瓊が無言で一礼して去った。少し疲れた、一合戦終わったような感じだ。

「父上」

「何だ、弥五郎」

「父上が条件を伝えなかったのは毛利にとって条件が厳しいと御考えになったからですか？」

　興味津々だな。だが悪くない、無関心よりは遥かにましだ。

「そうではない、条件次第で降伏するという形を取りたくなかっただけだ。朽木には敵わぬ、だから降伏する、そういう形を取る事で天下に朽木の武威を示す。降伏の条件は同じでも交渉の仕方で意味が変わってくる事が有る。その辺りは気を付けねばならぬ」

「なるほど」

弥五郎が頷いた。まあこの辺は経験が大きい。その内分かるようになる。

次に使者が来るのは何時かな？　結構揉める筈だ。吉川元春は強硬だが小早川隆景は理性的、そして輝元は優柔不断。恵瓊が何処まで踏ん張れるかで決まる様な気がする。いや、決めるのは雨かもしれないな。さてと、城の前の兵を退かせるか。


天正二年（一五七八年）　六月上旬　　備中国賀陽郡高松村　　小早川隆景

「我らに降伏しろと言うのか」

降伏を突き付けられたという恵瓊の言葉に兄が目を剥いた。

「如何にも、高松城の降伏は受け入れぬと」

恵瓊が答えると兄が唸り声を上げた。やはりこうなったか、朽木の狙いはこの高松城での決着の様だ。

「条件は？」

問い掛けると恵瓊が首を横に振った。

「如何いう事だ？」

「左衛門佐様。近江中将様は先ずは毛利家が降伏の意思を固めるのが先だと申されました。条件はその後で伝えると」

兄がまた唸り声を上げた。陣幕の中で武将達がざわめく。右馬頭は顔を蒼白にしていた。頼りない事だ、やはり和を結ぶ、いや請わざるを得ぬ。

「馬鹿な！　我等を愚弄する気か」

「条件を伝えぬとは、恵瓊殿、お主それで使者の役目を果たしていると言えるのか！」

「その通りだ！　雨乞いの踊りなどとふざけおって」

「傲慢にも程が有る！　我らに言う通りにしろと言うのか」

宍戸左衛門尉、吉見式部少輔、口羽下野守、熊谷《くまがい》二郎三郎が口々に憤懣を漏らした。

「ならば高松城を救えますかな？」

「……」

恵瓊の言葉に皆が口籠った。

「救えるというのなら朽木の申し出を撥ね退ける事が出来ましょう。愚僧は坊主なれば戦の事は分かりませぬ。その手立てを愚僧に御教授願いたい。如何？」

恵瓊が皆を見回した。

「それは……、しかし無礼であろう」

熊谷二郎三郎が言い募ったが恵瓊は全く動じなかった。

「駿河守様、左衛門佐様、如何でございましょうや？　御考えを伺いたく存じまする」

兄は答えない。

「私には高松城を救う方策は見当たらぬ。このままでは毛利は高松城を見殺しにしたと言われかねぬ。なればこそ高松城の清水長左衛門も降伏に同意したのだ」

ジロリと兄が私を見たが何も言わなかった。恵瓊が軽く一礼した。

「朽木はこのまま何もせずとも良いのです。雨が降るのが三日後か、十日後か、雨乞いの踊りでもして遊び呆けましょうな。その間我らは此処で釘付け。朽木の別働隊が山陰を好きに奪いましょう」

恵瓊の言葉に彼方此方から呻き声が上がった。

「それに朽木は大筒を持って来たそうです。この本陣を攻撃しようと思えば出来るのだとか」

〝馬鹿な〟、〝真か〟等という声が上がった。恵瓊が頷く。

「攻撃を避けるためには陣を下げるしかありますまい。そうなれば我らは高松城を見捨てたと思われかねませぬ。それが何を引き起こすか、皆様方もお分かりでござろう。降伏は已むを得ぬ事にござる」

恵瓊の声が途絶えるとシンとした。皆、項垂れている。

「右馬頭様。近江中将様はこう申されました。毛利を潰すつもりはないと。だが屈服させようと思っていると」

「それは、真か？」

右馬頭の声が掠れている。

「はい。そしてこうも申されました。毛利が天下を望むなら潰すしかない。だが天下を望まぬのなら朽木に対して膝を折る事が出来る筈だと」

「……天下を望まぬのならか……、叔父上方、如何思われる？」

天下を望まぬのは父の遺言であったな。おそらくはそれを踏まえての発言であろう。

「日頼様の御遺言により毛利家は天下を望まぬのが決まり。その御遺言に従うべきかと思いまする」

右馬頭が兄に視線を向けた。

「……已むを得ぬ事かと思いまする」

武断派の兄が苦渋に満ちた口調で降伏を受け入れる事を口にすると彼方此方から啜り泣く音が聞こえた。後は最低限守らねばならぬ和睦の条件を固めなければ……。


天正二年（一五七八年）　六月上旬　　備中国賀陽郡高松村　　石井山　　朽木基綱

降伏を通告した翌日、恵瓊が再度陣を訪ねて来た。

「御苦労だな、恵瓊。して、肚は固まったかな？」

「はっ、毛利家は朽木家に降伏致しまする」

周囲からどよめきが起こったが手を上げてそれを抑えた。ここまでは想定通りだ。毛利が余程に馬鹿共揃いでもなければ降伏を選択する。

「では条件だな？」

「はっ」

恵瓊がこちらを強い眼で見ている。中々簡単には行かないかもしれない。

「先ず領地の問題だな。毛利家は朽木家に対して備中、備後、伯耆、出雲、隠岐、そして安芸を引き渡す」

「安芸もと仰せられまするか！」

「石見は毛利領とする。但し銀山は朽木の所有とする」

「それは……」

恵瓊が大きく息を吐いた。直ぐには噛み付かない。

「それでは降伏したくても出来ませぬ。父祖伝来の地を奪われ銀山も奪われては……、中将様は毛利を潰すつもりは無いと仰せられましたな。毛利を嬲《なぶ》るおつもりか？」

「潰すつもりは無い、嬲るつもりもな。さればこそ安芸をこちらに寄越せと言っている」

恵瓊が眉を寄せた。

「分からぬか？　安芸は一向門徒の力が強い。このままでは朽木に不満を持つ一向門徒の巣窟になりかねんぞ。門徒が暴発して毛利家が巻き込まれても良いのか？」

恵瓊の顔が歪んだ。これまでは朽木に敵対していたから問題は無かった。だが今後は朽木に従うのだ。一向門徒の扱いは難しくなる。おまけに門徒は家臣の中にも居る。

「朽木家は坊主共に政への介入は許さぬ。信者を唆す様な行為をすれば寺を焼き坊主を殺す、根切りも辞さぬ。毛利にそれが出来るか？　家臣達にも一向門徒は居よう。三河の様に内乱になりかねんぞ。徳川の様になりたいのか？　それを危惧すれば何も出来まい」

「……」

「放置してこの後九州攻略時に安芸で一向門徒が一揆を起こしてみろ。俺は九州攻略を切り上げなければなるまい。当然敵から追撃を受けて損害も出るだろうな。毛利はその責めを負わねばならんがその覚悟が有るのか？　責めを恐れて一揆に同調しないと言えるのか？」

恵瓊が唇を噛み締め朽木の家臣達は彼方此方で頷いた。

「顕如上人を朽木家に引き取って頂く事は出来ませぬか？」

「顕如が朽木の法の下で生きて行くと言うなら引き取ろう。それが出来ぬと言うなら朽木の領外で生きて行くしかない。毛利は朽木に降伏する以上、顕如を領内に入れる事は許さぬ」

「……」

「それにだ、顕如を朽木に引き渡して安芸の信徒共が納得するのか？　朽木の命令だと言うのかもしれんが領内で一揆が起きるぞ」

「……」

「安芸は朽木に渡した方が良い。安芸の信徒達は朽木が抑える。毛利は家臣の信徒を抑えろ。安芸の替えの地は石見だ」

「しかし、銀山が無いのでは」

「元々毛利の物ではあるまい。奪い取って今は朝廷の御料所の筈、違うか？　朝廷から銀山の管理は朽木に任せると言って貰っても良いぞ」

恵瓊が息を吐いた。

「……九州は如何なりましょう」

「そのままで良い」

中国地方の領地は納得したようだ。それにしてもこの時期に毛利は九州に領地が有るんだよな。俺の記憶じゃ大友に叩き出されたと思ったんだがどうも違う。何でと思ったけど尼子の復興軍がこの世界では活躍していない。それが影響しているらしい。山陰で騒動が無かった分だけ九州に集中出来たようだ。

「しかし大友は宜しいので？」

「構わぬ。毛利が朽木に下った以上、毛利に敵対する事は朽木に敵対する事を意味する。大友にそんな余力は有るまい」

「確かに」

恵瓊が頷いた。一番厄介な領土問題は片付いたかな。後は毛利がそれを受け入れられるか否かだ。恵瓊の力量に期待だな。

和睦交渉（二）

天正二年（一五七八年）　六月上旬　　備中国賀陽郡高松村　　石井山　　朽木基綱

「御屋形様、毛利はあの条件を受けましょうか？」

恵瓊が帰ると真田源五郎が訊ねて来た。ちょっと不安そうだ。源五郎以外にも不安そうな顔をしている人間がいる。厳しい条件と思っているらしい。

「恵瓊は納得していたな。毛利のためを思えば説得してくれるだろう」

俺が答えると源五郎を始め皆が頷いた。でも半信半疑、そんな表情だ。

毛利に出した条件はそれほど複雑な物ではない。領土問題の他は足利義昭、顕如を毛利領から追い出す事、畠山修理亮高政を引き渡す事。清水宗治に腹を切らせる事。そして来年の正月には毛利輝元、吉川元春、小早川隆景の三人が年賀の挨拶に来る事だ。降伏の覚悟をしたのなら特別受け入れが難しい条件ではない。

清水宗治の切腹もそれほど問題にはならない筈だ。史実では毛利がごねたといわれているが恵瓊は余り拘らなかった。そうだよな、高松城の水攻めで毛利は降伏したんだ。宗治が生き残っても滑稽な存在になるだけだろう。和睦の条件の一つとして死んで貰えば最後まで毛利のために戦った男として讃える事が出来るし遺族を大切にする事も出来る。非情なようだが後々の事を思えば宗治には死んで貰った方が収まりが良いのだ。

領土問題では結構タフに当たったがそれだって必ずしも毛利に不利な事だけではないのだ。毛利の本拠地は安芸だ。地縁の強い家臣達を土地から引き離す事で力を弱める事が出来るだろう。厄介な一向門徒の多い領民とも縁を切れる。その分だけ当主の力が強まる事になる。それに毛利には海が有るのだ。日本海側、瀬戸内の入り口に港を持っている。それを使って交易を盛んにすればかなりの収益が有る筈だ。

「父上、何故公方様の引き渡しを条件の中に入れないのです。畠山修理亮の引き渡しは要求されたのに」

弥五郎が不思議そうな表情をしている。

「公方様の引き渡しを要求するという事は公方様に価値を認めるという事だ。父は公方様に何の関心も無い、価値も認めぬ。俺に敵対すると言うなら何処にでも行けばよい。俺に従うと言うならそれなりの待遇をする。だから引き渡しの要求はせぬ」

あらあら弥五郎は吃驚《びっくり》している。弥五郎だけじゃないな、他にも吃驚している人間が居る。

「畠山修理亮は一度は俺に頭を下げながら裏切った。これは許す事は出来ぬ。身柄を受け取った後は首を刎ねる」

畠山が義昭に同調しなければ三好左京大夫は死なずに済んだだろう。松永、内藤兄弟の憤懣を抑えるためにも殺さなければならん。義昭は一応主筋だからな、そこは我慢して貰おう。伊勢伊勢守との約束も有る。足利の血を酷くは扱わない。だがな、酷く扱わないのは足利の血だ。義昭が俺に敵対し続けるのなら惨めな境遇に沈む事になる。

「しかし征夷大将軍職は如何なされます。父上は公方様の征夷大将軍職の解任に反対されたと伺いました。それは公方様から譲り受けるためではないのですか？」

「弥五郎、何故征夷大将軍職に拘るのだ？」

あらら、また吃驚だな。予想外の事を訊かれたか？

「それは、征夷大将軍が、武家の棟梁だからです」

つっかえながら弥五郎が答えた。

「では今の義昭公に武家の棟梁の実が有るか?」

「それは……」

弥五郎の目が泳いだ。

「力が無ければ征夷大将軍になっても武家の棟梁とは認められぬぞ。ただ利用されるだけだ。逆を言えば力が有れば征夷大将軍にならずとも武家の棟梁と認められるのだ」

「……」

「父が朝廷より天下《てんか》静謐《せいひつ》の任を委ねられたのがそれだ」

弥五郎が考え込んでいる。良いぞ、考えろ、考えるんだ。若いんだから色々考えた方が良い。

「では御屋形様は征夷大将軍にはならぬのですか?」

「そう決めたわけではないぞ、十兵衛。だが征夷大将軍に拘っておらぬという事だ」

「……」

「征夷大将軍職には足利家の家職という印象が強いからな。避けた方が良いのではないかという思いも有る」

十兵衛が〝なるほど〟と言って頷いた。

「御屋形様がそのような事を御考えとは……、では幕府は?」

下野守が問い掛けてきた。

「いずれは皆に話すつもりだったが幕府という組織ではなく別な組織を新たに作った方が良いのではないかと思っている。まあ漠然と思っているだけではっきりした構想が有るわけではない。それにその辺りは朝廷とも話さなければならぬ問題だ。これからだな」

皆が頷いた。

征夷大将軍職は源頼朝が就任し鎌倉に幕府を開く事で武家の棟梁を表す職となった。だが源氏が三代で途絶えその後は摂家、皇族が将軍になる。将軍になったのは武家ではない。だがそれ故に武家の府のトップが征夷大将軍になるという慣例が鎌倉幕府で成立したと思う。

室町幕府になると足利氏が将軍職を独占する。十五代に亘って将軍職を独占したのだ。征夷大将軍職は武家の棟梁が就く職であり足利氏の家職であるという認識が出来る。しかしだ、室町幕府というのはどうにも収まりが悪かった。創成当時から内部分裂で混乱している。代々の将軍の仕事は有力守護の勢威を削ぐ事で家督継承には必ずと言って良い程関与した。その所為で非常に混乱が多かった。応仁の乱以降は更に混乱し弱体化した。当然だがその混乱と弱体化をもたらした足利将軍家には厳しい視線が向けられた。

足利氏が天下をまとめに治めていれば征夷大将軍職は権威を高めただろう。だが混乱させた事で征夷大将軍職の権威は低下した。史実で秀吉が関白になる事で天下を治めた事は征夷大将軍では権威が弱いと考えたのだと思う。特に秀吉は出生の面で引け目が有った。権威は高い方が良い、ならば朝廷を抱えて関白を、そういう判断が有ったのだと思う。関白になる事で武家、公家両方のトップに立った。

だが関白の地位は武家のトップとしては定着しなかった。原因には朝鮮出兵と関白豊臣秀次の死、その一族の族滅が有ったと思う。当時の武家にとって関白は馴染みが無かっただろうし余り縁起の良い職には見えなかったのだと思う。特に豊臣政権後に天下を獲った家康の本拠地は関東だ。関白は公家のトップでもあるのだから色々と不都合が有った。やはり征夷大将軍になって関東に幕府を開くのが妥当と見たのだと思う。

秀吉が足利義昭の養子になる事で、足利家の人間になる事で征夷大将軍職を望んだ、だが義昭に断られたので関白になったという話が有るが俺には信じられない。征夷大将軍職の権威を高めるため、徳川家の権威を高める事を目的として作られた話じゃないかと思っている。

俺は如何いう制度、政権を作るかを考えなければならない。面倒だけど避けては通れない。頭が痛いな、上杉、織田を如何するかという話も有る。それに朝廷との関係も。まあ先ずは毛利を降し、そして九州だな。

天正二年(一五七八年)　六月上旬　　　備中国賀陽郡高松村　　小早川隆景

「備中、備後、伯耆、出雲、隠岐の他に安芸まで渡せと言うか！　あの男は我らに何処に住めと言うのだ！」

兄が膝を叩いて声を荒らげた。彼方此方から同意する声が聞こえた。

「領地に関しては他にも条件が有りまする。九州の領地はそのまま。石見の銀山は朽木に引き渡す」

「銀山の無い石見に何の意味が有る！　何処まで愚弄するのだ！」

兄の怒号に恵瓊は微塵も動じなかった。決して好ましい男ではないが胆力は有る。

「鞆におられる足利義昭公、そして顕如上人を毛利領から追放する事。畠山修理亮殿を朽木へ引き渡す事。高松城城主清水宗治に腹を切らせる事。そして来年の正月には右馬頭様、吉川駿河守様、小早川左衛門佐様の御三方が近江八幡城に年賀の挨拶に赴く事、以上にございます」

言い終わると恵瓊は右馬頭に深々と頭を下げた。

「恵瓊殿、一体これは如何いう事だ！　何故毛利はここまで愚弄されねばならんのだ」

「安芸を寄越せ？　銀山は取り上げる？　ふざけるな！」

「お主、何を交渉してきた？　ただ黙って聞いて来ただけか？」

宍戸左衛門尉、熊谷二郎三郎、口羽下野守が口々に恵瓊を詰《なじ》ったが恵瓊は動じなかった。

「はて、領地の事に関して言えば愚僧はそれほど酷い条件を提示されたとは思いませぬな。周防、長門、石見、それに豊前、筑前の領地もございます。合わせればざっと五十万石程にはなりましょう。降伏した者に対する扱いとして不当と言えましょうか？」

皆が言葉に詰まった。以前に比べれば確かに少ない。しかし五十万石の領地は決して少ないとは言えない。

「恵瓊、御坊の言い分は尤もだ。その上で尋ねる。石見と安芸を交換する事は出来ぬか？　石見と安芸を交換すれば多少石高は多くなる。その分は他の地で朽木に割譲する。如何か？」

何人かが頷いている。毛利の本拠地は安芸、皆、それを失う事に耐えられぬのだ。それに銀山が無いのなら石見に拘る必要は無い。

恵瓊が首を横に振った。不同意か。

「愚僧もその事は中将様に申し上げました。ですが受け入れられませんでした。理由は毛利を潰さぬために安芸は朽木に割譲した方が良いからと中将様は申されました」

皆が顔を見合わせた。兄も訝しんでいる。毛利を潰さぬため？　安芸割譲には何か裏が有るのか。

「如何いう事だ、それは」

右馬頭が問うと恵瓊が軽く頭を下げた。

「安芸は一向門徒の力が強い国でございます。中将様はその事を重視、いえ危惧しておられます」

一向門徒か……。

「安芸で騒乱が起きると？」

問い掛けると恵瓊がぐっとこちらに身を乗り出した。

「左衛門佐様、もしその騒乱が九州攻めの最中に起きれば如何なりましょうや？」

なるほど、そういう事か。皆も想像したのだろう。彼方此方で呻き声が上がった。

「朽木は退路を断たれかねぬという事か」

「そうなりましょう。さればこそ安芸は朽木に割譲せよとの要求。中将様の言い分には一理も二理もございます。それゆえこの場に持ち帰った次第」

皆口を閉じた。兄も無言だ。これまでは朽木は敵であったから一向宗と協力出来た。だが毛利が降伏すれば一向宗との協力は難しくなる。恵瓊の言う通り毛利を潰さぬためにという朽木の言い分には理が有るだろう。横暴、傲慢とは言えない。むしろ安芸の割譲を要求するのは当然とも言える。

拒否すれば敵意有りと疑われかねぬ。

「安芸と石見の交換を望むのであれば安芸では一切騒乱は起こさせぬ、中将様に迷惑をかける事は絶対にせぬと右馬頭様の誓約が要りましょう。それを頂けるのであれば愚僧が中将様に今一度掛け合いまする」

「……それでなるのか？」

右馬頭の言葉に恵瓊が頷いた。

「おそらく、なりましょう。ですがその場合には顕如殿に朽木への抵抗を止めて頂かなくてはなりませぬ。朽木の法の下で生きて頂く。その約束無しでは難しゅうございます。中将様も納得なされますまい。それを確かめる時が有りましょうか？」

「……」

今この場から使者を走らせ顕如を説得する。……難しいだろう、たとえ顕如が了承しても使者が戻る前に高松城が落ちかねぬ……。

「もし騒動が起きれば毛利は中将様を欺いたという事になりまする。その場合、毛利はその責めを負わねばなりませぬぞ。一万石でも所有を認められれば儲けものでございましょう。近江に御礼言上に赴かなければなりますまい」

何人かが〝恵瓊殿〟と窘《たしな》めた。

「右馬頭様には御腹を召して頂く事になりましょう。新たな毛利家当主が右馬頭様の御首を中将様に差し出して不始末を詫びる事になりまする」

「恵瓊殿、御控えなされよ、言い過ぎでござろう!」

吉見式部少輔が苦々しげに恵瓊を叱責した。皆が同意する中、恵瓊が〝言い過ぎではありませぬ〟と首を横に振った。

「毛利は降伏するのでございますぞ。これ以後は朽木家の家臣となり中将様にお仕えするという事。それを肝に銘じて頂かなくてはなりませぬ。主君の九州攻略を邪魔して家臣として面目が立つと御思いか? そのまま生き恥晒せと申されるか? 腹を切るか、謀反を起こすか、右馬頭様だけの問題ではありませぬ、皆様方の問題でもございますぞ」

皆が俯いて黙り込んだ。

「駿河守様、駿河守様が右馬頭様なら如何なされます」

兄が問われて迷惑そうな顔をした。

「儂にそれを問うか、恵瓊」

「問いまする。何卒、御答えを」

敢えて答えを強いると兄がフンと鼻を鳴らした。

「謀反など起こして勝てるのか? 恥じの上塗りであろう。腹を切るわ! 当然の事よ!」

怒鳴る様に兄が答えた。恵瓊が頷いた。

「右馬頭様が御腹を召される時は愚僧も同道致しまする。主に腹切らせる様な交渉をしたとあっては末代までの恥、愚僧も面目が立ちませぬ。中将様にこの坊主頭、差し上げる他有りませぬ」

恵瓊が頭を撫でた。

「今一度、皆様方にお伺いしたい。愚僧は中将様から提示された割譲案、受け入れるべきものだと思いまする。如何か？」

誰も返事をしない。恵瓊が此方を見た。答えを求めている。

「受け入れよう。右馬頭様、この左衛門佐、朽木からの提案を受け入れるべきかと思いまする」

また誰も言葉を発しなかった。しかし私が頭を下げると皆が頭を下げるのが分かった。

「……恵瓊、一つ頼みが有る」

「はっ」

「畠山修理亮殿の事だ、毛利の領内から追放する故引き渡しはお許し願いたいと中将様に頼んでくれ。毛利は降伏する、以後は中将様に御仕えする。二心は抱かぬ。それ故毛利の面目を立てて頂きたいと。頼む」

「はっ」

毛利の面目を立てて欲しいと懇願《こんがん》する、……負けたのだと改めて思った。

右馬頭の前での話が終わると兄が二人で話したいと誘ってきた。兄の陣で二人、酒を酌《く》み交わす。苦い酒だ。

「やはり負けたな」

「負けましたな」

〝やはり負けたな〟か。兄は勝てるとは思っていなかったらしい。それは私も同じだった。勝つの

は難しい。だが毛利は大きくなり過ぎた。何もせずに頭を下げる事は誰もが拒んだ。いや朽木が毛利を受け入れるとも思えなかった。

「それでも酷い負けにはならなかったな。周防、長門、石見が残った。上首尾であろう」

「毛利を潰す意思は無かったのでしょう。甘く見られたのか、それとも潰すとなれば手強いと見られたのか……」

「難しい所だな。ま、どちらでも良い、毛利は残ったのだ」

兄が盃を干した。苦そうな表情だ。酒を注いだ。毛利は残った。大内、尼子が滅んでも毛利は残った。兄の言う通り、上首尾であろう。

兄が突然笑い出した。私を可笑しそうに見ている。

「坊主が頑張ったな」

「そうですな」

「何かと気に入らぬ坊主だが腹を切ると言いおった。皆に責められても動じぬ。口先だけの坊主ではないらしい。坊主らしくない、気に入らぬ坊主よ」

また笑った。

「勝負所では腹を括《くく》れる男なのでしょう」

「そのようだな。今後はあの坊主の力が毛利には益々必要となろう」

「確かに」

これからは朽木との交渉が大事になる。兄が盃を口に運んで止めた。

「朽木は一向宗を大分気にしているな」

「そのようですな」

「顕如殿は如何なされるか……」

「九州に行くか、朽木に降るか」

「……やはり安芸は朽木に渡した方が良かろう。毛利が持っては顕如殿も諦めが付くまい。それに引き摺られては堪らぬ」

兄が首を横に振った。

「そうですな、鞆の御方もおられます。辛い事ではありますが安芸を渡すのは上策やもしれませぬ」

九州に下り島津、大友、龍造寺のいずれかと組む。そして朽木が九州に攻め込んできた時に安芸で騒乱を起こす。そう考えるのだろう。だが近江中将がそれを許すのか……。

「これから忙しくなります」

「そうだな、領地は減る、それに暫くすれば九州攻めが有る。それまでに内部《なか》を固めなければならん」

「それも有りますが右馬頭様の事」

兄が顔を顰《しか》めた。

「そうだな、今のままでは頼りない。情に厚い所、義に厚い所、良い所は有る。だがそれだけでは……、何とかしなければならぬ」

先程の場でも殆ど口を開かなかった。こちらが水を向けてようやく決断を下した。頼りない、もどかしいとしか言いようがない。朽木が毛利を残したのもその辺りを察しての事かもしれぬ。右馬頭では思い切った事は出来ない。五十万石を残してもそれほど脅威ではないと。だとすれば右馬頭の凡庸さ、優柔不断さが毛利を救った事になるが……。朽木の天下が続くのならそれでも良いのかもしれぬ。だが頭の痛い事よ……。

九州へ

天正二年（一五七八年）　六月上旬　　備中国賀陽郡高松村　　石井山　　朽木堅綱

毛利家が降伏した。畠山修理亮の引き渡しを追放で許して頂きたいとの毛利家の言い分を父上は受け入れた。但し、清水長左衛門の切腹は毛利に呑ませた。これで高松城を攻め落としての和議になる。降伏の条件は厳しかったが領地の引き渡しは年内に、今年の秋の収穫は毛利家の物とする等それ以降はむしろ緩やかだった。

父上の御考えでは降伏したのだから以後は家臣として扱う。必要以上に追い詰める事は無いという事らしい。畠山修理亮の身柄は受け取りたかったようだが、修理亮と長左衛門の両方とも毛利に条件を呑ませて屈辱を与えるのは九州攻めを考えれば得策ではないと考えられたようだ。毛利に温情を示し懐柔しようという事らしい。

「毛利が裏切るという事は有りませぬか？」

問い掛けると父上が顔を綻ばせた。

「要心は必要だが疑い深いのは良くないな。猜疑心が強くては毛利も居心地が良くあるまい、その方が裏切りを呼び易い」

「はい、ですが要心とはどのように？」

「常に目を離さぬ事としか言いようが無いな」

「はあ」

父上が笑い出した。

「監視するという事では無いぞ。もし困っている事が有れば助ける、不都合な事が有れば注意する。常に毛利には気を配っているのだ、関心を持っているのだと理解させる事だ。それが伝われば簡単には裏切らない」

「はい」

「要するに毛利に安心して朽木に仕えられると思わせる事だな」

「なるほど」

安心して仕えられるか……。仰られる事は分かるのだがどのようにすれば良いのだろう。私だけではない、家臣達にも訝しげな表情をしている者が居る。

「弥五郎、毛利右馬頭に文を書いては如何だ？」

「文、でございますか？」

父上が楽しそうに顔を綻ばせている。

「そうだ、正月に会えるのを楽しみにしている。色々とお話を伺いたい、元就公のお話を伺いたいとでも書くのだ。朽木の次期当主が自分達に好意を持っていると思うだろう。悪い気はしないだろうな」

「なるほど」

なるほど、父上は良く家臣に文を書いている。それは家臣達を安心させるため、心を引き付けるためか。

「そなたにとってもためになると思うぞ。元就公は一代で毛利を山陽、山陰の覇者にした御方だ。色々な人の話を聞くのも大事な事だ」

「はい」

元就は安芸の一国人領主から大毛利家を作った。謂わばもう一人の父上だ。父上に勧められた事も有るが話を聞いてみたいと思った。

「右馬頭だけではない、叔父の吉川駿河守、小早川左衛門佐にも文を書くと良いな。二人とも毛利を支える名将だ」

「はい」

「尤も駿河守は気性が激しいからな、まともに返事が返って来るかどうか、怪しいものだ」

父上が顔を綻ばせた。

「邪険にされても根気強く文を書く事だ。相手と比べればそなたは未熟な若造でしかない。腹を立てずに相手から話を聞く、その姿勢を貫く事だな。それが出来れば駿河守も多少は認めてくれよう」

「はい」

未熟なのは分かっている。腹は立たない。

「気を付けるのだな、弥五郎」

「は？」

父上が私を見ている。

「向こうが会うと言った時は必ず何処かでそなたの器量を量ろうとする筈。朽木の次期当主がどの程度の器量の持ち主かをな」

「……」

父上が楽しそうに笑い声を上げた。どうして笑えるのだろう。私には笑う事は出来ない。

「左程に難しい事ではない。気負う事はないのだ。未熟である事を隠す必要は無い。愚かでさえなければ良い」

「愚かとは？」

問うと父上が顔を引き締めた。

「己が未熟である事を認めぬ事、実力も無いのに虚勢を張る事だ。愚かとは馬鹿で傲慢という事だな。駿河守も左衛門佐も百戦錬磨の名将だ。簡単に見切られるだろう。右馬頭も毛利家当主として苦労をしている。蔑まれるだろうな。そうならぬように気を付ける事だ」

「はい」

父上が頷かれた。

「未熟だからこそ人と会って話を聞く。そして何かを得る。そう思う事だ。気負わず、素直に話を聞くが良い」

「はい」

「或いは挑発してくるかもしれぬがそれに乗ってはならぬ」

「はい、御教示、有難うございます」

父上が顔を綻ばせた。

一つ一つ、父上が教えて下さる。その度に自分の未熟さに気付く。これからだ、自分に足りぬ部分を埋めていく。だが何時か父上に追い付く事が出来るのだろうか？　知れば知る程自分の未熟さに気付く、そして父上の大きさにも……。


天正二年（一五七八年）　六月上旬　　備後国沼隈郡鞆村　　鞆城　　上野清信

公方様を上段に皆が集まる中、安国寺恵瓊が入って来た。座ると深々と頭を下げた。そして頭を上げる。そのまま口を開かない。誰かが〝恵瓊殿〟と声を掛けたが無言のままじっとしている。異様な振る舞いに皆が顔を見合わせた。公方様も訝しんでおられる。やがて恵瓊が一つ息を吐いた。

「申し上げまする。毛利家は朽木家に降伏致しました。以後は朽木家に従属する事となりまする」

シンとした。何と言った？　皆も困惑している。

「恵瓊殿、今何と申された？　降伏？」

問い掛けると恵瓊が〝如何にも〟と答えた。

「馬鹿な、毛利勢は備中にて朽木勢と対峙中であろう。高松城の後詰に動いたと聞いた。それが降伏？　我らをからかっているのか？」

恵瓊が首を横に振った。

「からかってはおりませぬ。真に降伏したと申しております。降伏の条件として備中、備後、伯耆、出雲、安芸、隠岐を割譲する事になりました。毛利に残ったのは周防、長門、石見、それに九州の一部、合わせて五十万石程にございましょう」

皆が顔を見合わせた。

「馬鹿な、どういう事だ。備中で戦っているのであろう。それなのに何故備後、伯耆、出雲、安芸、隠岐を割譲する。戦えば良いではないか！」

真木島玄蕃頭殿が声を荒らげた。

「これ以上戦えば毛利は滅びましょう。それを避ける為に備中、備後、伯耆、出雲、安芸、隠岐を差し出して降伏したのでございます」

シンとした。毛利が降伏した。信じられないが本当の事なのだと分かった。皆も同じなのだろう、顔が蒼褪めている。

「恵瓊殿、我らは如何なる」

三淵大和守殿が問い掛けた。皆の表情が強張った。恵瓊が一つ息を吐いた。

「近江中将様からは」

「大膳大夫《だいぜんだゆう》じゃ！」

公方様が叫ぶように恵瓊の言葉を遮った。

「大膳大夫じゃ。左近衛中将など、予は認めぬぞ」

公方様が力強い声で仰られた。その通りだ、あの男の増長を許す事は出来ぬ。皆が頷いた。御見事でございますぞ、公方様。皆の顔色が戻りました。

恵瓊が一礼した。

「畏れながら申し上げまする。毛利は朽木に降伏したのでございます。これ以降は中将様が毛利家の主。主を貶めるような言葉は使えませぬ。そして主を貶める者も許せませぬ。愚僧は坊主でございますが毛利家に仕える坊主にございます。毛利家の為にならぬ事は見逃せませぬ。気を付けて頂きとうございまする」

「……」

「話を戻しまする。近江中将様からは皆様方を毛利領に留める事を許さずとの事にございます。されば三日の内にこの城から立ち去って頂きまする」

三日、三日の内にこの城を出て行けと……。しかし何処へ……。

「……予を切り捨て自分達だけ助かろうというのか、卑怯であろう！」

公方様が立ち上がって恵瓊を詰った。

「毛利家は一度は中将様を追い詰め負傷させる程に奮戦致しました。なれどこれ以上戦えば家を潰す事になると判断したから降伏したのでございます。恥じるような事はしておりませぬし卑怯と詰られるような事もしておりませぬ」

「……」

「公方様は織田、上杉を味方に付けると仰っておられましたな。さすれば朽木を倒せると。しかし織田も上杉も動きませんでしたぞ。毛利は単独で戦わざるを得なかった。そして負けた。それでも毛利を卑怯と詰られるか！」

公方様が視線を逸らされた。恵瓊が我らを見回す。皆が視線を避けた。

「公方様、今一度申し上げまする。三日の内にこの城を退去して頂きまする。それを過ぎてもこの城に居られる場合は兵を使って城を攻める事になります」

「公方様か、朽木に尻尾を振っても予を公方と呼ぶのだな」

公方様が皮肉ると恵瓊が一礼した。

「征夷大将軍の座に在られる方なれば……。なれど武家の棟梁とは認めませぬ」

「無礼な」

公方様が吐き捨てた。

「御不快のようでございますな。愚僧はこれにて失礼致しまする。もう二度とお会いする事もございますまい。御身御大切になされませ」

恵瓊が深々と頭を下げてから立ち上がった。そしてもう一度頭を下げてから部屋を出て行った。

「公方様、九州へ行きましょう。薩摩《さつま》の島津を頼るのでございます」

三淵大和守殿の言葉に公方様が〝島津か〟と仰られた。

「大和守殿の申される通りにございます。島津は三州守護に任じられた事を忘れてはおりますまい。薩摩へ参りましょう」

真木島玄蕃頭が賛成した。

「そうだな、尊氏公も一度は九州に落ちられそこから天下を取った。……九州へ行こう！」

力強い声だ。皆が畏まった。


天正二年（一五七八年）六月上旬　　安芸国高田郡吉田村　　吉田郡山城　　顕如

「既にお聞き及びかと思うが毛利家は朽木家に降伏致した。これまで御助勢頂いたにも拘らずこの有様、恥じ入るばかりにござる」

小早川左衛門佐が深々と頭を下げた。

「頭を上げて下され、左衛門佐殿」

「……」

「左衛門佐殿」

左衛門佐が漸く頭を上げた。疲れた表情をしている。大国毛利が五十万石にまで減らされた。安芸も失う、先祖代々の土地を追われるのだ。そこまで譲歩して漸く和を結んだ。責める事など出来ぬ……。

「和睦の条件に付いては聞いております。安芸は失いましたが毛利家が残った事、何よりと存ずる」

「忝い」

左衛門佐が頭を下げた。

「教えて頂きたい。左衛門佐殿にとって朽木との戦は如何様な物でしたかな？」

「……されば、相手になりませんでしたな」

「……」

「兵も有れば銭も有る。それらを惜しげも無く使ってきます。湖を造って城を沈める、想像も付きませんでした」

「……」

「外から見れば互角に戦っているかのように見えたかもしれませぬ。しかし今思う事はあしらわれた、それだけにござる。最後はこちらから和を請いましたな」

左衛門佐が首を振っている。素直に頷けた。我らも最初は互角に戦っていると、いや負ける事は無いと思っていた。だが今はあしらわれたとしか思えぬ。

「これから如何なされる」

「公方様から九州へ共に行かぬかとお誘いが有りましてな。同行しようと考えております」

「では薩摩へ？」

「はい。大友も龍造寺も我らを受け入れますまい」

左衛門佐が頷いた。

「顕如殿、御気を悪くしないで頂きたいのだが朽木に頭を下げる事は出来ませぬか？」

「……」

「難しいですかな？」

左衛門佐がジッとこちらを見ている。

「愚僧もそれを考えないではありませぬ。しかしそれを望まぬ者も居ります。何と言っても大勢の門徒が朽木との戦で死にましたからな」

「……」

「今回毛利家が降伏した事でその者達も少しは考えるのではないかと思っております。だが時間が掛かりましょう」

「そのために薩摩へ？」

「はい」

毛利の降伏が早過ぎた。その所為で皆の意見が纏まらぬ。あと一年、もう少し毛利が粘ってくれれば……。薩摩に行く事が最善とは思わぬ。だが他に場所が無い……。徐々に居場所が無くなる。我らは追い詰められつつある。

「気を付けられた方が良い。公方様も島津も顕如殿を、一向門徒を利用しようとする筈。特に安芸の門徒達、朽木は厳しい眼で見ておりますぞ。中将様が安芸を譲らせたのもそれが有る」

「左様でしたか。忝い、感謝しますぞ」

なるほど、安芸を手放した事で毛利は我らから離れる事が出来たというわけか。朽木に仕えるならその方が安全だな。そして朽木は根切りの準備を整えつつあるという事だ。

天正二年（一五七八年）　六月中旬　　山城国葛野・愛宕郡　　平安京内裏　　勧修寺晴秀

「なんと！」

「真か？」

声を上げ、そして飛鳥井権大納言殿と顔を見合わせた。権大納言殿の顔には信じられない、何かの間違いではないかといった表情が有る。権大納言殿も自分の顔に同じものを見ているだろう。それほどまでに自分の聞いた事が信じられない。

「真にございまする。毛利は朽木に降伏致しました」

伊勢兵庫頭が誇らしげに言った。やはり信じられぬ。

「兵庫頭よ、和を結んだのではないのだな？」

兵庫頭が〝違いまする〟と答えた。

「毛利家は備中、備後、伯耆、出雲、安芸、隠岐を割譲し石見の銀山を朽木に引き渡しました。さらに足利義昭公、顕如上人を毛利領から追放、高松城城主清水長左衛門宗治は切腹しておりまする」

〝なんと〟と飛鳥井権大納言殿が吐いた。

「毛利は安芸を手放したのか」

驚いて問い掛けると〝はっ〟と兵庫頭が畏まった。本拠地の安芸を朽木に譲るとは……。初めて毛利は降伏したのだと実感が湧いた。

「となると毛利に残るのは……」

「周防、長門、石見、それに九州にて豊前、筑前の一部、合わせて五十万石程になりましょう」

兵庫頭が飛鳥井権大納言殿の呟きに答えた。五十万石、決して小さくはない。だがかつての毛利家に比べれば驚く程縮小した。西に追いやられた。〝なんと〟と呟く声が聞こえた。自分の声だった。

「兵庫頭よ、ご苦労でおじゃったな」

「はっ」

「それにしてもこうも早く毛利を下すとは……、真、鬼神の強さでおじゃりますの。そうは思われませぬか？　勧修寺殿」

「磨もそう思いまする。あの毛利をこうも早く降すとは……。いかなる相手も中将には三舎を避けましょう。武家の棟梁に相応しい武威かと思いまするぞ」

ただ勝ったのではない、勝ち方が見事よ。毛利が安芸を手放した。この事実は大きい。天下の諸大名も朽木の武威を怖れるだろう。

「有難うございまする。飛鳥井様、勧修寺様が感嘆なされていたと聞けば主も歓びましょう」

「うむ、これでまた一つ天下統一に近付いた。これから帝に言上するがきっとお喜びになられよう」

「勧修寺権大納言殿の申される通りでおじゃりますの。楽しみでおじゃります」

我ら二人の言葉に兵庫頭が畏まって退出した。

「驚きましたの」

「真に」

飛鳥井権大納言殿が大きく頷いた。

「あと二年は先の事だと思っておじゃりました」

「麿もそう思っておじゃりました」

朝廷では中将を武家の棟梁として押し立てて行こうと考えている。中将が征夷大将軍を望むのなら公方からその職を剥奪し中将を将軍に任じただろう。だが中将はそれを断った。となれば朝廷はそれに代わる地位を中将に与えなければならない。つまり右近衛大将。源頼朝が権大納言兼右近衛大将に任官して以来、武家にとっては征夷大将軍と共に武家の棟梁を表す職だ。

「喜ばしい事ではおじゃりますが少々困りましたな」

「はい、困りました。予定が狂いました」

二人で顔を見合わせて笑った。一頻《しき》り笑ってから常御所へと向かった。

常御所では帝が関白近衛前久殿下、左大臣九条兼孝様と談笑しているところだった。〝失礼致しまする〟と声を掛けて前に進むと談笑が止んだ。

「先程、伊勢兵庫頭が参りました」

報告すると〝ほう〟と声が上がった。関白殿下が上機嫌でこちらを見ている。〝飛鳥井殿〟と声を掛けると権大納言殿が軽く目礼してきた。

「兵庫頭の報告では毛利が降伏したそうにおじゃります」

シンとした。皆が顔を見合わせている。

「真に毛利を降したと？」

左大臣が問い掛けて来た。権大納言殿が此方を見た。今度は私の番か。

「毛利は備中、備後、伯耆、出雲、安芸、隠岐、それに石見の銀山を朽木に割譲したとの事でおじゃります」

溜息が聞こえた。帝が首を振っておられる。信じられぬのであろう。

「毛利が降伏した……。公方は、顕如は如何した？　引き渡されたのか？」

「いえ、二人は毛利から追放されたとの事におじゃります」

飛鳥井権大納言が答えると左大臣が〝追放〟と呟いた。

「厳しいのう」

「厳しいとはどういう事か、近衛」

帝の問いに殿下が畏まった。

「中将は公方、顕如の身柄の引き渡しを要求致しませぬ。つまり、二人に価値を認めぬという事におじゃります。屈辱でおじゃりましょうな。中将があの二人に示しているのは朽木の支配の下で生きて行くか、敵対を続けるか。あの二人が朽木の支配の下で生きて行く事が出来るとは思えませぬ。となれば徐々に生きて行く場が無くなりましょう」

「……九州か」

帝の問いに関白が〝はい〟と答えた。

「龍造寺か島津、そのどちらかを頼りましょう。そして朽木を倒そうとする筈。織田や上杉に使者を出しましょうが彼らが毛利を降した朽木と戦うとは思えませぬ」

殿下の言葉に皆が頷いた。その通りだ。畿内から山陰山陽を支配下に置いた朽木の実力は織田、上杉から見ても青褪める程のものだろう。簡単に敵に回せるものではない。敵対するなら家を滅ぼす覚悟が要る。

「中将の次の狙いは九州になりましょう。公方、顕如は自分がどう生きるか、どう死ぬかの選択を迫られましょう」

殿下の言葉に帝が息を吐かれた。

「確かに、厳しいのう」

「はい、なれどその厳しさこそが武家の棟梁に求められるものなのでおじゃりましょう」

「だからこそ、天下が治まるか」

「はい」

帝が頷かれた。足利にはその厳しさは無かった。いや、弱かったが故に厳しさを持てなかった。だから天下が乱れた。そういう事なのだろう。

「残るは九州、それに関東と奥州か」

左大臣が呟いた。天下統一、夢ではなくなった。中将は未だ若い、そして壮健だ。あと五年では難しかろう。だが十年なら……。

「それにしても困った男でおじゃりますな。こうも早く毛利を降すとは」

殿下の言葉に左大臣が困った様な表情を見せた。

「ここ二、三年の内に参議、権中納言、権大納言、右大将をと考えておじゃりましたが……、ほほほほほほ」

殿下が御笑いになった。皆が苦笑を漏らした。

「早急に参議に任じましょう」

左大臣の言葉に殿下が首を横に振った。

「毛利を降したのでおじゃるぞ、今更参議では釣り合いますまい」

「では？」

「中将が戻り次第、参議に任じ直ぐに権中納言に。来年には権大納言、そして右近衛大将が至当でおじゃろう」

左大臣が帝を見た。帝が大きく頷かれた。それを見て左大臣が畏まった。


天正二年（一五七八年）　六月下旬　尾張春日井郡小牧村　小牧山城　織田濃

憂鬱そうな表情で夫が座っている。私の部屋に来てからずっと表情が変わらない。もう小半刻は過ぎるだろう。一度如何したのかと訊いたが無言だった。それ以来私も黙って座っている。夫が溜息を吐いた。

「毛利が降伏した」

ポツンとした声だったが耳に響いた。毛利が降伏？

「備中、備後、伯耆、出雲、安芸、隠岐が朽木領になった。毛利に残されたのは周防、長門、石見

「……」

「……」

「あっけなかったな。三年とは言わぬがあと二年は戦えると思ったのだが……」

「……」

「尤も二年後ならば毛利は滅んでいただろう。上手に負けたのかもしれぬな」

夫が苦笑を漏らした。苦笑を収めるとまた憂鬱そうな表情に戻った。

「負けたわ」

「はい」

夫が私を見た。

「毛利ではないぞ、俺が負けた」

「分かっております」

少し驚いた様な表情で夫が私を見た。

「中将様と戦いたい、天下を賭けて戦いたい。そう御考えだったのでございましょう？」

「そうだ、知っていたか」

「はい、私は長年連れ添った貴方様の妻でございますよ」

夫が〝そうか〟と言って苦笑を漏らした。

「北条は恐れるに足りぬ。小田原に籠るのが精一杯だ。駿府に城を築き抑えの城とする。毛利に手を差し伸べ美濃から近江へ、そう思ったのだがな」

「……」

「間に合わなかったわ」

「……」

「三河の一向一揆に足を取られたな。あれが無ければ……。いや、言い訳だな。俺があの男に及ばなかったのだ……」

苦しんでいる。負けたという事実を無理矢理呑み込もうとしている。どんな苦汁よりも苦いだろう。胸が痛んだ。

「戦っては如何でございます」

「戯《たわ》けた事を、負ければ滅ぶのだぞ」

「それが何か?」

夫が眉を寄せた。

「織田家は貴方様が一代で大きくした家でございます。今の織田家が気に入らねば潰せば良いではありませぬか。それに、負けると決まったものでもございますまい。何と言っても貴方様はしぶとい」

夫がジッと私を見た。負けるものかと見返した。見詰め合っていると夫が〝ははは〟と声を上げて笑い出した。

「お濃、危うくその気になる所であったぞ。俺を焚き付けるとは怖い女子よ。公方の手紙などより余程に心が揺れたわ」

「危うくでございますか、惜しゅうございました」

夫がまた声を上げて笑った。

「礼を言うぞ、お濃。気が晴れたわ」

「……」

夫が〝フーッ〟と息を吐いた。表情に苦さは無い、代わりに哀しさが有った。

「残念だが戦は出来ぬ。……お濃、俺は病だ」

「……知っております」

「そうか、知っていたか」

「はい、長年連れ添った妻ですから。飲水病でございますね」

夫が頷いた。

「朽木と戦うとなれば簡単には終わるまい。何年かかるか……。俺の身体はその長い戦には耐えられぬ。戦って負けるのなら納得が行く。だが戦いの途中で戦えなくなってはな、死にきれぬ」

「……」

「分かっていたのだ。戦えぬという事はな。諦められずに駿府城を築いた」

「……」

「悪あがきだな。だがそれも毛利が降伏した事で無駄になった」

夫が一つ息を吐いた。

「秋には上杉から華姫が来る。織田と上杉の絆は強まるだろう。来年は北条を滅ぼし勘九郎に家督を譲る。俺が丈夫なうちに勘九郎の足元を固めるつもりだ」

「はい」

「外から掻き回されぬ様にしなければならぬからな」

「朽木様でございますか」

「それも有る。それもな」

それも？　夫は不愉快そうな表情をしていた。


天正二年（一五七八年）七月上旬　　播磨国飾東郡姫山　　姫路城　　黒田孝隆

「良いのか、御着には行かずとも」

「構いませぬ。御屋形様より家族でゆっくりと過ごすが良いとの御言葉を頂いております」

俺が答えると父が〝そうか〟と言って嬉しそうに頷いた。姫路城の一室には父、継母、叔父休夢斎、妻の光、弟の次郎、四郎太、惣吉、それに息子の吉兵衛が揃っていた。勝ち戦の祝いの宴、和やかな空気が漂っている。今頃は御着でも御屋形様が寛いでおられるだろう
「それにしても毛利様が降伏されるとは……、以前にここ二、三年で降伏するだろうと殿と義父上から御伺いしましたが……」

光が首を横に振った。

「信じられぬか、光」

「はい」

妻が頷くと皆が頷いた。

「確かに信じられぬ事だ。だが御屋形様は最初から此度の戦で毛利を降す御心積もりだったようだ」

彼方此方から溜息が聞こえた。信じられぬのだろうな、無理もない。御屋形様が毛利を降伏させると仰られた時、皆が驚いていた。軍略方の沼田上野之助殿に訊ねたが、略方では和睦の条件は検討したが降伏はもっと先の事だと思っていたらしい。

「高松城を水攻めにしたのもそれが理由だ」

「その水攻めだが如何いう事なのだ、官兵衛。良く分からんのだが……」

父が困った様な表情で訊ねてきた。腑に落ちないらしい。

「城が周囲よりも低い所に在りましたので城を囲むように堰を造りそこに傍を流れる足守川の水を注ぎこんだのです。この時期ですからな、雨も降り堰の中は忽ち水で一杯になりました」

また溜息が聞こえた。

「想像も付かんの」

父の言葉に妻と継母が頷いた。

「そうでしょうな、その場にいた某も本当にそのような事が出来るのかと思いました。出来上がって行く様を見てもです。堰に水が溜まってからは毎日これは現実なのか、夢ではないのかと思いました。某だけではありませぬぞ、皆同じような事を言っております」

叔父上、そして吉兵衛が大きく頷いている。この二人も同じ様な思いをしたのだろう。

「官兵衛殿、水攻めというのは如何いう効果が有るのでしょう？　兵糧攻めなら分かりますが……」

継母が困惑したように疑問を呈した。

「そうですな、城の内部にまで水が入りますので使える場所が無くなるのです。城下の屋敷も水没しましたので家臣達の家族も城に入りました。城内は人で溢れていました。開城する頃には寝る場所を確保するのも容易ではないような有様だったようです。皆、憔悴しきっておりましたな。ああなっては意地も張れませぬ」

又溜息が聞こえた。

高松城の中は酷いものだったと聞いている。水の浸食により居場所が極端に少なくなったにも拘らず家臣達の家族を受け入れたため、城内は身動きも儘ならないほどに人が溢れたらしい。それに糞尿の始末、食事の煮炊きも儘ならぬ有様で城内は争いが絶えぬ状態だったとか。敵が攻めてくれば戦う事で団結出来ようが敵はただ城を囲んで水に沈んでいくのを見ているだけ、攻め寄せてくるのは水、士気は下がる一方だったとか。

「吉兵衛、初陣は如何であった。御屋形様の命《めい》で毛利との和睦の条件を検討したらしいが」

父の言葉に吉兵衛が顔を赤らめた。

「検討などと、……某は若殿の御役に立つ事が出来ませんでした。恥ずかしい限りです」

父が此方を見た。余程に孫が心配らしい。

「まあ今の吉兵衛では良くやった方だと思います。吉兵衛、あまり自分を卑下するな。これから精進して若殿の御役に立てば良いのだ」

「はい」

「それと御屋形様に感謝するのだな。和睦を如何結ぶかなど重臣中の重臣でなければ関われぬ事だ。良い経験をさせて貰ったのだぞ」

「はい!」

吉兵衛が力強く頷いた。父が満足そうに頷いている。可笑しかった。

「和睦では毛利は安芸を手放すようだが?」

「はい、安芸は一向宗の力が強いですからそのまま毛利領にしては不都合が有ると御屋形様は考えられたようです。毛利もそれを受け入れたという事は毛利にも一向宗を抑える自信が無いのでしょう」

父が〝厄介だからの〟と言うと皆が頷いた。播磨も西部は一向宗の力が強かった。本拠地である英賀は根切りを受けている。

「御屋形様は交渉が上手いですな。毛利に本拠地の安芸を割譲させた、その事で毛利は朽木に敵わぬ、その事を心の底から認めたと皆が思った筈です。周囲の御屋形様を見る目は以前とは違う筈」

叔父の言葉に皆が頷いた。

「いずれは毛利も自然とそう思う事になる。……官兵衛よ、公方様、顕如上人はどうなったのだ?」

「二人とも九州に落ちたようです。未だ朽木と戦う事を諦めてはおりませぬ、おそらくは島津を頼るのでしょう」

俺の答えに幾つかの溜息が起きた。何時まで抵抗を続けるのか、既に大勢は決しているのに、そう思ったのであろう。実際九州では一向門徒の力は決して強くない。顕如もそれほど力を発揮出来まい。安芸での混乱を期待しているのかもしれんが御屋形様がそれを認めるとも思えん。この辺りで朽木に降った方が良いのだが……。公方様も何処まで意地を張られるのか……。九州から盛り返すなど到底出来る事とは思えぬ。足利尊氏公は出来たかもしれんがそれに望みをかけているなら余りにも現実が見えていない。もう足利の世ではないのに……。

「九州ですが日向において大友と島津が戦を始めました。大きな戦になるのではないかと思います。御屋形様が毛利との決着を急がれたのも九州の事を考えての事かもしれませぬ」

「ほう、如何いう意味だ？」

父が口元に運んだ手を止めた。皆も俺を見ている。

「切り獲った領地を安定させ九州に攻め込むまでに二年はかかりましょう。毛利攻めが長引けばそれだけ九州攻めが遅れます。その間、九州の諸大名が潰し合いを行うなら良いのですが或いは大きな勢力が生まれるかもしれませぬ。それを嫌ったのではないかと」

「なるほど」

父が一口酒を飲んだ。何かを考えている。

「官兵衛、御屋形様は大友と島津の戦いは島津が勝つと予測しているのではないかな？」

やはり父もそう思うか。

「そうかもしれませぬ。今回の戦いで分かったのですが御屋形様は余り大友を評価しておられませぬ。そして大友と手を組むお考えも無いと明言しておられます」

吉兵衛が顔を伏せた。大友と結んで九州制圧を行った方が良いと考えた事を思いだしたのであろう。

「某が思うに御屋形様は島津が大友を叩き力を弱めるのを望んでいるのでしょう。その後で島津を叩き御屋形様の力で九州を征服する。大友はあくまで朽木傘下の一大名として扱うつもりなのではと思います」

九州に大大名の存在を許さない、御屋形様はそうお考えなのであろう。単なる征服ではない、先を見据えての、朽木の天下を見据えての征服だ。吉兵衛の和睦案にはその辺りの視点が足りなかった。若殿に近侍する以上、教えなければなるまい……。


天正二年（一五七八年）八月上旬　　山城国葛野・愛宕郡　　平安京内裏　　目々典侍《めめないしのすけ》

風に吹かれて風鈴がチリン、チリンと涼し気な音を奏《かな》でた。兄が穏やかな表情で風鈴を見た。

「良い音でおじゃるの」

「はい、夏には欠かせませぬ」

風鈴を見ていた兄が私に視線を戻した。

「そろそろ戻って来よう」

「左様でございますね」

「……戻れば参議、権中納言か、早かったの」

「……はい」

お互い言葉が少ない。多分、圧倒されているのだろう。

毛利が降伏した。甥が優位に戦を進めている事は分かっていた。しかし毛利がこんなにも早く降伏するとは思っていなかった。一度は甥を負傷させているのだ。その実力を過小評価は出来ない。あと二年はかかるだろうというのが大方の見方だった。その毛利があっけなく降伏した……。

「備中の高松城という城を水攻めにしたそうでおじゃるの。それを聞いた時、麿は水の手を切ったのかと思った。だが堤を築いて湖を造り城を沈めるとは……。唐土ではそのような攻め方が有ると聞いた事が有る。しかしこの日ノ本でそのような事が可能だとは思ってもいなかった……」

兄が首を横に振っている。

「毛利が降伏を決めた筈よ、到底敵わぬと肝を潰したのでおじゃろう」

「左様でございますね」

「宮中でも大層な評判じゃ。城が沈むところを見たかったとな」

「女官達も同じ事を言っております」

兄が私をちらりと見て〝そうか〟と言った。チリンと風鈴が鳴った。兄が視線を向け直ぐに戻した。

「公方は如何しているのでしょう」

「さあ、毛利を追い出され顕如と共に九州へ向かったと聞いた。……薩摩に向かったようでおじゃるの。島津を三州守護に任じたからの、恩着せがましく感謝しろとでも言っておじゃろう」

兄が冷笑を浮かべている。兄だけではあるまい、公家達の多くが洛中で騒動を起こした公方を憎悪している。

「島津は本気で上洛を考えておりましょうか？」

「さあ、どうでおじゃろう。今の島津に中将と戦うだけの力が有るとは思えぬ。大友や龍造寺と戦うのに利用しようという事ではおじゃらぬかの」

「……さぞかし京に戻りたいと思っておりましょうな」

「そうじゃの。だが戻れば三好、松永、内藤が公方の命を狙おう。公方が戻るには彼らを押さえるだけの力が要る。それに中将が許すとも思えぬ」

「……」

誰も公方を必要としていない。朝廷が選んだ武家の棟梁は中将だった。京に公方の居場所は無い。

「今頃は尊氏公に倣って九州の兵を率いて上洛するとでも言っておろう。鞆でも似たような事を言っていたらしいからの。あの頃は後醍醐《ごだいご》の帝に反発する者が大勢居た。そして後醍醐の帝にはそれを押さえるだけの力が無かった。今とは違う、それが分からぬとも思えぬがそれに縋らざるを得ぬのかもしれぬ。憐れな事でおじゃるの」

シンとした。足利は滅びつつあるのだと今更ながらに実感した。

「これからどうなりましょう？」

兄がチラリと私を見た。

「毛利が降伏した事で中将の立場は一段と強まった。何と言っても一度は播磨にまで勢力を伸ばした毛利が降伏したのじゃ。織田も中将の天下に従おう」

「織田でございますか」

問い掛けると兄が〝うむ〟と頷いた。

「殿下の御話では織田は必ずしも中将の天下を認めておらぬという事でおじゃった。中将もそれは分かっていた筈。水攻めで毛利の度肝を抜いたのはそれ故かもしれぬ」

「……本当に驚かせたかったのは織田だと?」

兄が頷いた。

「有り得ぬと思うか?」

「さあ、分かりませぬ」

兄が嗤った。

「徐々に天下が見えてきた。となればこれからは敵よりも味方と思ったのではないかな。織田、上杉をどう扱うか。それによって関東、奥州の扱いも変わる」

「なるほど、左様でございますね」

「敵ならともかく味方でおじゃるからの。扱いが難しいわ」

確かに兄の言う通りだ。敵なら潰せる。だが味方ではそうは行かない。それに織田も上杉も大きい。扱いには細心の注意が要る。

「中将は織田と上杉を如何するのでしょう?」

「さあ、如何するかの。考えてはいると思うがそれを実行するのは九州攻めが終わってからでおじゃろう」

「後顧の憂いが無くなってからという意味でございますか?」

問い掛けると兄が頷いた。つまり織田、上杉と戦になる可能性が有ると兄は見ている。織田、上杉に対し強圧的に出ると見ているのだろう。

「上杉とは婚姻を結びましたが？」

「そうじゃの、だが今のままでは中将の支配は西だけじゃ。これでは真の天下人とは言えまい」

「……」

「毛利が降伏した事で乱世は直《じき》に終わると見ている者も居るが麿にはそう簡単に終わるとは思えぬ。天下は一つ、天下人も一人よ。織田と上杉、些か大き過ぎよう。特に上杉は織田とも婚姻を結ぶ。厄介よな」

チリンと風鈴が鳴った。だが兄は視線を向けなかった。おそらく鳴った事に気付いていないだろう。兄は憂鬱そうにしていた。


天正二年（一五七八年）　八月下旬　　近江国蒲生郡八幡町　　八幡城　　朽木基綱

毛利降伏後の後始末を終えて近江に帰ると八月も終わりに近付いていた。毛利の家臣達の引っ越しにはかなり時間がかかるだろう。年内に移動が完了すれば良い。安芸には十兵衛光秀を入れる事にした。石高は七万石、中国攻めでは苦労したからな、少し多めにした。今頃は十兵衛も石山城で引っ越しの準備中だろう。

居城は吉田郡山城だが不便だ。海沿いに新たに城を造らせる。吉田郡山城は万一の場合の詰めの城になる。それと念のため兵力は一万程与える。その費用は朽木本家が持つ。当分十兵衛には毛利のお目付役をしてもらう事になる。当然だが副将はお役御免だ。新たな副将を決めなければならん。

芦田源十郎信蕃、山内次郎右衛門康豊も安芸に配置した。それぞれ三万石。この二人はこれまでも十兵衛を助けてきた。安芸は対毛利、対一向宗で重要な土地だ。気心の知れた者を組ませた方が良いだろう。芦田は父親の四郎左衛門が越前で三万石、息子の源十郎が安芸で三万石だ。源十郎は自分の力量で三万石を得た事が嬉しいらしい。何度も俺に礼を言った。

越前の方は源十郎の弟、左八郎信幸に継がせるのかもしれないな。父親を助けて良くやっていると聞く。それと伊勢国奄芸郡稲生城主稲生勘解由左衛門兼顕、安濃郡津城主細野壱岐守藤敦を安芸に置く。この連中も三万石だ。但し領地を与えるのは十兵衛も含めて皆二年後になる。今は証文を与えただけだ。

源十郎は小倉山城、次郎右衛門は新高山城に入る。勘解由左衛門、壱岐守はそれぞれ有田城、吹屋城だ。それと九鬼孫次郎に上蒲刈島、下蒲刈島を、堀内新次郎に大崎上島、大崎下島を与えた。きちんと領地を与えようと思ったんだが島の方が良いらしい。この辺りは海賊衆だな。これは直ぐに与えた。

親族にもそれなりの配慮をした。叔父達には備中、備後で領地を与える事にした。これも二年後だ。場所はまだ決めていないが大体五万石を想定している。鯰江の伯父にも褒美を出した。但し加増ではない。伯父には息子が多い、俺にとっては従兄に当たる。彼らに領地を与え独立させる。鯰江小次郎氏秀、鯰江重三郎貞治、鯰江又四郎貞種、鯰江小五郎貞豊。いずれも山陰で三万石だ。鯰江一族は全部入れれば二十万石程になる。中々だな。

尼子は出雲の西部に五万石で入れた。元々地縁が有る、これは直ぐに入れた。喜んでいたな。何度も頭を下げて感謝していた。まあ毛利が妙な事を考えても尼子は同調しないだろう。その辺りは安心している。毛利に降伏した尼子の本家は如何するのかな？　その辺りは気を配らないといかんな。トラブルは避けなければ……。東出雲は朽木の直轄地だ。あそこは美保関が有るから押さえなければならん。

毛利との戦の最中に周りもかなり変化が有った。先ず織田が伊豆を征服した。もっともかなり手古摺ったらしい。伊豆は地形が険しいからな、大軍の利を十分に活かせなかったようだ。だがこれで北条は相模だけになった。上杉との婚儀が終われば次は北条攻めだろう。

上杉では景勝が関東管領に就任した。上杉家内部での景勝の地位は着実に固まりつつあるという事だ。秋になれば織田との婚儀、来年には朽木との婚儀。先ずは戦よりも外交攻勢だ。家督相続はどのタイミングかな？　ここ一、二年じゃないかと思うがまあ順調と言って良い。

土佐では長宗我部が一条との和睦を受け入れると言ってきた。俺に頼んだのではない、直接一条に和睦を請うたらしい。ちょっと驚いたな。長宗我部が簡単に和睦を受け入れるとは思わなかったんだが。元親は毛利の敗北は間近だ、毛利が敗北すれば朽木と三好が攻めて来ると思ったのだろう。屈辱だった筈だが已むを得ないと受け入れた様だ。

だがそれ以上に驚いたのは一条兼定がそれを受け入れた事だ。長宗我部を潰すまで受け入れないと騒ぐかと思ったんだがあっさりと受け入れた。何でかと思ったら土佐での戦を終わらせて九州の戦に参加するつもりらしい。要するにだ、長宗我部との戦は朽木の援助で戦っているから勝っても誰も兼定を認めない。だが九州での戦なら妻の実父の大友宗麟が認めてくれるという事の様だ。馬鹿じゃないのと言いたくなるわ。

止めたいんだけどな、理由が無い。土佐での戦は終わった。伊予は三好領になったし毛利も朽木に降伏した以上土佐一条家を囲む状況に不安は無い。二正面作戦じゃないから妻の実家の応援をすると言われては反対はし辛い。老臣の土居宗珊も反対したようだが聞く耳を持たない。どうにもならんな。

その九州だが大友は日向に攻め込んだ。島津と決戦だがさてどうなるか。史実では大負けした。だがこの世界では一条兼定が大友に付いたし毛利も敵対していない。足利義昭と顕如は島津を頼って行った。この辺りが如何いう影響を及ぼすのか……。目が離せない状況だ。

大友は案の定だが九州の毛利領を寄越せと言ってきた。相変わらずの上から目線だ。事前に約束したならともかくいきなり寄越せとか有り得ないだろう。はっきり断った。毛利は朽木の家臣だから毛利を攻めるという事は朽木に敵対する事を意味する。一切妥協は無いと返事をした。一条兼定が大友の味方をするのはもしかすると俺への反発かな？　俺が大友に冷淡だから当てつけに肩入れするとか。有りそうだな。大友も一条もウンザリするわ。

京では内親王殿下の降嫁がもう直ぐ行われる。新築の屋敷で仲良く暮らして貰いたいものだ。仙洞御所の建築も始まった。建物だけじゃない、庭も造る。全部伊勢兵庫頭に任せているが一度建設現場を見に行った方が良いだろうな。それと兵庫頭に加増してやろう。良くやってくれている、頼りになるわ。

天正二年（一五七八年）　八月下旬　　越前国今立郡鯖江　　北畠邸　　北畠具藤

〝殿〟、〝殿〟と松井新九郎の声と足音がした。かなり慌てている。はて、冷静な新九郎にしては珍しい事だ。

「如何した、新九郎。私は此処に居るぞ、納戸だ」

声を張り上げると足音がこちらに近付いてきた。

「此処に居られましたか、捜しましたぞ」

「太刀を見ていたのだ、如何した」

「御客人ですぞ」

「客人？」

新九郎が頷いた。

「御兄君、右近大夫将監《しょうげん》様でござる」

「兄上が？」

「はい」

「母上に御報せしたか？」

「はい、右近大夫将監様は既に御裏方様の許に居られます。殿も早く」

「分かった」

本当なら走りたいところだが走っては母に怒られよう。急ぎ足で母の許へと向かった。

母の部屋に向かうと笑い声が聞こえてきた。母の声と兄の声だ。大らかで柔らかい兄の笑い声、胸が熱くなった。あの兄の声に幾度救われた事か……。部屋の入口に着いた。兄の姿が見える。大きな広い背中だ。

「兄上」

声を掛けると兄がゆっくりとこちらを振り返った。

「おお、次郎か」

「兄上……」

兄が穏やかな笑みを浮かべている。声が詰まった。

「まあまあ、なんです、立ったままで。こちらに来て座りなさい。行儀が悪いですよ」

母が笑いながら私を窘めた。〝申し訳ありませぬ〟と謝って部屋に入った。

兄の横に座る。改めて大きいと思った。

「次郎殿、右近大夫将監殿は日に焼けたと思いませぬか」

「思います、以前よりも逞《たくま》しくなったような気がしますぞ、兄上」

兄が笑い声を上げた。

「領内の見回りで歩いているからな、日に焼けたのだろう。身体も少し締まったようだ」

「大変なのではありませぬか？」

「大丈夫です、母上。どうも私は歩く事が苦にならぬようです。それに領民の話を聞くのがとても楽しい。領民達の土地に対する愛着を知ると何とかもっと良い暮らしをさせてやりたいと思うのです」

母が〝まあ〟と声を上げた。

「御屋形様も私の話を熱心に聞いてくれます。そして私の進言を受け入れてくださる。とてもやりがいが有ります」

「無理をしてはなりませぬよ」

「心配は要りませぬ。身体の調子はすこぶる良いのです。歩くと疲れますが夜はぐっすりと眠れます。そして朝は気持ちよく起きられるのです」

強がりではないのだろう。兄は極めて元気そうだ。

「兄上、妖《あやかし》の話も聞いているのですか」

「勿論だ。少しずつだが書にもまとめている。いずれは御屋形様にお見せする事になっている」

「御屋形様も物好きな」

母が笑った。物好きと言ったが母が一番喜んでいるのだ。兄を理解し応援してくれていると。

「ゆっくりしていけるのですか？」

母の問いに兄がゆらゆらと首を横に振った。

「これから加賀、能登に行かねばなりませぬ。今日は泊めて頂こうと思っておりますが明日には出立しなければ……」

「残念ですね、この間もそう言って一晩だけでした」

寂しそうだ。兄が〝申し訳ありませぬ〟と言うと母が〝次に期待しましょう〟と明るく答え皆で笑った。

「次郎、また御加増になったそうだな。一万石か、大したものだ」

顔が火照《ほて》った。

「某一人の力で頂いたわけではありませぬ。新九郎達が某を懸命に後押ししてくれました」

「そうか、良い家臣達だな」

「はい、某には過ぎた者達だと思います」

長野に居た頃は心許せる家臣などいなかった。だが今は違う、自分を親身に補佐してくれる家臣達が居る。その事がどれほど励みになる事か……。鯖江に来て良かったと思う。四年前に三千石の御加増を頂いた時は皆で泣きながら喜んだ。あの時程嬉しかった時は無い。今回二千石の御加増を頂いた時は泣く事は無かったが胸にジンと来るものが有った。

「でも、無茶をしてはなりませぬよ。右近大夫将監殿、御屋形様から文を頂いたのです。次郎は無茶をするので心配だと」

兄が私を見た。

「いや、あの時は御加増を頂いて家臣達を喜ばせてやりたいとつい焦ったのです。もう五年以上も前の話ですぞ、母上。それに何度も母上から注意されました。今は大丈夫です」

兄が笑い出した。床が震える程に身体を揺すって笑っている。

「私もその話を母上から伺うのはこれで三度目だ。一生言われるかもしれぬな」

また兄が笑った。私も、そして母も笑う。楽しい、こんな他愛ない話がひどく楽しい。兄が居るだけでこんなにも楽しいとは……。

「兄上、加賀、能登ですがあまり良くないのですか？」

兄が表情を曇《くも》らせた。母も物思わしげな表情をしている。

「加賀は一向門徒の根切りで大勢の百姓が死んだ。能登は畠山の苛政で領民が逃げ出した。新たに人を入れたが近年は天候が良くない。税を免除するなどして優遇しているが……」

「昨年は豊作だったと聞きますが」

「うむ、しかし今年は余り天候が良くない。農方奉行の長沼殿、殖産奉行の宮川殿も心配している。宮川殿は何とか特産物を生み出して百姓達の暮らしを楽に出来ぬかと苦慮しているが特産物は簡単に生み出せるものではないからな。御屋形様が私に加賀、能登を見てきてくれと頼むのも少しでも百姓達の暮らしを楽にしてやりたいと思っての事だろう。戦の事、政の事、色々と悩まれる事は多い筈だ。その中で加賀、能登の百姓達を思う、なかなか出来る事ではない」

「……」

溜息が出た。本当に兄の言う通りだ。自分は一万石の領地でも大変な思いをしている。御屋形様はどれほど御苦労されているか……。

「領民達と話をして思ったのだが領民というのはその土地に愛着を持って初めて領民と言えるのだと思う。古くから住んでいる年寄りは本当に愛おしそうに土地の事を話す。楽しい思い出だけではない、苦しい思い出もだ。それは親から子、子から孫へと引き継がれていく。残念だが加賀、能登では未だその繋がりが、愛着が薄いのだ。加賀、能登が本当の意味で安定するのはまだ先だろう……」

権中納言

天正二年（一五七八年）　九月中旬　　近江国蒲生郡八幡町　八幡城　真田恭

御屋形様の御部屋に赴くと部屋には御屋形様が御一人で居られた。珍しい事、御相談役の方々が居られぬとは……。

「御屋形様、恭でございまする」

「うむ、良く来てくれた。こちらへ」

「はい」

一間程の距離をおいて座ると御屋形様が微かに笑みを浮かべた。

「恭、そこでは遠い。もそっと傍に」

「ですが……」

それでは余りに畏れ多い。

「恭よ、まさかとは思うが、そなた、恥じらっているのか？」

「まあ」

思わず吹き出してしまった。御屋形様も笑っている。御屋形様の冗談《てんごう》にも困ったもの……。

「失礼いたしまする」

半分ほど距離を詰めると御屋形様が〝今少し〟と言われた。一躙《ひとにじ》り、二躙り。〝まだまだ〟、更に一躙り。御屋形様から二尺程離れた所にまで近寄った。

「話というのは武田の松姫、菊姫の事だ。そなたも薄々は気付いているかもしれぬがどちらかを俺の側室にという話が有る」

「チラとは聞いておりまする」

答えると御屋形様が頷かれた。

「元々俺はそういう事は考えていなかった。家中の者と娶《めあわ》せ武田の名跡を継がせれば良かろうと思っていた。そなたも知っているな」

「はい、倅よりそのように聞いておりまする。私もそれで問題は無いと思っておりました」

御屋形様がまた頷かれた。

「何と言っても武田は上杉、織田と敵対した。その娘を俺の側室にして生まれた子に武田の名跡を取らせては上杉、織田も不快に思うだろう。皆も納得していた。だが弥五郎が上杉から嫁を娶る事になった。それで家臣達が違う心配をするようになった」

御屋形様が顔を顰められた。

「武田の姫が上杉の姫に臣下の礼を取る事になる。武田の旧臣達が不満に思うのではないかと。織田、上杉とは縁を結ぶ事で繋がりは強固になった。ならば武田の姫を俺の側室にし生まれた子に武田の名跡を取らせても良いのではないか。武田の旧臣達も喜ぶだろうと」

今度は深く息を吐かれた。大分悩まれている。

「御気が進みませぬか？」

「まあそうだ。俺は女は好きだが色好みというわけではない。小夜に雪乃、辰。来年は篠も迎えねばならん。更にもう一人と言われてもな、正直手に余る。大勢抱えて〝さて今宵は誰の所に行こうか〟等と能天気になれる性格ではないのでな」

「まあ」

また吹き出してしまった。御屋形様はにこりともしない。冗談ではないらしい。御屋形様の御身分なら側室がもっと多くても可笑しくはないのに……。

「それにな、俺は武田とは例の一件が有る。家臣を召し抱えるのは良いが姫を側室に迎えるのは気が進まん」

「……」

「そなたの亭主殿が仕官を求めてきた時にもそれを訊いた。恨んではおらぬかとな」

「……夫は何と？」

「亭主殿は良き主君に仕えたいと言ったな。だが恨んでいないとは言わなかった」

「左様でございますか」

御屋形様が頷かれた。

「恨むのは当然であろう、あの一戦で全てが変わった。故郷を追われたのだからな。だが良き主君を得たい、今一度世に出たいという気持ちに嘘は無いと思った。だから召し抱えた。その事を後悔はしておらん。そなたの亭主殿も後悔はしておるまい」

「はい、御屋形様に御仕え出来た事を喜んでおりました」

夫は喜んでいた。御屋形様に信任され、名を上げ、領地も頂いた。信玄公に御仕えした時よりも領地は多い。息子達も引き立てられ何の不安も無かった。死んだ時も安らかな顔をしていた。夫には十分に生きた、自分の選択は間違っていなかったという満足感が有ったのだと思う。傍で見ていたから分かる。夫は本当に楽しそうに生きていた。だから私も楽しかった。

「だが松姫と菊姫は如何であろう？　あの二人には武田の名跡を残したいという想いは有っても良き主君を得たいという気持ちは有るまい。であれば恨みは消えぬのではないかな？　俺の側室になっても幸せにはなれぬのではないかと思うのだ」

御屋形様が憂欝そうな御顔をされている。

「恨んでいような、俺を」

御屋形様が此方を見ている。嘘は吐けない。

「おそらくは。普段は面に感情を表す事は有りませぬ。ですがふとした折に酷く暗い憂欝そうな御顔をなされる事が有ります、苛立つような御顔も。御屋形様を頼る他無いと御理解されてはおられまするが御心の内では不満に思われる事も御有りなのでしょう。已むを得ない事とは思いまするが……」

御屋形様が頷かれた。

「そうよな、已むを得ない事ではある。……俺の側室になって心が晴れると思うか？」

「……」

「恭、そなたは諏訪御寮人の事を憶えていよう。あの方は如何であったかな、幸せであったと思うか？」

「諏訪御寮人様、ですか？」

御屋形様が頷かれた。思いがけない名が出た。諏訪御寮人様。武田の御屋形様に父君を殺され、その後側室になった諏訪家の姫。御子が生まれその御子は武田の最後の当主信頼様となられた……。

「分かりませぬ。ですが私なら幸せとは思いますまい。諏訪家の方々は皆様酷い目に遭いましたから……」

「そうだな、諏訪御寮人に近しい人は殆どが殺されたと聞いている。武田家も似た様な境遇になった。俺の側室になるなどあの二人にとっては屈辱でしかあるまい」

少しの間会話が途絶えた。御屋形様は御優し過ぎる。……いつかその事が仇《あだ》にならなければ良いが……。

「如何なされます？」

「……武田の者達は如何思うのであろうな？　やはりあの二人を側室にと思うのか？」

「武田家の者は新参にございます。自分達の立場に不安が有りましょう。その不安を取り除いてやれば安心する筈でございます。側室に拘る事は無い様に思いまするが？」

御屋形様が頷かれた。

「道理ではある。だがどうやって不安を取り除く」

「かつて信濃衆は御屋形様が我が夫達を厚遇するのを見て次から次へと朽木家に仕官を求めました」

「なるほど、朽木家中において武田家の者が重用されているという事実が必要か」

「はい」

御屋形様が御笑いになられた。

「余程の厚遇が必要だな、恭」

「左様でございますね」

「小山田左兵衛尉を朽木の評定衆にしよう。武田の旧臣も何か有れば左兵衛尉を頼れば良いと安心する筈だ」

「はい」

大胆な事、いきなり朽木の重臣に遇するとは。

「それと浅利彦次郎と甘利郷左衛門を弥五郎の傍に付ける。実戦経験豊富な者を傍に置く必要が有るだろうからな」

「はい、良き御思案かと思いまする」

若殿様の側に武田の者が居る。次代になっても武田の者が冷遇される事は無いと安心しよう。たとえ上杉から正室を迎える事になっても……。


天正二年（一五七八年）　九月下旬　　近江国蒲生郡八幡町　　八幡城　　武田松

「おめでとうございまする」

大方様の声に合わせて〝おめでとうございまする〟と祝いの言葉を述べると御屋形様が微かに笑みを浮かべるのが見えた。

「母上、有難うございます。皆も有難う」

「それにしても驚きました。参議に昇進したと思ったら十日後には権中納言に昇進とは。……京の兄上から事前に報せが有りましたが本当に信じられませぬ」

大方様が首を横に振られた。御裏方様、雪乃殿が頷かれている。そう、本当に信じられない。

御屋形様が苦笑を浮かべられた。

「毛利が降伏いたしましたから」

「まあ、毛利家の事が関係しているのですか？」

雪乃殿が問うと御屋形様が頷かれた。

「そうだ、朝廷は毛利攻めにあと二年はかかると見ていた。朝廷だけではないな、皆もそう考えていたと思う。その間に参議、権中納言、権大納言へ。朝廷はそう考えていたのだ」

「まあ」

皆で顔を見合わせた。菊も驚いている。

「堂上の方々を驚かせてしまったようだ。関白殿下から毛利を降す自信が有るのなら早くに知らせて欲しかったと御叱りの文を頂いた」

「私ももっと後だと思っておりました。まさか水攻めなど……」

弥五郎様の言葉に皆が頷いた。御屋形様が軽やかに笑った。

「権大納言に昇進するのですか？」

「来年にはそうなります。おそらく正三位に昇進しその上で右近衛大将に任じられる事になります」

彼方此方から溜息と〝まあ〟、〝なんと〟と言う声が上がった。右近衛大将？　私も溜息が出そう。とても信じられない。

「随分な厚遇ですけれど大丈夫なのですか、まさかとは思いますが位打ちという事も有りますし……」

大方様が心配そうに声を出すと御屋形様が〝それは有りませぬ〟と笑いながら打ち消された。

「足利義昭様が征夷大将軍の座に在ります。武家の棟梁は自分であると主張されている。朝廷はそれを否定したいのです。武家の棟梁は朽木であり朝廷は朽木を信任していると主張したい、そう考えています」

「それで右近衛大将に？」

辰殿の問いに御屋形様が頷かれた。

「右近衛大将は鎌倉に幕府を開かれた源頼朝公が征夷大将軍になられる前に就かれた職だ。武家にとっては名誉な職であり目出度い職でもある。要するに官位の上でも将軍と同等、それ以上であるという事だな。朝廷はそう言っているのだ」

また溜息が聞こえた。朝廷は御屋形様を頼りにしている。その事が良く分かった。でもそれ以上に御屋形様が平静なのに驚きを感じる。

「まあ右近衛大将に就任しても一月《ひとつき》程で職を辞します」

また皆が驚いた。御屋形様が私達を見て可笑しそうに笑い声を上げた。

「よろしいのですか？」

「構いませんよ、母上。近衛大将は右も左もなりたがっている人間が多い。こちらは一度右近衛大将になったという実績が有れば良いのです。それで十分でしょう。長居して恨まれる事は有りませぬ」

溜息が出た、御屋形様は醒めておいでだと思う。私の身近にいた人達とはまるで違う。兄や叔父、家臣達とどこも似ていない。微かに覚えている父とも似ていない。

「権大納言と右近衛大将はどちらが偉いのですか？」

松千代殿が無邪気に声を上げた。どちらかしら？

「右近衛大将だ。その辺りは母上が御詳しい。そうですね、母上」

「ええ、権大納言と右近衛大将を兼任すると右大将と呼ばれます。それに右大将を兼任していると権大納言としての席次は下でも内大臣になり易いのですよ」

松千代殿が感心しその隣で弥五郎様が頷かれた。

「弥五郎殿、努めなければなりませぬよ。御屋形様の跡を継ぐのですから」

御裏方様が心配そうに弥五郎様に声をかけた。

「小夜、そう弥五郎の尻を叩くな。弥五郎は良く努めている。少しは認めてやれ」

御屋形様が笑いながら御裏方様を窘めると御裏方様が頬を赤らめた。それを見て皆が顔を綻ばせた。

「いえ、母上の仰る通りです。まだまだ足りませぬ」

弥五郎様の言葉に御屋形様が軽やかに笑い声を上げた。

「それが分かっているなら良い。父も全てを一人で考えたのではない。分からぬ事を皆に訊ね、悩み、考えて決断した。苦しいであろうがそなたは嫡男として生まれた。耐えねばならぬ」

「はい」

弥五郎様が頷くと御屋形様も頷かれた。

「辛い事が有れば父に話せばよい。役に立つかどうかは分からぬが悩みを聞くぐらいは出来よう。遠慮は要らぬぞ」

「有難うございます」

「来年には上杉家から妻を娶る。そうなればまた違った物の見方が出来よう。楽しみだな」

「はい」

上杉家からの輿入れ。御目出度い事なのだろうけども私と菊にとっては……。


天正二年（一五七八年）　十月中旬　　近江国蒲生郡八幡町　　八幡城　　朽木基綱

暦の間に十人の男が集結した。日置五郎衛門、宮川新次郎、蒲生下野守、黒野重蔵、小兵衛、大叔父、千賀地半蔵、藤林長門守、弥五郎、俺。伊賀衆と八門が席を同じくするのは初めてだ。だが両者とも意識するようなところは無い。流石だな、まあ重蔵は八門の頭領を隠居したからな、その辺りも関係しているのかもしれない。

「大友が四万の兵を率いて日向に攻め込んでおります。島津に付いた北日向の土持氏は大友によって滅ぼされました」

千賀地半蔵の報告に弥五郎の表情が動いた。父親は大友を評価していないが結構やるじゃん、そう思っているのかもしれない。

「これまで大友勢は嫡男の五郎義統が率いておりましたがいよいよ宗麟が自ら軍を率いると日向へ向かいました。但し、重臣達はいずれもそれに反対、それを押し切っての出陣でございます」

藤林長門守を除く皆が顔を見合わせた。重臣達が反対、対島津戦に必ずしも賛成しているわけではないのだろう。

「島津の動きが遅い様な気がするが」

「義昭様の御相手が忙しいのかもしれぬ」

五郎衛門と新次郎の掛け合い漫才に皆が失笑した。有り得るな、だがもう一つ可能性が有る。土持氏の勢力拡大を嫌った島津が土持氏を見殺しにしたという可能性だ。

「日向北部に進出した大友勢は寺社、仏閣を破壊しております」

「その者達は大友に敵対したのか？」

俺が問うと半蔵が首を横に振った。

「いえ、そうではありませぬ。日向に切支丹の王国を造るのだとか」

シンとした。五郎衛門、新次郎、下野守、重蔵、小兵衛、大叔父、弥五郎が顔を見合わせている。正気か？　そんな感じだ。報告者の半蔵も困った様な表情だ。だが大仏様の藤林長門守の表情は変わらない。お前なあ、寺が壊されてるんだぞ、少しは反応しろよ。

「これで島津は大友の動きを容易く知る事が出来るな」

下野守の言葉に一人を除いて皆が頷いた。寺社関係の人間にとって大友宗麟は仏敵だ、先を争って大友の動きを島津に教えるだろう。日向だけとは限らない、大友の領国からも裏切る人間は出る筈だ。大友はまた内部に火種を抱え込むことになった。重臣達が宗麟の出陣に反対したのもこれが関係しているのだろう。

「父上、大友宗麟は何を考えているのでしょう。南蛮との交易の為でしょうか」

弥五郎が訝しげな表情をしている。南蛮との交易か、それも有るだろうな。

「救われたいとでも思っているのだろうよ」

「救われたい？」

益々困惑している。

「弥五郎、大友家では宗麟が家督を継ぐ時にかなり大きな御家騒動が有った。知っているか？」

「いえ、存じませぬ」

ちょっと恥じ入る様な表情を見せた。

「ま、知らぬのも無理はないな。俺が生まれた頃の話だ。三十年近く前の事になる」

「三十年」

呆然としている。十五にもならないのだ、三十年と言われても想像が付かないのだろう。

「宗麟は嫡男だったが父親に愛されなかった。宗麟は母親が大内氏の出だった。父親が大友氏の中に大内氏の勢力が入って来るのを嫌ったからだと言われている。大内氏の事は知っているな？」

「はい、毛利の前に山陽、山陰で勢力を振るったと聞いております。尼子と何度も争ったと」

「うむ、まあそんなところだ」

「宗麟の父親は側室が生んだ宗麟の弟を跡継ぎにしようとして宗麟の支持者を殺したらしい。宗麟を孤立させようとしたのだろう。そして宗麟の支持者がそれに反発して宗麟の父親、側室、弟を襲撃した。側室と弟は殺され父親も重傷を負った。確か日を置かずして死んだ筈だ。裏で糸を引いたのは宗麟だろうと俺は思っている」

弥五郎が顔を強張らせている。この程度で驚いては駄目だぞ。父親の死だって傷が原因か怪しい所が有る。宗麟が手を下したとしても俺は驚かない。生きていられては却って邪魔だろう。何時自分に敵対するか分からない。事を起こした以上きっちりとケジメは付けるべきなのだ。そうでなければ意味が無い。俺ならやる。

「良く御存じでございますな」

五郎衛門が感心している。

「昔、足利義輝公が朽木に滞在した。その頃大友から使者が来た。九州からわざわざ使者を寄越したのだ。随分と奇特な事だと思って宗麟とは如何いう人物かと細川兵部大輔に訊いた事が有る。親切に教えてくれたな」

皆が感心している、大仏を除いてな。

嘘だよ、元の世界で有名武将の列伝を扱った本を読んだ事が有る、その中に宗麟の事が書かれていた。でも義輝が朽木に居た事は事実だ、そして大友から使者が来た事も事実だ。名前を借りるぞ、藤孝。俺達は仲良しだっていう伝説の誕生だな。多分弥五郎が与一郎に話すだろう。そして与一郎が子孫に伝えて行く筈だ。それが細川の家格を上げる事になるのだから……。

戒め

天正二年（一五七八年）十月中旬　　近江国蒲生郡八幡町　　八幡城　　朽木堅綱

「親を殺す、兄弟で殺し合う、この乱世では必ずしも珍しい事ではない。俺はその事で宗麟を責めようとは思わぬ。織田殿は弟を殺して織田家を纏めた。毛利家も元就公が弟を殺して毛利家を纏めた。そして二人とも家を大きくした。家臣達は納得しているだろう。そうでなければ両家とも滅んでいたかもしれぬのだからな」

父上の言葉に皆が頷いた。

「宗麟も迷う事など無いのだ。ただ家を守り家臣を守り領民を守る為だけに心を砕けば良い。それが当主の仕事だ。だが宗麟は罪悪感から宗教に縋ったのだと思う。最初は禅、今は切支丹にだ。……弥五郎、良く覚えておけ。当主が心の弱さを見せてはならぬ、何かに縋っている姿を見せてはならぬ。敵だけではないぞ、坊主、商人、家臣、領民、皆にだ。弱さを見せれば必ず其処に付け込んで私利私欲を得ようとする者が現れる。大友を見ろ、伴天連《バテレン》共に付け込まれた」

父上が厳しい眼で私を見ている。当主の眼だと思った。

「父上は伴天連達に好意を持っているのだと思いました」

「違う、朽木の法に従う限り庇護を与えるだけだ。だから証意を庇護した。顕如が俺の前に現れて朽木の法に従うというなら顕如も庇護しよう。そういう事だ、覚えておけ」

「はい」

口調は変わらない。でも父上の視線が鋭くなったような気がした。この程度の事も理解していないのか、そう叱責している。頭を下げて謝罪すると微かに父上が頷くのが見えた。

「土佐の一条少将は？」

父上が問うと千賀地半蔵が既に日向に向かったと答えた。それにしても藤林長門守は眼を閉じたままだ。本当に起きているのか？　誰も咎めないが……。

「御屋形様、実は土佐の事で些か気になる事が」

「何だ、半蔵」

「公方様の使者が長宗我部に」

シンとした。声を出すのが憚られるような感じがする。

「手紙公方の本領発揮か」

父上が冷たく笑った。初めて見る父上の冷笑。家族の前では見せた事の無い父上の笑み。震えが出るほどに怖いと思った。

「半蔵、長宗我部だけか？」

半蔵が〝いえ〟と言って小兵衛をチラと見た。

「小兵衛殿の前で申し上げ難い事ですが毛利にも来ております、そして安芸の坊主共には顕如の使者が」

父上が小兵衛に視線を向けると小兵衛が頷いた。

「御屋形様、こちらでも同じ動きを掴んでおりまする」

「なるほどな。分かり易い御仁よ」

父上が私を見た。

「……弥五郎、毛利に文は書いたな？」

「はい」

「返事は？」

「毛利右馬頭殿、小早川左衛門佐殿からは丁重に会うのを楽しみにしていると。吉川駿河守殿よりは御話し出来るような事は無いと」

父上が声を上げて笑った。余り嬉しくない、吉川駿河守は明らかに私を馬鹿にしているのだ。そんなに笑わなくても……。

「木で鼻を括った様な返事だな。吉川駿河守、戦は強いようだが思慮は些か足りぬな。毛利は朽木に降伏したのだという事が身に沁みて分かっておらぬようだ」

違う！　父上が笑ったのは私ではない、吉川駿河守だ。

「大友は島津に負ける」

父上の言葉に皆が頷いた。私もそう思う、大友が勝つのは難しいだろう。如何見ても勝てそうにない。

「石山城の明智十兵衛に兵を増強しよう」

父上の言葉に皆が頷いた。

「毛利に文を書く。朽木は大友が島津に負けると想定している。その想定の基に準備をするとな。それと毛利に些か訝しい点が有る、次に戦になるときは朽木か、毛利か、どちらかが滅ぶ時だと書く。安芸の根切りも覚悟したとな。島津が大友に勝っても直ぐには九州を統一は出来ぬ。その前に毛利が滅ぶ事になるのだと理解するだろう」

島津が大友に勝てば反朽木の勢力が強くなる。だが父上はそれを利用して毛利を恫喝する御積もりだ。幸い吉川駿河守が不用意な返書を私に寄越した。それと公方様の使者を結び付けようとしている。毛利攻めの口実は既に揃った。文一つ、返事の仕方次第で家が潰れる事も有るのだ。今それを目の当りにしている。厳しいと思った。乱世も厳しいが父上も厳しい。私は父上の様になれるのだろうか……。

「土佐は如何なされます？　九州で負ければ少将様も損害を受けましょう。長宗我部が動き出しかねませぬが」

蔵人の曾祖叔父上《おおおじうえ》が問い掛けた。

「捨て置く。長宗我部だけなら阿波の三好に任せれば良い。厄介なのは長宗我部と島津が組む事だが島津が四国に手を出すのは九州を制した後だろう。かなり先の事だ。その前に長宗我部が滅ぶ」

皆が頷いた。長宗我部、動くだろうか？

「一条家は如何なされます？」

喋ったのは藤林長門守だった。目は閉じたままだ。誰も驚いていない。父上が私を見て顔を綻ばせた。驚いた事が恥ずかしかった。

「負けたとなりますと無茶をしかねませぬが」

長門守の言葉に皆が顔を見合わせている。無茶？

「名誉挽回とばかりに長宗我部に戦を仕掛ける、或いは対島津戦にのめり込むか……」

重蔵の呟きに長門守が頷いた。

「御屋形様に援助をと言って来る可能性が有りますな」

下野守の言葉にまた長門守が頷いた。藤林長門守、かなり無口な男らしい。

「援助はせぬ。本来は長宗我部との和睦を機に内を固めるべきなのだ。九州に遠征などする阿呆に付き合う義理は無い」

父上が不愉快そうな表情をしている。

「いっそ九州で死んでくれれば良いのだがな」

「御屋形様、そのような事になれば土佐は混乱しますぞ」

「生きていても混乱する、違うか？　大叔父上」

曾祖叔父上が困った様な顔をしたが否定はしなかった。

「場合によっては一条家で内紛が起きるだろう。家臣達が俺に助けを求めてくるようになる。少将を何とかしてくれとな」

皆が頷いた。

「その場合は少将をこちらで引き取る事も考えねばならん。頭の痛い事だ。……弥五郎、一条の事、大友の事を良く見ておけ。酷い事になるだろう、色々と学ぶところが有る筈だ」

「はい」

答えると父上が頷かれた。学ぶところか、色々どころか全てが学ぶところだ……。


天正二年（一五七八年）　十月中旬　　近江国蒲生郡八幡町　　八幡城　　武田松

「まあ、松姫様、菊姫様の御相手が決まったのですか？」

恭が驚きの声を上げると権中納言様が穏やかな表情で頷かれた。

「ようやく決まった。武田の姫君達の相手だからな、それなりの者を選ばねばならぬ。選ぶのに時間がかかってしまった。お二人ともこれまで不安であっただろう、許されよ」

私が〝お手数をお掛け致しまする〟と答え頭を下げると菊も頭を下げた。

「それで、御相手はどなたに？」

「うむ、松殿の相手は鯰江藤五郎定興だ」

「鯰江家の方を？」

恭の言葉に権中納言様が頷かれ私に視線を向けた。

「鯰江家は俺の伯母が嫁いだ家でな、藤五郎は孫だ。長男満介貞景の三男なのだがなかなかの若者だ」

藤五郎定興様……、一体どのような御方なのか。

「菊殿の相手は伊勢兵庫頭の次男、与三郎貞興だ。知っての通り伊勢兵庫頭は朽木の重臣、それに朽木家は伊勢家から何度か嫁取りをしていてな、極めて密接に繋がった家だ」

菊は不安そうな表情をしている。

「藤五郎と与三郎は武田の姓を名乗る。まあ入り婿という事だな。朽木家の中に武田の家が二つ出来るわけだ。御父君信玄殿、御兄君四郎殿も喜んでくれるだろう」

「有難うございまする」

息子が生まれてから武田の姓を名乗らせるのではない。私と菊が武田の家を再興するという形をとるのだと思った。お気遣い頂いていると思った。婿を決めるのに時間がかかったのも婿養子を決めるという形をとったからだろう。

「いずれ二人から挨拶が有るだろう。二人ともなかなかの若者だ。楽しみにしているのだな」

「はい」

「婚儀については心配は要らぬ。俺が後見人だからな。新しい武田の門出だ、賑々しく執り行う。恭、頼むぞ」

恭が嬉しそうに〝はい〟と答えた。

「有難うございまする」

素直に言えた。改めて権中納言様は私と菊の事を気遣ってくれているのだと思った。

権中納言様が立ち去ると恭が姿勢を正して〝おめでとうございまする〟と祝ってくれた。

「有難う。恭、鯖江家とは如何いう家なのでしょう。権中納言様の御一族と聞きましたが詳しく教えてくれませぬか」

恭が〝はい〟と嬉しそうに答えた。多分悪い家ではないのだろう。

「御屋形様も仰られましたが鯖江家は御屋形様の伯母に当たる方が嫁がれた家にございます。元々は南近江に領地が有り六角家に従属しておりましたが朽木家と六角家が対立した時、朽木家に服属しそれまでの領地を捨て御屋形様から若狭に領地を与えられました。今回の毛利攻めでも功を上げましたので新たに御屋形様の従兄弟に当たられる方々が領地を与えられる事になっております。二年後ではございますが一族の方々の所領を合わせれば二十万石程になりましょう」

菊が〝まあ〟と声を上げた。私も驚いた。朽木家の中に二十万石を領する一族が居る。朽木家の大きさを改めて思い知らされた。

「菊姫様、伊勢家の事も御話ししましょう。伊勢家は元は幕府で代々政所執事を務めてきた家にございます。朽木家との繋がりも昔からのもので御屋形様の曾祖母、高祖母に当たる方は伊勢家の御方と聞いております。ですから御屋形様をお育てになられた祖父、民部少輔様は伊勢氏の女性の所生という事になりましょう」

菊が〝ホウッ〟と息を吐いた。

「当主伊勢兵庫頭様は評定衆に任じられておりますし京における御屋形様の名代として朝廷、公家の方々との交渉を行っております。御屋形様の御信任の厚い御方でございます」

「北条氏も元は伊勢氏でした。権中納言様は北条氏とも繋がりが有るのですね」

「はい、菊姫様の仰られる通りにございます」

菊がまた〝ホウッ〟と息を吐いた。

「武田の家を再興出来るのですね」

問うたわけではない。でも恭が〝はい〟と答えた。

「お二人にはそれぞれ五千石の禄が御屋形様から与えられております。それが新たな武田家の禄となりましょう。御屋形様が仰られましたが鯰江藤五郎様、伊勢与三郎様は武田家に婿入りするという事になります」

「或いは権中納言様の側室にという事になるのかと思いました。諏訪殿のようになるのかと……」

私の言葉に菊が頷いた。

「私も姉上もそれを覚悟していたのです」

決して望ましい事ではない。でも武田の家を再興するにはそれしかないとも思った。兄上が私達を北条に落とす時、私達で武田の血を守ってくれと頼んだのは諏訪殿の事が身近にあったからだろう。あの時、兄上はお辛そうであった。多分、私達が辛い思いをすると思ったからに違いない。母親の諏訪殿のように……。

「御屋形様は姫様方を諏訪御寮人様のようにしたくはないと私にお漏らしになられた事がございます」

驚いて恭の顔を見た。恭は穏やかに微笑んでいる。

「私に諏訪御寮人様は幸せであったと思うかと問われました。私は正直に思わないと答えました。御屋形様も同じように思われておられました。俺の側室になるなど姫様方にとっては屈辱でしかあるまいと……」

シンとした。私も菊も言葉が出ない。ただ恭の顔を見ていた。穏やかな、そして困ったような顔……。

「ですが姫様方の処遇を如何するかは新たに朽木家に仕えた武田の旧臣達が如何思うかにも関わってまいります。御屋形様は姫様方を如何すれば傷付けずに済むか、武田の旧臣達を如何すれば安心させる事が出来るかと随分と御悩みでございました」

「……」

そんな事が……。

「権中納言様は、……お優しい方なのですね」

恭が〝はい〟と答えた。

「以前にも申しましたが御屋形様は心優しい御方でございます。これからは余り構えずにお頼りなられませ。構えられては御屋形様も寂しゅうございましょう」

「そうですね、そうしましょう」

私が答えると菊が頷いた。兄上、心安らかにお眠りください。私も菊も辛い思いをする事は無さそうです……。


天正二年（一五七八年）十一月上旬　　安芸国高田郡吉田村　　吉田郡山城　　小早川隆景

兄、吉川駿河守元春と共に右馬頭の部屋に赴くとそこには右馬頭と安国寺恵瓊が居た。右馬頭の前に座り挨拶を済ませる。一体何が起きた？　年内に周防の高嶺城への移転を終わらせねばならぬ、決して暇ではない。それなのに兄弟で呼ばれた。恵瓊が居る所を見れば内部の問題ではない。おそらくは外が絡んだ問題の筈だが……。

「近江黄門様より文が届きました」

近江黄門、毛利を降した後近江中将は参議を経て権中納言に昇進した。また一歩天下に近付いたと言える。朝廷では毛利を降した事を重く見ているらしい。来年には権大納言、右近衛大将になるという話も有る。それが実現すれば更に天下に近付く。

「文の内容は？」

問い掛けると恵瓊が此方をじっと見た。

「その前に御伺いしたい事がございます。御二方に朽木の世子《せいし》より文が届いた筈、如何様な返事をなされました？」

妙な事を訊く、大した内容ではなかった。正月に会って話を聞きたいという内容であったが……。

「正月に会って話を聞きたいという内容であったな。楽しみにしていると返事をした」

兄に視線を向けた。不愉快そうな顔をしている。

「話す事など何も無いと返書を認《したた》めた」

右馬頭と恵瓊が視線を交わしている。これか？　確かに大人げないと言えるが父親の権中納言が出張ってくる程のものではない。そして皆が集まる程のものでもない。何が有った？

「朽木からの文には毛利に公方様の使者が来ている事、顕如の使者が龍原山仏護寺の唯順の許に来ている事を知っていると書かれてありました。その事で右馬頭様より何の報せも無いのを訝しんでいると。そして嫡男の文に駿河守様がそっけない返書を認めた。これは如何いう事なのかと」

恵瓊が口を閉じた。こちらを見ている。

「馬鹿な！　我らは今高嶺城への移転で大忙しなのだ。朽木と戦うような余裕など無い。大体戦うなら高嶺城への移動などせん。この場で籠城の準備でもするわ！　言い掛かりも大概にして欲しいものよ！」

兄が吐き捨てた。恵瓊が頷いた。

「如何にも言い掛かり、難癖にございます。しかし隙を見せたのは毛利、朽木に口実を与えてしまったのは事実にございましょう」

「しかし」

抗弁しようとした兄を恵瓊が〝暫く〟と手を上げて制した。恵瓊が兄をじっと見る。

「駿河守様、これまで毛利が一度も言い掛かり、難癖を付けた事が無かったと言われまするか？　毛利も同じ様に言い掛かり、難癖を付け相手を脅し服従させてきた筈。立場が代わっただけでございましょう」

「……」

兄が口を噤んだ。不愉快では有るが理は恵瓊に有る。毛利は朽木に口実を与えた。

公方様から使者が来たのは事実。勿論誘いは断った。今の毛利に朽木と戦うだけの力は無い。だが朽木に報せる事はしなかった。何処かで反発が有ったのかもしれぬ。顕如の使者が龍原山仏護寺に来ているのも知っていた。だが咎めれば却って厄介な問題になりかねなかった。安芸は朽木に引き渡す事を考慮すれば知らぬ振りをするのが現実的と考えた。混乱すれば年内に安芸を引き渡す事さえ出来なくなる。そう思ったのだが……。

「恵瓊、他にも有ろう」

右馬頭の言葉に恵瓊が頷いた。

「朽木は安芸での根切りを覚悟したと書かれてありました。備前の石山城に居る明智の兵を増強するとの事、三万は超えましょう」

「根切りとは言うが我らに対する脅しであろう」

兄の言葉に恵瓊が首を横に振った。

「かもしれませぬ。ですがそれだけとは言えませぬ。近江黄門様の文には九州の事も書かれてありました」

「……」

「日向での大友と島津の戦い、朽木は大友が敗れると考えております。それによって何が起きるか」

恵瓊が兄を、私を見た。

「大友が敗れるか、……島津の勢力が北上するな」

兄が低い声で吐いた。恵瓊が頷く。

「それを前提に朽木の文を考えますと……」

恵瓊が〝分かるだろう〟というような表情をした。溜息が出た。隣で兄が唸っている。

「一概に言い掛かり、難癖とは言えぬか……」

私の言葉に皆が頷いた。大友が負ける。島津の勢いが北上する。毛利と島津が組んで大友を挟み討てば九州から山陰山陽にかけて大きな勢力が誕生する可能性が見えてくる……。顕如が安芸で一向門徒を扇動し朽木の足止めをすればそれを可能とするだけの時を稼げるだろう……。

「叔父上方、今一度此処で確認したい」

「と申されますと？」

「毛利の行く末を朽木に賭けるか、それとも公方様に賭けるか」

驚いて右馬頭を見た。昏い眼をしている、本気か？　兄を見た、兄も驚いている。我らが来る前に右馬頭と恵瓊がこの問題を話し合っていたのは間違いない。一体どんな結論を出した？

「先ず、某の短慮をお詫び致しまする。申し訳ありませぬ」

兄が頭を下げた。右馬頭が頷く。兄が頭を上げ姿勢を正した。

「某は朽木を頼むべきだと思いまする。朽木は既に大友の敗戦を想定しております。島津と組んでも次の瞬間には朽木に潰されるのは目に見えておりまする。安芸で一揆が起きても根切りで皆殺しになるだけでございましょう」

「某も兄に同意致しまする。島津が大友に勝っても直ぐさま九州を制覇とは行きますまい。それには時間がかかりましょう。手を組んで朽木に抗するなど不可能にござる。島津の九州制覇のために毛利が時間を稼いで潰される事になりましょう」

右馬頭が頷いた。

「ならば叔父上方、戦の準備を」

「右馬頭様、朽木とは」

言い募ろうとすると右馬頭が首を横に振った。

「さに非ず、唯順に二度と顕如に従って戦を起こすなと命じる。逆らえば根切りに処すると」

根切り？ 我らが？

「恵瓊！ これはその方の進言か！」

兄が声を荒らげると恵瓊が首を横に振った。

「愚僧ではありませぬぞ、駿河守様。右馬頭様の御発案にござる」

「なんと……」

驚いて右馬頭を見た。昏い眼だ、理由はこれか……。

「恵瓊には近江に行って貰う。毛利に二心は無いと申し開きをさせる。だが毛利を信じて貰うには百の言葉よりも一つの行いであろう。朽木の法に従うしかあるまい」

「一揆が起きれば年内に移転など出来ませぬぞ」

兄が問うと右馬頭が頷いた。

「それも恵瓊から説明させる。安芸は毛利の手で清めてから朽木に渡す」

「家中にも一揆に与する者が現れる筈、毛利は割れましょう。その事を軽く見てはなりませぬ。御再考を！」

説得しようとしたが右馬頭は首を横に振った。

「皆に毛利は朽木に降伏したのだという事を理解させねばならぬ。それを徹底させなかったが故に今回のような事が起きた。違うか？」

「……」

「私も、叔父上方も、恵瓊も、公方様から文が来た事を軽く見た。これまでの様に毛利だけで判断して良い事だと思った。その甘さを捨てねばならぬ。毛利は主君を持つ身なのだ」

確かにその通りだが……。

「恵瓊、その方は如何思うのだ？」

兄が問うと恵瓊が首を横に振った。

「愚僧も反対にございまする。右馬頭様の御考えは良く分かりまする。なれどそれを行えば家中に大きな亀裂が生じましょう。朽木は安芸での根切りを覚悟しております。安芸の門徒は朽木に任せ毛利は家中の一向門徒を抑える事に専念すべきかと思いまする」

その通りだ、それが朽木との約束の筈だ。だが右馬頭は何の反応も見せなかった。

「叔父上方、恵瓊は此度の文が警告であろうと言っている。朽木に毛利を潰すつもりは無い。ただ毛利に朽木に降伏したのだという事を改めて理解させるためにこのような文を寄越したのであろうと」

「……」

「私もそう思う」

「ならば……」

言葉を続けようとすると右馬頭が〝叔父上〟と言って遮った。

「これは警告なのだ。次は無い。それとも二度も警告を出すほど朽木は甘いのか？」

「……」

「毛利は朽木の信を得なければならぬ。朽木の家臣なのだという事を行動で示さねば此度の警告を無にする事になろう。来《きた》る九州攻めでは毛利は位置的に先陣を務める立場にある。信頼されなければ使い捨てにされよう」

思わず溜息が出た。右馬頭は思い詰めている。考えてみれば右馬頭は他人に仕えた事が無かった。朽木の臣下になったという事を必要以上に重く感じている。いやそれとも妥当なのか？

「駿河守様、左衛門佐様。戦の準備を」

「……」

「愚僧が近江に赴き権中納言様に右馬頭様の御覚悟の程をお伝え致しましょう。一向門徒の屈服を優先するか、安芸の接収を優先するか、その辺りを権中納言様に伺いまする。一向門徒の屈服を優先する場合には毛利家が責任を持って行う。安芸の接収を優先する場合には周防の高嶺城に速やかに移転する。如何でございましょうや」

恵瓊が我らに、右馬頭に視線を向けた。右馬頭が少し考えてから頷いた。容易ならぬ事になった。戦の準備をせねばなるまい……。

恵瓊は一月と待たずに近江と安芸を往復した。恵瓊が戻ったと聞き兄と共に右馬頭の部屋に入ると見慣れた坊主頭が有った。

「戻ったか、恵瓊」

声を掛けると恵瓊が一礼して頭を撫でた。兄と共に席に座る、直ぐに兄が〝如何であった〟と声を掛けた。

「権中納言様より文を頂きました」

恵瓊が右馬頭へ視線を向けた。右馬頭の手には文が有った。右馬頭の表情は明るい、悪い内容ではないのだろう。

「文には毛利家は年内の移転を優先する事、安芸の一向門徒は朽木が対処すると書かれてあります。他にも騒乱が起きた場合の役割分担等の取り決めを確認して参りました。後程ご確認頂きたいと思いまする」

兄が一つ息を吐いた。門徒達の根切りを避けられた事に安堵したのだろう。

「恵瓊、権中納言様の御機嫌は如何だったかな？」

問い掛けて思った。毛利は他人の機嫌を伺わねばならぬ立場になったのだと。寂しさが有った。兄も複雑そうな表情をしている。

「驚いておられましたな。そのようなつもりで文を出したのではないと。毛利は朽木に服したのだという事を確認するために出したのだと仰られていました」

兄と顔を見合わせた。渋い表情だ。

「申し訳ありませぬ、某の短慮にて御家に迷惑をお掛けしました」

兄が謝ると恵瓊が〝いやいや、駿河守様〟と兄を宥めた。

「御話をしている最中に大友が耳川で大敗を喫したという報告が入りました。正直に申しますと愚僧は震え上がりましたな。あそこまで大友が負けるとは思いもしませなんだ。島津の勢力は一気に大きくなりましょう。権中納言様も殿の御心の内をよくよく御理解なされたようにございます。結果論ではございますが毛利に異心無しと示す事が出来ました。良かったやもしれませぬ」

素直には喜べぬ。怪我の功名の類だ。兄も同感なのだろう、表情は緩まない。

「大友の大敗だが権中納言様の反応は？」

兄が問うと恵瓊が複雑そうな表情をした。

「それが、余り驚いてはおられませんでしたな。予期しておられたのかもしれませぬ。妙な話ではありますがこちらの話の方が驚かれていたと思いまする」

兄と顔を見合わせた。朽木は大友の大敗を予期していた。余程に調べ上げているのだと思った。

「公方様から文は？」

恵瓊がこちらを窺うように問い掛けてきた。

「来た、こちらに味方せよ。毛利の旧領を回復せよとな。豊前、筑前を進呈するとも書かれてあった」

私が答えると恵瓊が笑い出した。

「それはまた気前の良い事で、空手形としか思えませぬな」

恵瓊の言葉に皆が笑った。

「既にその文は近江へと送った。その方とは何処かですれ違ったやもしれぬな」

「左様で、気付きませんでしたな」

これで権中納言様も毛利への不信の念を御解きになろう。

「叔父上方、権中納言様からは正月に会える事を楽しみにしているとの言葉が有ったそうだ。移転も有るから少々忙しくなるが準備を頼む」

〝はっ〟と兄と二人で畏まった。

「近江では九州の事で色々と問われることになりましょう。その辺りも御心積もりを願いまする」

素直に頷けた。大友が大敗した事で九州の情勢は変わったのだ。当然質問は有るだろう。互いの情勢認識にズレが無いかと確認して来る筈だ。

「恵瓊よ、権中納言様は大友を如何思っておられるのかな?」

兄が問うと恵瓊が考え込む風情を見せた。

「……これは愚僧の推理にございます。確たる証拠はございませぬが余り当てにしてはおらぬのではないかと思いますぞ」

「……」

「九州の毛利領を大友が欲しがったようでございますが権中納言様は一蹴なされております。それに今回の大敗でも慌てる様子がございませぬ。大友を大切な味方とは思っておらぬのでしょう」

なるほどと思った。恵瓊は癖は有るが人を見る眼は鋭い。間違っているとは思えぬ。

「まあその辺りも正月の会見ではっきりと分かりましょう。さすれば権中納言様が毛利に何を望んでいるかも分かる筈でございます。楽しみでございますな」

兄が溜息を吐いた。気楽な坊主だ。そんな声が聞えたような気がした。

耳川の戦い

天正二年(一五七八年)十二月中旬　近江国蒲生郡八幡町　八幡城　朽木基綱

あと半月程で天正二年も終わる。今年は色々と有った。いや、今年もかな。織田は信長の病気が発覚した。小兵衛から定期的に信長の病状について報告が有る。はっきり言って良くない。喉の渇きと頻尿、下肢の痺れが酷いようだ。長くないという予想は強くなる。織田家中では極秘にしているようだが少しずつ漏れている。上杉でも薄々気付いている形跡が有る。

その上杉の姫と信長の嫡男の勘九郎信忠が結婚した。織田にとっては信長が病気である以上大事な縁組と言えるだろう。伊豆の制覇も有った。小田原攻めは来年だろう。駿府城の完成が再来年だがその前に小田原を攻め落とせるのか……。北条も結構厳しいようだから包囲して交渉で降伏という事も有るだろう。だが信長の病気が軍事行動に如何いう影響を及ぼすか、織田からは目が離せない状況だ。

上杉は景勝が着実に足場を固めている。関東管領職も継承し来年には家督相続があるんじゃないかと思う。謙信がそれを強く望んでいるようだ。官位を貰い上洛もした。織田、朽木と縁を結び外交面で得点を重ねている。後は軍事面での成果が有れば完璧と言える。もしかすると家督相続の前に出征というのも有るかもしれないな。或いは相続直後に出征か。関東方面は荒れそうだ。

朽木も最近はお目出度続きだ。西園寺家には永尊内親王が降嫁した。無事に済んでホッとした。母親の千津叔母ちゃんからは屋敷まで新しくして貰って有難うと文が来た。まあこのくらいは良いんだよ。大したことはない。来年は弥五郎が上杉の奈津姫を嫁に迎える。初陣も済ませたし少しずつだが学び始めている。順調だと思おう。

それと竹田宮永仁親王殿下も結婚相手が決まった。権大納言今出川晴季の娘だ。こっちも来年の後半に結婚だ。今出川晴季って史実では豊臣政権と親密だったよな。秀次の正室って今出川晴季の娘だった筈。もしかするとそれかもしれない。だとしたらこの世界では幸せになって欲しいものだ。婚儀には盛大に祝いの品を贈ろう。二人とも喜んでくれるだろう。

仙洞御所の建設も始まった。再来年の前半には完成させたい。そして後半には譲位だ。ちょっと厳しいかな？　まあ朝廷でも楽しみにしている。出来るだけの事はしよう。雪乃と辰が妊娠した。辰の妊娠は本人も喜んでいるが周りが大騒ぎだ。綾ママ、小夜、雪乃、篠、それぞれに世話を焼いている。雪乃は自分の妊娠よりも辰の妊娠が嬉しいんじゃないかと思うくらいだ。夏頃に二人とも子供を産むだろう。辰の産む子は出来れば男の子であって欲しいよ。温井家の名跡を取らせたいからな。そして来年には篠も側室になる。なんか嬉しさよりも義務感が強い。側室ってそんなものなのかな？

武田の二人の姫も相手を決めた。上の松姫は鯰江藤五郎定興。鯰江の伯父の長男満介貞景の三男

だ。鯰江一族は山陰から北陸にかけて枝葉を広げる朽木の親族だ。粗略に扱っているとは誰も思わないだろう。藤五郎は当然だが武田の姓を名乗る事になる。妹の菊姫は伊勢兵庫頭の次男与三郎貞興を相手に決めた。

伊勢氏は朽木と密接な関係にある家だ。そして兵庫頭は朽木の京都所司代のような立場にいる重臣と言って良い。元々は足利幕府で政所執事を務めた家なのだ。十分過ぎる相手だろう。与三郎も武田の姓を名乗る。朽木家の中に武田の家が二つ有る事になる。未だ若い木だがいずれは大きく育ってくれるだろう。大事にしないと。

武田の旧臣達も小山田が評定衆に任じられた事、浅利、甘利が弥五郎の身辺に付けられた事で大分安心したらしい。松姫と菊姫の処遇に付いても特に不満は出ていない。鯰江も伊勢も朽木家の中ではそれなりの立場の家だ。俺とも近い、十分だという事だろう。小山田も恭も俺に礼を言ってきた。松姫と菊姫の婚礼も来年だな。ホッとしたわ、ようやく肩の荷が下りた。来年は出産と結婚で大忙しだな。でも戦争よりはましか。

目出度い事が有れば目出度くない事も有る。大叔父が引退したいと言ってきた。家督はとっくに主殿に譲っているんだが俺の為に働いて来てくれた。今度は本当に引退したいらしい。相談役にと言ったんだが朽木に引っ込みたいと言われた。もう歳だしな、引き留められん。だが会えなくなるのは寂しい。能興行を奇数月にやっているからその時は一緒に見物すると約束させた。伊賀衆は俺が直接扱う。主殿には松千代を見て貰っている。余り負担はかけられん。寂しいよな。

そして史実通りだが大友が島津に負けた。負けたなんてものじゃないな、ボロ負けだ。大友は四万近い大軍を動員したんだが二万近い戦死者を出したらしい。おまけに指揮官クラスが軒並み討死している。臼杵《うすき》鎮続《しげつぐ》、田北鎮周《しげかね》、蒲池《かまち》鑑盛《あきもり》、佐伯惟教《これのり》、角隈石宗《つのくませきそう》、斎藤鎮実《しげざね》、吉弘鎮信《しげのぶ》。いずれも大友では中核になる男達だ。他にも是恒《これつね》国賀、元重親朝、吉岡鑑興《あきおき》が討死している。取り返しのつかない敗戦と言って良い。史実通り、これから大友は坂を転げ落ちるように落ちていくだろう。

　この戦い、耳川の戦いと俺は記憶しているんだが伊賀衆からの報告だと最初は日向国児湯《こゆ》郡の高城を巡っての戦いだったらしい。兵力は大友の方が島津より一万程多かったんだが負けた。馬鹿げた話だが大友は戦うのか和睦するのか方針が決まっていなかったらしい。勝手に戦争を始める者が居て島津との全面戦争になった様だ。そして大体三千から四千程の損害を出して大友軍は豊後方面に撤退した。島津軍に追撃され耳川で捕捉されたようだ。丁度その二、三日前からの大雨で耳川は増水していたらしい。島津に殺される者、溺れ死ぬ者で大変な事になったようだ。死傷者が多いのは溺死の所為だろうという事だ。

　良く分からんのは大友宗麟がこの戦の指揮を執っていない事だな。伴天連と一緒に後方に居たらしい。本当にやる気が有ったのかと疑問が有る。大事な一戦なんだから最前線で指揮を執っても良いような気がするんだが……。或いは宗麟は最初から和睦が狙いだったのかもしれん。その辺りが徹底していなくて現場が混乱した……。

　大事な一戦と思ったのは俺が史実を知っているからかもしれない。宗麟は兵力差から見て有利な形で和睦を結ぶ事が出来ると考えた。狙いは日向北半分に名目的に伊東を復帰させ対島津の防壁にする事。そんなところか。戦になっても多分勝つだろう、負けても大した事にはならないと考えていたのかもしれない。だとすると油断だな、島津を甘く見た。……弥五郎にその事を話しておこう。多分関心を持つ筈だ。今でも耳川の戦いの経緯を自分なりに調べて半兵衛、新太郎と話しているようだから。

一条兼定は宗麟と一緒にいたらしい。その所為で無傷で土佐に帰ったようだ。あいつ、何をしに日向に行ったんだ？　宗麟のご機嫌伺いか？　それとも散歩？　まあ損害は無いんだ、長宗我部も簡単に動く事は無いだろう。しかし大友は今後体制を立て直す迄の間、一条を頼るかもしれない。だとするとこれからが大変だろう。こっちにも援助要請が来るかもしれないが予定通り無視の一手だな。

足利義昭は大喜びだ。早速北九州の国人衆に島津に味方しろと文を送っている。当然だが毛利にも文を送っている。意気軒昂、景気の良い内容だ。手紙公方ここに在り、そんな感じだったな。案の定だが島津と龍造寺を協力させて大友を打ち倒す事を考えている。毛利も協力して欲しい。豊前、筑前は毛利に進呈する。その後は九州の兵を率いて上洛する、毛利は旧領を回復せよと毛利への手紙には書いてあった。

義昭もちょっと可哀想だな。毛利は送られた文をそのままこっちに渡した。まるでメールの転送だよ。でも豊前、筑前を渡すなんてちょっと景気が良過ぎるよな。空手形だと誰だって思うわ。俺が毛利の動向を訝しんでいると文を送ったから今度は隠さずに送ってきたらしい。毛利はかなりこっちを意識している。良い傾向だ。あの文の直後、安国寺恵瓊が近江に弁明の使者としてやってきた。まあこっちだって毛利が本気で朽木に敵対しようと考えていると思ったわけじゃない。だから恵瓊の弁明に分かったと言った。ここまでは問題無い、問題が発生したのはその後だ。恵瓊が毛利の手で安芸の一向門徒に朽木の法に従う様に命じる、従わぬ場合は安芸門徒の根切りも辞さぬと右馬頭輝元が考えていると言った事だ。

一瞬耳を疑ったわ。何の冗談だと思った。そんな事をしたら安芸でとんでもない規模の内乱が起きるだろう。それを避けるために安芸を朽木に寄越せと言ったのだ。それなのに何を考えている？本末転倒だ。輝元は何も分かっていないのか？　五十万石の大名が馬鹿だとしたらとんでもない事になる。混乱しているところに大友がボロ負けしたと報せが入った。恵瓊の顔が引き攣っていたな。

だが恵瓊の表情を見た事で何となく分かった。恵瓊は大友が負けるとは思ってもボロ負けするとは思っていなかったのだ。ボロ負けした事で島津の力が九州北部にまで延びると実感したのだろう。となればだ、朽木が毛利の動向に厳しい目を向けるのは無理もない。俺がかけた疑いは真実味を増した。毛利は朽木との戦で多くの領地を失ったから失地回復を図ろうとしていると思われても仕方が無いのだ。安芸門徒に対する厳しい対応は朽木に対して二心を持たないという意思表明なのだろう。毛利は、いや輝元は朽木を酷く懼れている。

朽木を懼れる事は悪い事じゃない。舐められるよりは遥かにましだ。だが余りに懼れ過ぎる事は決して良い事じゃない。ちょっとした失敗からパニックになって反乱を起こす奴は幾らでも居るのだ。輝元を落ち着かせる必要が有る。恵瓊とその辺りを十分に話し合った。

先ず第一に毛利は年内に移転を完了させる事を優先する。多少ずれる時は事前に石山城の十兵衛と俺に伝える。毛利の移転後に朽木が安芸に入り安芸門徒に対して朽木の法に従うように勧告する。もし一揆が起きた場合、毛利は家中の一向門徒が安芸門徒に加勢しないようにする。万一毛利を捨てて安芸門徒に加勢した場合はその者の帰参は認めない。処分は朽木に一任するとした。実際一揆が起きた場合、毛利家からの加勢がゼロというのは有り得ないだろう。恵瓊も有り得ないと言った。だが帰参を認めないとすれば多少は違う筈だ。敵は分断して規模を小さくして叩く、それが基本だ。輝元がやったら規模がでかくなって収拾がつかなくなる可能性が有る。

安芸門徒の一揆を鎮圧するのは朽木の役割とし毛利は移転後の体制固めに専念する。正月の挨拶の時は九州の情勢、そして九州攻めの時期について話し合う。これを恵瓊との間で確認した。そして書状に記した。恵瓊は書状を輝元に渡し説明する事で輝元を安心させる。正月に輝元が来たら歓待してやろう。能興行でもするか。下手な鼓を打つのも一興だな。

天正三年(一五七九年) 一月中旬　近江国蒲生郡八幡町　八幡城　大館晴忠

上段には御屋形様が、そして両脇には重臣達が控えていた。正月にも拘らず浮かれた空気は無い。もう直ぐ毛利家から右馬頭殿が挨拶に来る。その準備に余念が無いのだろう。私と諏方左近大夫将監殿が新年の挨拶をすると御屋形様が軽く頷かれた。

「両名とも昨年は良く働いてくれたな。満足している。いずれは禄では無く領地を与えよう。楽しみにしているが良い」

「有難うございまする」

左近大夫将監殿と共に頭を下げた。既に禄は一万五千石を頂いている。朽木家では元幕臣だからという事で差別される事は無い。

「今日、我ら両名が御前に罷り出でましたのは御屋形様に御披見頂きたいものが有っての事にございます」

私の言葉に御屋形様が〝ほう〟と声を上げた。私が懐より書状を取り出すと左近大夫将監殿も書状を取り出した。二人で前に置く、相談役の黒野重蔵殿が近付きそれを拾って御屋形様に差し出した。

御屋形様が受け取り読み始めた。御屋形様がチラリと左近大夫将監殿を見た。最初に読んだのは左近大夫将監殿の持参した書状らしい。直ぐに御屋形様の面に苦笑が現れた。読み終わっても苦笑は消えない。そのままもう一通を読む。読み終わると〝重蔵〟と声を掛けた。黒野殿が近付くと御屋形様は書状を渡した。黒野殿が受け取って席に戻った。読み出すと直ぐに苦笑を浮かべた。

「重蔵、身勝手さに呆れるであろう」

「はっ」

黒野殿が軽く畏まった。

「薩摩の公方様からの文だ。その文によると両名を置き去りにしたのは朽木の内懐に入り込ませるためだそうだ。今こそ自分の為に忠義を尽くせ、協力して大膳大夫を殺せと書いてある」

彼方此方から失笑が沸き起こった。

「御屋形様、公方様と仰られるのはお止め下され。既に権中納言の地位にあらせられ間もなく権大納言、右近衛大将になられるのですから」

「気に入らぬか、平九郎」

「はい、気に入りませぬ」

御屋形様が〝やれやれ〟と言うと笑い声が上がった。

「相も変わらず自分だけの都合で動くわ。伊予守も左近大夫将監もウンザリであろうな」

何とも言い様が無い。頭を下げる事で答えた。

「隠さなくても良いぞ、長門の叔父御達もウンザリしていたからな」

「長門守殿が？」

思わず問い返すと御屋形様が頷かれた。

「四人揃って同じ様な文を持って来た」

なんと、我らだけではなかったか。左近大夫将監殿も複雑そうな表情をしている。

「何と言いますか、手当たり次第でございますな」

蒲生下野守殿の言葉に彼方此方から笑い声が上がった。羨ましい事だ、自分と左近大夫将監殿は笑えずにいる。

「耳川で島津が大友に勝った。大喜びで龍造寺や毛利に文を送ったが龍造寺も毛利も無視だ。誰も公方様、いや公方のために動こうとはせぬ。焦っているようだな」

焦りか、そうかもしれぬ。義昭様が挙兵してから二年半が過ぎたのだ。今になって文が来るのは手当たり次第、駄目元であろう。

「織田や上杉にも文は送ったであろうが九州の南端で勝ったでは相手にすまい。せめて九州を統一して毛利を従えるくらいの勢いを示さねばな」

彼方此方で頷く姿が有る。同感だ、毛利が健在の時でも織田、上杉は動かなかったのだ。大友に勝ったくらいでは動かない。

「九州攻めは何時頃になりましょう？」

問い掛けたのは田沢又兵衛殿だった。朽木家では武を代表する人物と見られている。

「そうだな、毛利が安定するまでに二年は掛かるだろう。それに安芸の坊主共の動向を見定めねば九州攻めは出来ぬ」

皆が頷いた。

「では明智殿の手腕に期待ですな」

「案ずるな、五郎衛門。十兵衛なら間違いは無い」

御屋形様の言葉に羨望の声が上がった。明智殿への信頼が羨ましいのだろう。御屋形様が私と左近大夫将監殿に視線を向けた。

「伊予守、左近大夫将監、その方等の心遣い、決して忘れぬぞ」

「はっ」

左近大夫将監殿と共に頭を下げた。

「俺がその方等の心を疑う事は無い。此処に居る皆がその証人だ。これからも頼むぞ」

「はっ、御信頼有難うございまする」

「これからも一層励みまする」

我らの言葉に御屋形様が満足そうに頷かれた。二年半前は足利に捨てられた、だが今度はこちらから足利を捨てた。朽木の家臣になったのだと改めて思った。

天正三年（一五七九年）　一月中旬　　近江国蒲生郡八幡町　　八幡城　　小早川隆景

「謹《つつし》みて新年の御慶びを申し上げまする。権中納言様におかれましては御機嫌麗しく右馬頭輝元、心より嬉しく思いまする。新たなる年を迎え我等心を一つにし、権中納言様に忠義を尽くす所存、何卒よろしくお願い致しまする」

右馬頭が頭を下げたので頭を下げた。兄、恵瓊も同様であろう。下げる直前に正面に居る若い男が微かに頷くのが見えた。

「遠路はるばるご苦労。右馬頭殿、供の方々も頭を上げられよ」

「はっ」

右馬頭が頭を上げたのでこちらも頭を上げた。

「御丁寧な挨拶、痛み入る。心を一つにというのはこちらが願う事、以後は良しなに願いたい」

「はっ、有難きお言葉、畏れ入りまする」

目の前に権中納言朽木基綱が居る。特に目立つ特徴は無い。ごく普通の男だ。この男が天下を動かしている。今年で三十一歳、右馬頭よりも四歳年上だ。既に嫡男は元服を済ませその下にも男子が何人かいる。隙の無い男、そんな感じがした。父、元就に似ているだろうか……。

「移転では随分と苦労されたであろう、已むを得ない事ではあるが済まぬ」

「いえ、そのような事は」

「当分は内政に励まれると良い。こちらも無理は好まぬのでな」

「はっ」

「幸い右馬頭殿には駿河守殿、左衛門佐殿という頼りになる親族が居られる、それに家臣達も。焦らずにゆっくりと進められると良かろう」

「はっ、御心遣い有難うございまする」

右馬頭が軽く頭を下げた。権中納言が兄、そして私に視線を向けた。声はかけない、しかし無視はしていない。さり気なく見ている。

「折角近江に出て来たのだ、ゆるりとされるが良い。倅の弥五郎が話を聞きたがっている。良しなに頼む」

「はっ」

謁見を終え滞在中の住まいとして用意された部屋に戻った。右馬頭、兄、私、恵瓊、それぞれに部屋が用意されている。陽当たりの良い小奇麗な部屋だ。気を遣ってくれているのだろう。戻ると直ぐに女中が現れて御茶を淹れてくれた。謁見は思ったよりも疲れたのだろう。御茶が身体に染み渡る様な気がした。近江は安芸に比べると幾分寒い、そういう意味でも温かい御茶は有難かった。

「失礼致しまする」

御茶を飲み終えて一息入れた頃、障子の外から声がした。

「何用か」

障子が開いた。朽木の小姓が控えていた。

「御寛ぎの所畏れ入りまする。主、権中納言が左衛門佐様をお連れせよと」

「分かった」

「御案内致しまする、どうぞ」

小姓の案内で城中を歩く。前に人が居た、兄か。或いは右馬頭も呼ばれているのかもしれぬ。

案内された部屋はそれほど大きな部屋ではなかった。四方に火鉢が置いてあり微かに温もりが有る。部屋には権中納言、弥五郎、右馬頭、恵瓊が車座に座っていた。兄が座った、その隣に座った。反対側は弥五郎だった。

「呼び立てて済まぬ。だが先程の様な席では肩が凝って十分に話せぬのでな、こちらに来てもらった。今膳が来る、適当に食べながら話そう」

権中納言の話が終わる前に戸が開いて女中達が膳を運んできた。酒も付いている。女中達が皆に酒を注いだ。

女中達が去ると権中納言が盃を掲げた。

「では改めて。良く来てくれた、新年おめでとう」

「おめでとうございまする」

皆で盃を掲げて唱和した。

「遠慮せずに食べてくれ、ゆっくりやろう」

そう言うと権中納言が箸を取って食べ始めた。遠慮は無用だろう、こちらも箸を取って小鉢の小魚の甘露煮を食べた。美味い、淡海乃海で獲れた魚だろうか。

「俺がこんな事を言うと不愉快かもしれんが毛利家は領地が減らされて大変であろうな」

「……」

右馬頭が困惑した様な表情を見せた。

「だが毛利家には海が有る。半島、大陸とも近い。領内の産業を盛んにし関を廃せば商人が来る。それを庇護し交易を活発に行えば米は減っても銭は増えよう。米に頼らぬ収入に力を入れると良かろう。朽木もそうやって家を大きくした」

「御教示、有難うございまする」

右馬頭が答えると権中納言が頷いた。朽木に対する反発を抑えようとしているらしい。或いは朽木は毛利に対して悪感情を持っていないという意思の表明か。ふむ、蛤の吸い物か。これも良い。

「いずれは銀の銭を造ろうと考えている」

「銀？」

兄が声を出した。権中納言が顔を綻ばせた。

「銅銭では大きな取引がし辛い、という事で金、銀と銅銭の交換比率を定めた。諸国の商人達もそれを使っている。金、銀を使うという基盤は出来た。それをもう一歩進めようと思っている。銀の銭を造り領内で使わせる。取引もずっとし易くなる筈だ。今御倉方に検討をさせている」

銀の銭……、とんでもない事を考える男だ。息子の弥五郎も吃驚している。

「父上がそんな事を御考えとは……」

権中納言が笑い声を上げた。

「未だ天下を獲ったわけではない。だが天下が見えてきた以上銭の事を考えぬわけにはいかぬ。今は明から持ち込んだ銅銭を使っているがそれも改める。朽木が銭を造る、銅、銀、金を使ってな。石見の銀山はそのために使わせてもらう事になるだろう」

右馬頭が大きく息を吐いた。確かに溜息を吐きたくなる男だ。我らとは違う物を見ている。

「時間はかかる。銭を造る場所、銭を造る職人、銭の形、銀と銅の割合等を考えなければならん。それに金を如何するか？　朽木領内では殆ど金は出ない。金を持っているのは上杉と織田だ。まさか戦で攻め獲るわけにもいかん。頭の痛い事だ」

呆然としていると権中納言が苦笑を漏らして〝話を変えよう〟と言った。

「明智十兵衛が安芸に入った。先ずは領内の把握、それと新たな城造りに取り掛かる筈だ。寺に朽木の法に従えと突き付けるのは四月を過ぎてからになるだろう」

「田植えが間近でございます。一揆が起きれば秋の収穫にも影響が出ましょう」

問い掛けると権中納言が顔を綻ばせた。

「構わぬ、それが狙いだ。朽木の領地は安芸だけではない、米は他から持ってくる。秋に腹を減らした領民達に米をやろう。一揆など起こしても何の意味も無いと皆が理解するだろう」

なるほど、朽木は余力が有る。それに当分戦は無いと見ているようだ。もし戦が有るなら安芸での騒動は避けたい筈。

「右馬頭殿、九州はどうなると思われる。公方様は島津と龍造寺を結び付けようとしているが」

小鉢の甘露煮を食べていた右馬頭が箸を置いた。

「難しいかと思いまする」

「ぶつかると見るか」

「いずれは」

権中納言が二度、三度と頷いた。

「何時頃かな？　駿河守殿の考えは？」

「さて……」

問い掛けられた兄がじっと考え始めた。わざとか？　皆が焦れ始めても考えるそぶりを見せている。権中納言は黙って待っていた。

「龍造寺は先ずは肥前の統一を目指すものと思われまする。その後は大友の領地を奪いにかかりましょう。島津と龍造寺がぶつかるとすれば考えられるのは肥後を巡っての事と思いまする」

権中納言が大きく頷いた。

「そうよな、肥後でぶつかる頃には龍造寺もかなり大きくなっている。簡単には退くまい、戦の可能性は大きいか」

皆が頷いた。

「島津も龍造寺も勢いが有る。そして大友は下り坂、大友にとっては苦しい時が続くな。生き残れるか如何か……、肥後では相良と阿蘇《あそ》が大友に付いているが……、正念場だな」

正念場、その言葉に皆が頷いた。

寿命

天正三年（一五七九年）一月中旬　　近江国蒲生郡八幡町　　八幡城　　朽木堅綱

「大友から使者は参りませぬか？」

安国寺恵瓊が問うと父上が首を横に振った。

「来ぬぞ、恵瓊。それどころではないのだと思う。体制を整えようとしているのであろうが離反する国人衆も出ている。立て直しは容易な事ではあるまい。ま、いずれは使者が来ると思う」

父上が頬に微かに笑みを浮かべた。

「屈辱であろうな」

「屈辱と申されますと？」

私が問い掛けると父上が笑みを浮かべながら私を見た。

「昔、大友の使者が朽木に滞在中の足利義輝公を訪ねてきた事が有る。その方が生まれる前の事だ。未だ元服前の事であったな。あの頃大友は北九州の実力者で義輝公は非常に喜んでいた。大友が傍に居ればと何度か口にされた事が有る。一方の朽木は朽木谷で八千石を領する国人でしかなかった。大友は気にも留めなかったであろう」

「……」

「その朽木に縋る、名門大友家の当主としては屈辱でしかあるまい。九州探題に任じられた家なのだから」

なるほどと思った。自分には朽木が八千石の国人領主だったという事が信じられない。しかし朽木が大きくなったのは自分が生まれるほんの少し前の事なのだ。母上が嫁がれた時は父上は未だ十万石程の領主だったたと聞く。それも信じられない。

「皮肉ですな、義輝公は大友家を厚遇したのに義昭公は大友家を敵視しております。義昭公から大友を見限り島津に付けという文が大友配下の国人衆に届いているとか」

父上が笑い出した。

「他人事ではあるまい、恵瓊。文は毛利家にも届いた筈。大騒ぎになったではないか」

「これは、畏れ入りまする」

恵瓊が頭を下げた。右馬頭、駿河守、左衛門佐が微妙な顔をしている。

「喰えぬ坊主だ。この場で俺から毛利を疑っておらぬという言質が欲しいのであろう」

「御明察にございまする」

恵瓊が顔を綻ばせると父上がまた声を上げて笑った。

「右馬頭殿、毛利家は良い家臣を、いや喰えぬ家臣を持たれたな。羨ましい事だ」

今度は皆が笑った。貶《けな》された恵瓊も苦笑している。

「案ぜられるな、毛利家を疑ってはおらぬ。まあ朽木に対して思うところは有るだろうがその辺りは信じて貰いたい」

「はっ、御信頼頂き忝うございまする」

右馬頭が頭を下げた。他の三人もそれに続いた。

「公方様の使者は長宗我部にも行っている。大友の味方をさせたくないらしい」

公方様は長宗我部を唆そうとしている。だが長宗我部は動かぬだろうというのが父上の見方だ。

「一応一条少将には伝えた。ま、今後は少将も動き辛いだろうな。簡単には九州に渡れまい」

皆が頷いた。

「如何なされます？」

「別に、何もせぬ」

父上が右馬頭に答えると皆が顔を見合わせた。それを見て父上が微かに笑みを浮かべた。

「長宗我部は朽木に臣従したわけではないのでな。咎める筋合いはない。本来なら公方様から文を貰った時点で朽木に送っても良い。そして臣従する。それが良いのだがそれをせぬ。土佐統一を諦めきれぬのだろう。だから一条家と和を結んでも朽木には頭を下げぬと見た。さて、どうなるか……、少将がその辺りを理解していれば良いのだがな」

長宗我部は動かぬと父上は見ている筈。だが野心は捨てていないという事か。では状況が長宗我部に有利になれば動くのだろうか？　しかし長宗我部に有利な状況？　想像が付かない。

「宜しいのでございますか？　大友は保たぬやもしれませぬ。九州攻めに差し障りが出る虞《おそ》れも有りましょう」

大友は益々苦しくなる。左衛門佐の懸念は尤もだ。

「最初から当てにはしておらぬ。九州攻めの拠点は毛利家が保持している。大友は必ずしも必要不可欠な存在というわけではないのだ。それに九州攻めは三好家にも手伝って貰う」

シンとした。毛利家の四人が顔を見合わせている。驚いているのだろう。私も驚いている。父上の大友への評価が低い事は分かっていた。だが切り捨てるとは……。

父上は大友宗麟を当主に相応しからざる人物と見ている。それ故切り捨てた。毛利は如何なのだろう？　右馬頭輝元、父上は毛利家の当主を如何見ているのか……。

「大友対島津、大友対龍造寺、龍造寺対島津。さて、如何なるか。目が離せぬ。だが西ばかりを見ているわけにもいかぬ。厄介な事に少々東が怪しくなってきた」

東？　何だろう？　毛利家の四人もまた顔を見合わせている。

「東と仰られますと上杉家の事でしょうか？」

問い掛けると父上が首を横に振った。

「織田殿だ。飲水病らしい」

またシンとした。毛利家の四人は息を呑んでいる。織田様が飲水病？　良いのだろうか、そんな事を……。

「父上、宜しいのでございますか？　そのような事を……」

父上が私を見た。それ以上は続けられなくなった。

「良いのだ、弥五郎。右馬頭殿達には教えておく必要が有る。織田家は織田殿が一代で大きくした。

そして嫡男の勘九郎殿は未だ若い。織田殿に万一の事が有った場合、果たして勘九郎殿に織田家を纏めて行けるのかは誰にも分からぬ事だ。場合によっては東海道は大きく乱れる事になる」

「……」

「これから先何が起きるか分からぬ。だからな、その覚悟が有るという事を右馬頭殿達に伝えておく。織田が乱れて朽木は慌てふためいている等と誤解されぬ様にだ」

父上が笑みを浮かべながら右馬頭達に視線を向けると右馬頭達が緊張した面持ちを見せた。脅しなのだろうか？　弱みを見せているかのように思わせながら、信頼しているように見せながら、真実は脅している……。そうする事で毛利が朽木家から離れる事を防いでいる……。

「東海道で騒ぎが起きれば放置は出来ぬ。放置すれば関東にまで影響が出ると見ている。となれば上杉が必ず動く事になるだろう。おそらくはこちらにも協力の要請が有る筈だ。関東管領殿は娘婿なのでな、要請を断る事は出来ぬ。天下大乱だな」

「……」

「九州攻めは東海から関東の様子を見ながら行う事になる。場合によってはかなり後になる事も有り得よう。その辺りを頭に入れておいて欲しい」

右馬頭が頭を下げると後の三人がそれに続いた。

「上杉様は織田様の病の事を知っておられましょうか？」

恵瓊が訊ねると父上が頷かれた。

「薄々は気付いているようだな。何と言っても勘九郎殿の正室は管領殿の妹君だ。それに付き添って上杉家から織田家に行った者達も居る。気付かぬわけは無い。今年は弥五郎が上杉家から嫁を貰う。織田と朽木は上杉を通して縁戚になる。さて、どうなるか……」

どうなるのだろう？　見当も付かない。天下大乱？　なるほど、長宗我部が動く機が生じるのかもしれない。溜息が出そうだ。

「それに上杉家は謙信公の問題も有る。弾正少弼殿が養子となり関東管領職を継いだが謙信公に万一の事が有れば影響が出るのは間違いない。織田も上杉も内で混乱する要素が有る。頭の痛い事だ」

「……」

「つくづく思うのだが人間長生きをせねばならんな。そうでなければ家を安定させるのは難しい、なにより大事を成せぬ」

毛利家の四人が頷いた。

「三好家は一度は天下に覇を唱えた。修理大夫殿にあと十年寿命が有れば天下は三好家のものとして固まったかもしれぬ。或いは嫡男の筑前守殿が生きていれば……。だがそのどちらも三好家には許されなかった。修理大夫殿が四十半ばで亡くなられた事、筑前守殿が二十代で亡くなられた事を思えば大事を成すのに必要なのは能力よりも寿命なのではないかとも思う。戦や政だけでなく命でも戦わなければならぬとは……、乱世とは厳しいものだ」

父上が首を横に振っている。

「朽木家は既に弥五郎様が元服されております。権中納言様もお若い、左程に不安に思われる事はございますまい」

恵瓊の言葉に父上がまた首を横に振った。

「人間の寿命など誰にも分からぬ。三好家だけではない、毛利家も右馬頭殿の御父上、大膳大夫殿は早くに亡くなられた。陸奥守《むつのかみ》殿が御存命であったから混乱は小さかったがもし陸奥守殿が亡くなられていたらどうなっていたか……。駿河守殿、左衛門佐殿を軽んずるわけではない。だが毛利家は大変な事になったと思う」

毛利の四人が今度は大きく頷いた。自分達の事だ、思い当たる節は多いのだと思った。

「朽木には陸奥守殿は居らぬ。駿河守殿、左衛門佐殿も居らぬ。寂しい、いや厳しい話だな」

「……」

「陸奥守殿はお若い時から養生に気を付けていたと聞いている。見事なものだと思う。中々出来る事ではない。俺も気を付けている、何とか長生きしたいものだ」

父上が私を見た。

「弥五郎、そなたも養生には気を付けるのだな。年老いてからではなく若い時から養生せよ。生きる事が戦だと思え」

「はっ」

父上が頷かれた。生きる事が戦、その通りだと思う。父上は殆どお酒を嗜まれない。今も戦っておられるのだ……。

天正三年（一五七九年）　一月中旬　　近江国蒲生郡八幡町　　八幡城　　小早川隆景

「疲れたな」

兄が腰を下ろすなり大きく息を吐いた。腰のあたりをトントンと叩いている。右馬頭、恵瓊が頷いた。権中納言との会食は一刻に満たぬ時間であったが酷く疲れた。こうして右馬頭の部屋で寛ぐと肩のあたりが重石でも乗せられていたかのように凝っている感じがした。軽く右肩を回すとゴキっと大きな音がした。皆が笑った。

「疲れる話が多々有りましたから仕方ありませぬ。銀で銭を造るなど途方もない話ですな、兄上」

「金と銀と銅銭の交換比率を定めたのはもうかなり前の事であろう。あの頃から天下統一後の事を考えていたとは……」

兄が首を横に振った。

安芸の割譲が当然なら石見銀山の割譲も当然だった。朽木の天下運営は武による統一だけではなく法と銭を使ったものになる。北条や足利は海の向こうから運ばれた銭を使うだけだった。朽木は違う。自ら銭を造り天下に流す。そうする事で天下を仕切っているのは朽木なのだと皆に理解させるのであろう。だが金か、金は如何するのか……。

「なかなか良い会食だったと思いまするが？　権中納言様は毛利家を疑う事はせぬと申されました。九州攻めへの拠点とすると」

「脅しもかけてきた、そうではないか？　恵瓊」

兄の言葉に皆が頷いた。東で騒乱が起きる可能性が有る。敢えてそれをこちらに報せた。騒乱に便乗して敵対しても無駄だという事であろう。実際に無駄かどうかは分かるまい。だが朽木は全て想定していたとなれば毛利の動きは鈍らざるを得ない。

「脅すだけの価値が有るという事でございましょう。権中納言様としても潰す事は出来ましょうが出来れば味方に付けた方が利が有る。そうお考えなのだと思います」

「気楽なものだ、口が上手いだけではなかったか、暢気なのだな」

兄が皮肉るとまた笑い声が起きた。皮肉は言っているが兄も笑っている。兄にとっても悪い感触ではなかったのであろう。

「織田殿が飲水病か。上杉家も薄々気付いていているとの事であったが権中納言様はかなり以前から気付いていたように見受けたが……」

右馬頭が困惑したように問い掛けてきた。

「おそらくは。織田家は朽木家にとって味方では有りますが抜かりなく情報は集めているのでしょう」

織田家の当主が飲水病。織田家も厳重に秘匿した筈、それを探り出すとは……。朽木が大を成したのは戦で勝ったが故だがそれを支えたのは情報を探り出す力であろう。毛利も油断は出来ぬ。

「左衛門佐様の申される通りでございます。おそらくは一年以上前でありましょうな。あの高松城の水攻めは東で混乱が起きる前に毛利を降す、そのために行われたのではないかと」

恵瓊の言葉に皆が頷いた。織田の秘密を知って早急に毛利を降す必要が生じた。そのために高松城を水攻めにする事を考えたのだ。毛利を残したのも東で混乱が起きた時に西の防壁にするためであろう。恵瓊の言う通り、脅すだけの価値が有るのだ。手強い、いや強《したた》かだと思った。

「九州に有る毛利の領地を大友に渡さなかったのも、毛利への好意でも安芸を譲らせた事への償いでもないか」

「そうですな、大友が敗れる、頼りにならぬ、切り捨てる事を見越しての事でございましょう」

兄と恵瓊の会話に右馬頭が頷いた。自分も尤もだと思う。九州が混乱する中で確実に拠点を確保する為には大友よりも毛利を利用する方が良いと判断したのだ。

「大友は自分が切り捨てられると理解していようか？」

右馬頭が問い掛けてきた。

「毛利領をと望んで断られたのは耳川の戦いで負ける前の事、おそらくは気付いておりますまい。しかしこれから大友家は権中納言様を頼る事になりましょう。その段階で気付くのではありますまいか」

恵瓊が答えると右馬頭が頷いた。

「では大友が公方様に従うという事は？」

なるほど、九州が公方様の下に一つに纏まるのではないかという事か。可能性としては有り得なくはないが……。

「難しゅうございましょう。公方様に従うという事は島津の下に付くという事にございまする。先程の会食でも話に出ましたが大友家は名門、簡単に島津の下には付けますまい。それに島津も龍造寺も自らが大きくなる事を望む筈。暫くの間は公方様が望んでも島津は受け入れぬかと思いまする」

私が答えると兄、恵瓊が同意した。右馬頭も頷く。

「しかし大友家も真に危うくなれば、そして権中納言様を頼れぬとなれば島津に従う事を決断するかもしれませぬ。或いは龍造寺と組んで島津に対抗する事を選ぶか。まだまだ予断を許しませぬ」

「左衛門佐の申す通りにございます。我らはその間にしっかりと体制を整えなければなりませぬ」

私と兄の言葉に右馬頭、恵瓊が頷いた。

九州が如何動くかは何とも言えぬ。島津の力が大きくはなったが九州を制するまでにはまだ紆余曲折が有る筈。そしてそれに織田の病が如何絡むか。東海、関東が如何動くかで変わる筈。朽木はそれを睨みつつ体制を整えようとしている。兄が言った通り我らも体制を整えなければならぬ。天下は朽木が押さえつつあるがまだ確定はしていない。

「朽木弥五郎殿を如何見た？」

右馬頭が我らを見た。朽木弥五郎か……。

「悪い印象は受けませんでしたな。今年で確か十四歳、才気は余り感じませんでしたが愚かさは感じなかったと覚えております」

「恵瓊に同意致します。まだまだこれから、そう思いました」

恵瓊、私の評価に兄が頷いた。

「亡くなられた兄上を思い出しました」

「兄上？　父上を？」

右馬頭が目を瞠った。

「はい、兄上は日頼様の跡を継ぐ事の重さに苦しんでおいででした。同じ様な苦しみを負うのではないかと……」

私の言葉に兄が大きく頷いた。我らは外に養子に出た事でそれほど感じなかったが我らの長兄隆元は父の下で苦しんでいた。皆が父と兄を比較した。何よりも兄自身が己と父を比較して苦しんでいた。弥五郎堅綱はどうなるのか……。会食の席では懸命に皆の話を聞いていた。今は学ぶ時と考えているのであろう。だが権中納言の重さに耐えられるのか……。

父が〝毛利は天下を望むな〟と言ったのは父以後の事を考えたからかもしれぬ。兄は愚かな人ではなかった。だが心は決して強くなかった。仮に天下を獲っても保てぬと父は思ったのかもしれぬ。そして右馬頭……。目の前の甥を見た。欠点は有るが良い所も有る。だが天下を保てようか？　私と兄が助けても難しいだろう、父もそう思ったのではないだろうか。つまり毛利の天下は長続きしない、ならば無理に天下を望む事はないと思った……。父は寂しかったかもしれないな……。

「似ていると言うなら権中納言様は日頼様に似ていよう。酒を嗜まぬとは聞いていたがあの席でも殆ど酒を飲まなかった。形だけであったな」

兄が会食の席を思い出すかのように言った。

「確かにそうですな、権中納言様は日頼様の事を大分調べておいでのようです。戦も上手いですが調略も上手い。似ておられますな」

恵瓊の言葉に皆が頷いた。

確かに似ているかもしれぬ。似ていない所は天下を目指しているところだろう。それともう一つ、父上と違い若い内に大を成した。天下を目指したのはそれも有るかもしれない。自分の代で天下を獲れると見たのだ。だが織田が揺らぎかけている。さて、如何なるか。まだまだ予断は許さぬようだ……。

面従腹背

天正三年（一五七九年）二月上旬　　山城国葛野・愛宕郡　　平安京内裏　　勧修寺晴豊

「正月は何かと忙《せわ》しい。漸く落ち着きましたなあ」

「真に、特に近年は儀式も盛大に行われます。忙しさも以前とは比較になりませぬ。何やら昔が恋しい様な」

権大納言甘露寺経元と権中納言高倉永相《ながすけ》の会話に失笑が起こった。

二月の上旬、今日は天気が良い。少し寒いが外を歩いてみようという事になって甘露寺権大納言、高倉権中納言と共に歩いている。もう直ぐ右近橘、左近桜が見えるだろう。

「高倉殿、そのような事を言っては近江右大将が気を悪く致しましょう」

甘露寺権大納言の言葉に高倉権中納言が慌てた様に〝いやいや〟と手を振った。

「なかなか慣れぬという事でおじゃります。どうやら貧が身に着いたようで。困った事でおじゃりますな」

高倉権中納言の言葉にまた失笑が起こった。

「まあ昔を思えば夢のようでおじゃりますな」

私の言葉に皆が頷いた。昔と言っても十年とは遡らない。幕府は無力で足利は二つに分かれて争っていた。小朝拝《こちょうはい》も節会《せちえ》も全て料足不足で停止《ちょうじ》だった。その度に帝は切なそうな表情をなされた……。

「武家の棟梁が朝廷を守り盛り立てる。正しい形に戻った訳でおじゃりますな」

「左様、右近衛大将に任じられましたからな。右近衛大将は武家の吉例におじゃります、真に目出度い」

甘露寺権大納言と高倉権中納言の言葉に素直に頷けた。近江権中納言が権大納言に任じられ同時に右近衛大将に任じられた事で名実ともに武家の棟梁が誕生した。その事に皆が喜んでいる。薩摩に落ちた公方の事を否定したいのだ。

「毛利を降しましたからな。あっという間でおじゃりました。向かう所敵無しでおじゃりますな」

「堤を作って城を湖に沈めたと聞きましたぞ。毛利の度胆を抜いたのだとか」

「どのようなものだったのか、見とうおじゃりました」

「真に、唐土には例がおじゃりますが日ノ本では初めてでおじゃりましょう。見とうおじゃりました」

皆で口々に見たかったと言った。我らだけではない、宮中では三人集まればその話で盛り上がる。正月の節会でも大いに盛り上がった。

「ところで、お聞きになられましたかな？　あのお方は右大将を直ぐに辞してしまうとの事ですが……」

高倉権中納言が小首を傾げた。

「その通りでおじゃります。もう直《じき》、辞職の願いが出されましょう。一度その職に在ったという事で十分との事でおじゃります。長居しては我らに恨まれるだろうと」

私が答えると二人が笑い声を上げた。

「以前から思っておりましたが随分と気遣いをなされますな」

「真に。それに無欲というか恬淡《てんたん》というか、あっさりとしておいでじゃ」

確かに以前から官位にはそれ程関心を示さなかった。だがそれだけではない。用心深いのだろう。我らに恨まれるだろうというのは冗談のように聞こえるが本心だというのが私と父の見解だ。近江右大将は天下統一後を見据えて我らとの関係を円滑なものにしておく必要が有ると見ているのだろう。

「次は九州でおじゃりますな。九州を征伐すれば公方も諦めが付きましょう」

「左様、何時までも征夷大将軍の座にしがみ付いてはおられますまい」

「新しい公方の誕生でおじゃりますな」

「はい、楽しみでおじゃります。そうは思われませぬか、勧修寺殿」

「はい、磨もそう思いまする」

高倉権中納言に答えながら思った。新しい公方、一体どんな幕府を創るのかと……。

天正三年（一五七九年）二月中旬　　近江国蒲生郡八幡町　　八幡城　　朽木基綱

目の前に坊主が二人いる。詮舜《せんしゅん》と賢珍という名前の坊主だ。この二人、兄弟で賢珍が兄だ。近江国滋賀郡で生まれたらしい。

「何卒、叡山の再興をお許し頂きとうございます」

賢珍が頭を下げると詮舜も頭を下げた。そうなのだ、この二人は叡山の坊主で俺が焼き払った叡山の復興を願って面会を求めてきた。

これまで何度か叡山の坊主が面会を求めてきた。豪盛、全宗、祐能、亮信、賢珍、詮舜。最近は頻繁に来るようになったな。朽木の天下統一が間近になったと判断したのだろう。もっとも面会を求められても俺が会った事は一度も無い、今日初めて叡山の坊主と会う。その所為かな、賢珍と詮舜の顔には期待の色が有る。阿呆、俺がお前達を呼んだのは弥五郎に俺が宗教を如何思っているかを教えるためだ。叡山の再興を許すためじゃない。

「これ以後は右大将様の御武運を御祈りし天下の平定を祈願致しますれば何卒」

「要らぬ、運気が落ちるわ」

「……」

あらら、目が点だな。弥五郎も吃驚している。運気なんて俺らしくない？

「六角左京大夫、波多野左衛門大夫の武運も祈ったのであろう。二人とも俺が滅ぼした。その方等が仏敵、第六天魔王と罵《ののし》って忌み嫌った俺がな。調伏祈祷もしたのだろう」

二人が〝それは〟、〝誤解で〟とか言いだしたが無視した。

「弥五郎、良く覚えておけ。軍を率いる者は神や仏に頼ってはならぬ。戦で勝ちたかったらそのために努力をしろ」

「はい」

弥五郎が頷いた。そして坊主達に厳しい視線を向けた。

「敵より多くの兵を整え兵糧、武器弾薬を準備しろ。そして調略をかけ敵を混乱させ分裂させ内応者を作るのだ。敵より兵が少なくても調略で敵を混乱させれば勝機を見出す事は出来る。そして勝てると判断出来た時に軍を動かす、それが大将の役目だ」

「はい」

「そして自分の成すべき事の邪魔になると見定めたら神、仏であろうと討ち果たせ。不退転の覚悟を持つのだ」

弥五郎が頷く。同席していた五郎衛門、新次郎、重蔵、下野守も頷いた。賢珍と詮舜の顔には落胆の色が有る。

「畏れながら叡山の再興は……」

「認めぬ」

「……」

「そう気落ちする事も有るまい、賢珍、詮舜。俺は叡山の再興は認めぬとは言ったが天台の教えを否定したわけではない。天台宗の寺を全て焼けと言った事も無ければ坊主共を殺せと言った事も無い。朽木領内には天台宗の寺が幾らでも有る筈、違うか？」

勿論、朽木の法に従うと約束させている。本山を焼いたからな、効き目は抜群だ。

「……仰せの通りではございますが叡山は天台宗だけのものではありませぬ。浄土宗、浄土真宗、臨済宗、曹洞宗、日蓮宗も元はと言えば叡山で学んだ者達が生み出した物。謂わば仏教の多くが叡山より誕生致しました。叡山の再興は我ら天台の者だけでなく、多くの仏を信じる者にとっての願いにございます。何卒、右大将様の御許しを頂きとうございます」

弟の詮舜が頭を下げた。賢珍も頭を下げる。中々やるな、グッと来たが駄目だ。

「そうだな、多くの名僧を輩出し多くの宗派が生まれた。仏教の発展は叡山の功績と言えよう。だがその新たに生まれた宗派を排斥したのも叡山であった。違うか？」

「……」

「俺は誰が何を信じようと構わぬ。此処にいる弥五郎が天台の教えに帰依したいと言うなら好きにしろと言うだろう。だが家臣領民達に自分と同じ宗派を信じろと強制する事は許さぬ。一度目は窘める、だがそれで分からなければ廃嫡する。人の上に立つ器ではない」

廃嫡。賢珍、詮舜は身動ぎをしたが朽木の者は弥五郎も含めて皆動かなかった。大友が日向で遣った事を理解しているからな。当然だと思ったのだろう。

「家臣達にも同じ事を言う。朽木の法に従うならば何を信じようと構わぬと。その事で差別はせぬと。分かるか？　俺から見れば兵を集め人を唆し他宗を攻撃し人を殺すなど有ってはならぬ事なのだ。京都の鬼門を護る国家鎮護の寺と言うが、近年叡山がしてきた事は仏の名を口にしながら奢侈《しゃし》に耽り物欲、色欲に溺れ世を混乱させる事だけだった。今、これを再興する意味が何処に有る？　俺にはそんなものは見えぬな」

「お叱りは御尤もにございます。右大将様の御領内では僧に対し、人の心を操るのではなく人に寄り添い心を安んじる事こそが果たすべき役割とされております。その事に不満は有りませぬ」

「我らは嘗《かつ》ての叡山をと望んでいるのではありませぬ。今一度初心に戻り、仏教の興隆に力を注ぎたいと思っております」

賢珍、詮舜が必死に訴えてきた。

「その言や良し。だが最初に聞きたかったな。叡山の再興を願うよりも先に。俺に咎められてから言われても信用出来ぬ」

「その点については」

賢珍が釈明しようとしたが手を振って止めた。

「それにその方達が朽木の法に従うと言っても他の者達は如何かな？　嘗ての叡山に憧れを持つ者は多かろう」

二人が押し黙った。やはり居るのだ。

「賢珍、詮舜」

「はっ」

「叡山を再興したければ俺が納得出来るだけの証を持って参れ。そうでなければ再興は許さぬ」

賢珍、詮舜の二人が悄然として下がった。

実際問題として叡山が再興して再武装出来るかと言えば不可能だろう。再武装には金が要る。その金の収入源を俺が潰した。朽木領内に有った叡山の領地、山門領はその殆どを押領した。おそらく他の大名達も押領しただろう。その点では俺は他の大名達に感謝されていると思う。そして叡山と一緒になって土倉を行っていた日吉大社も焼いた。

土倉というのは早い話が金貸しだ。高利で金を貸してぼろ儲けしていた。返せない者からは土地を奪うなどして酷い事になっている。中世で徳政令が頻発する一因がこの延暦寺日吉大社の土倉に有る。要するに悪徳金融業者なのだ。それを潰して財産を全て朽木が接収した。朽木領内にある日吉大社系の神社からも吐き出させた。親会社が潰されているのだ、文句を言う子会社は無い。言えば親会社同様に焼き討ちされる。

嘗ての叡山は戻らない。だが嘗ての叡山に憧れる者は居る。そこが大事だ。叡山を焼いたのは弥五郎が生まれる前の事だった。となるともう十五年ぐらい前の事になる。この十五年は連中にとっては辛く苦しい年月だっただろう。それだけに嘗ての叡山に対する想いは強い筈だ。その想いを軽視してはならない。再興は天下を統一してからだ。新たな国造りの一環として再興する。そういう形にしよう。その頃には生き残りの坊主達も残り少なくなっているだろう。

天正三年（一五七九年）三月中旬　　越後国頸城郡春日村　　春日山城　　上杉景勝

「竹姫様は如何なされたのです？」

「御実城様の下へ御機嫌伺いに行っておられます」

与六が答えると妹の奈津が頷いた。

「この御城で暮らすのもあと三月《みつき》程なのですね？」

「……」

弾む様な口調だ。近江へと嫁ぐ日が待ち遠しいのであろう。俺もその日が待ち遠しいと鎺元《はばきもと》から鋒の方へと打粉を打ちながら思った。早くその日が来ないものか……。

「兄上、嬉しいでしょう？　姉上に続き私が居なくなって」

「……」

奈津の目が笑っている。ま、この辺で良いか。裏を返して今度は鋒から鎺元の方に打粉を打った。居なくなって嬉しいか？　嬉しいぞ、そなたも嫁ぐのが嬉しいのだ、問題は無いだろう。刀に拭いをかけた。うむ、良かろう。

太刀を鞘に納めた。刀の手入れをしている間は刀身に息を吹きかけてはならぬ。喋らなくて済む、それが良い。

「戯けた事を、一旦嫁げば二度と此処へは戻れぬのかもしれんのだぞ」

「それは……」

「浮かれている場合ではあるまい。父上や母上の御気持ちを考えよ。あと三月だ。親孝行をしておけ」

バツの悪そうな顔をしている。フン、勝ったな。二人なら負けるが一人なら多少は勝てるのだ。

「姉上は如何しておいででしょう」

「……文が来たのであろう」

「はい、元気でやっていると」

「なら心配は要るまい」

「ええ」

表情が優れない。与六に視線を向ける、微かに与六が頷いた。

「華の事より自分の心配をしろ。朽木家は子が多い、そなたにも義理の弟、妹が出来る。姉らしくするのだな」

「はい」

悄然として俺の部屋から去って行った。妙に元気が無い。華の事になると不思議と不安そうな表情をする。そして俺に華の事を訊きたがる。或いは何かを感じているのか……。

与六に声をかけると頷いて傍に寄って来た。

「如何思う？」

「はっ、気付いてはおられないと思いまするが……」

語尾が弱い。

「話した方が良いと思うか？」

「……」

与六が考え込んでいる。そして頷いた。

「朽木家に嫁げば遅かれ早かれ知る事になりましょう。何も教えずに近江に送っては朽木家でも訝しむ筈。奈津姫様も何故教えてくれなかったのかと不信を持ちましょう」

「うむ」

「それに、万一の場合は朽木家を頼らざるを得ませぬ。その場合奈津姫様の御力を借りる事も有りましょう」

「そうよな」

同意すると与六が頷いた。

織田殿に飲水病の疑い有り、状態は決して良くない模様……。華の付き添いから報告が入った。織田殿は戦場にも出ている、まさかと思ったがどうやら事実らしい。朽木家でも織田殿の病に付いては気付いている形跡が有る。父と母は奈津を心配させまいと隠しているが……。やはり話しておいた方が良かろう、後で父と母を説得しなければ……。面倒だな、与六にやらせるか。

「上手く行かぬな」

与六が頷いた。朽木と上杉では朽木が大き過ぎる。そう思って織田と婚姻を結んだ。それによって釣り合いを取ろうとしたのだが……。関東での事も有るが将来的にはそちらの方が意味が大きくなる。おそらくは織田も同じ事を考えた筈。だが織田殿が病……。織田殿にもしもの事が有れば織田は混乱するだろう。それを凌ぐには朽木家に頼らざるを得ぬ。ますます朽木家の存在が大きくなる。

「勘九郎殿でないだけましか」

また与六が頷いた。

「万一の場合、織田家は朽木家を頼りましょう。前《さき》の右大将様は上杉家も御助け下さいました。織

田家はそれに倣う筈」

「うむ」

与六の言う通りだ。織田は上杉に力を借りるのを是とはするまい。関東で譲歩を強いられるのを嫌がる筈。となれば頼るのは朽木となるのは必定。朽木の影響力は織田家内部でも増す事になるな。

「喜平次様」

戸が開いて竹姫が姿を現した。今年で十一歳、嫁いできた時に比べれば大分背が伸びた。与六が離れ平伏する。

「与六はいつも喜平次様と一緒ね」

と言って竹姫が楽しそうに笑った。与六が〝畏れ入りまする〟とまた頭を下げた。与六は竹姫に弱い。幼い者に頼られると断れぬのだ。

「御刀の手入れは終わりましたか？」

「今少しだ」

「では与六を借りても？」

「うむ」

与六が此方を見ているのが分かったが知らぬ振りで太刀を抜いた。少し曇りが有るな。

「与六、五目並べをしましょう」

「五目並べでございますか？　そ、それは……」

そろそろ囲碁を教えた方が良いかな？　五目並べでは勝てなくなってきた。与六も同様だろう。

「それとも算盤?」

「あ、いえ、それは」

竹姫は算盤が得意だ。朽木家では男女に関わらず算盤を習うらしい。あと三月有る、奈津も学んでいる様だが上達したのだろうか……。

「では直江津の湊?」

「五、五目並べを御願い致しまする」

正解だ。湊になど行ったら引っ張り回されて大変な事になる。頑張れよ、与六。竹姫は手強いぞ。

俺はもうしばらく刀の手入れだ。


天正三年(一五七九年) 三月中旬　　越後国頸城郡春日村　　春日山城　　上杉景勝

遅い……。父が息を吐いた。つられた様に母が息を吐いた。足音が聞こえた。男ではない、女の足音だ。障子が開いて奈津が入って来た。

「お呼びでございますか?」

「大事な話がある、座れ」

俺の言葉に奈津が不満そうに両親を見た。父も母も無言だ。それを見て訝しげな表情で座った。話なら父がすれば良いものを、俺にやらせるのだからな……。

「竹姫様が居ませんけれど宜しいの、兄上? 後で仲間外れにしたと泣かれますわよ」

冷やかしか？　今頃与六は振り回されているだろう。

「竹姫は与六と湊に行った。一刻は戻らぬ」

奈津がまた両親に視線を向けた。二人とも無言だ。漸く奈津の表情が改まった。竹姫には聞かせたくない話だと分かったのだろう。

「良いか、あと三月もすればそなたは朽木へと嫁ぐ事になる」

「はい」

「その前に知っておかなければならない事が有る」

「はい」

「織田殿が病だという話が有る」

奈津がまじまじとこちらを見た。そして小さく〝嘘〟と吐いた。

「華に付けた者達から報せが有った。飲水病ではないかとな」

奈津が両親を見た。何故一々両親を見るのか。不愉快な妹だ。

「兄上、間違いでは？」

「報せには状態は決して良くないと有った」

奈津の眼が泳いだ。

「重いのでしょうか？」

「分からぬ。織田殿は戦に出るそうだ。となればそれ程重くはないのかもしれぬ。或いは無理をしているのか。どの大名も自分が病だとは知られたくはないだろうからな。必死にそれを隠そうとす

無理をしているとなればその無理が寿命を縮めるだろう。織田殿の死は間近という事も有り得る。

る筈だ」

「姉上は、織田家はどうなりましょう？」

「病が事実なら勘九郎殿が織田家の当主となる日は近いだろう。華は勘九郎殿を支えて織田家を守る事になる」

「織田殿の病、上杉にとっても悪い事ではない」

奈津が〝ホウッ〟と息を吐いた。

「兄上！」

奈津が声を上げた。非難する眼で俺を見ている。

「代替わりが有れば暫くは織田は内を固める事を優先する筈だ」

「兄上！　酷うございます！」

「その分だけ上杉は関東で優位に立てる」

「御止め下さい！　聞きたくありませぬ！」

「聞け！」

声を張り上げると奈津は両親に視線を向けた。

「兄上は姉上の事よりも上杉の事ばかり、酷うございます！」

父が息を吐いた。

「奈津、そなたは喜平次の話を聞かねばならぬ。国を治めるというのは綺麗事ではないのだ」

「父上！」

父が首を横に振った。

「そなたは長尾の家に生まれた。だが上杉の娘として朽木に嫁ぐ。喜平次はそなたに上杉の娘として知らねばならぬ事を説いているに過ぎぬ」

苦渋に満ちた声だった。奈津が〝そんな〟と言って唇を噛んだ。済まぬな、奈津。そなたを上杉家中の家に嫁がせるのならこんな話はせずに済んだ。だが今の上杉は華とそなたを外に出さざるを得ぬのだ。済まぬ……。

「奈津、問題は朽木家だ」

「朽木家？」

俺の言葉に奈津が訝しげな表情をした。

「織田殿と舅殿の関係は必ずしも円滑とは言えぬ」

「でも上杉、織田、朽木の三家は同盟を……」

「そうだ、同盟を結んだ。だがな、織田殿には天下への野心が有る」

奈津が眼を瞠った。

「その事、右大将様は」

「知っている」

奈津の眼が泳いだ。

「……病の事は」

声が小さい。怯えているのだと思った。

「はっきりとは分からぬ。だが気付いていている形跡が有る」

「……」

「舅殿はな、竹姫から聞いた話では酒を嗜まぬそうだ。祝い事が有っても盃に二杯でやめてしまうのだとか。舅殿には兄弟は居ない、子等も未だ小さい。病に倒れる事は出来ないと思っておいでなのだろう。それ程までに用心深い。その舅殿が織田家の事を調べさせぬとは思えぬ。八門と伊賀衆は細心の注意を払って織田家を調べている筈だ」

奈津が小さく頷いた。

「……織田と朽木で戦になると？」

声が震えている。

「分からぬ。その可能性は有る。或いは織田が混乱し朽木を頼る事も有り得る。上杉はそれで乗り越えた」

「はい」

「暫くの間、織田家から眼が離せぬ。それは朽木家も同じ筈だ。そなたも良く覚えておけ」

奈津が頷いた。

「姉上に文を書いても構いませぬか？」

「うむ、だが病の事は書くな」

「……」

「我らが知っていると分かれば華の立場が悪くなるからな」

「……はい」

「朽木家には矢尾も一緒に行く。何か困った事が有れば矢尾に相談すると良い」

「はい」

矢尾は歳も四十を超え思慮深い女だ。若い奈津を支えてくれるだろう。


天正三年(一五七九年) 四月下旬　　近江国蒲生郡八幡町　　八幡城　　浅利昌種

四月下旬、寒さも和らぎ穏やかな日差しが部屋の中にまで入って来た。近江は甲斐に比べれば暖かい、有難い事だ。日差しを浴びながらそう思っていると御屋形様に呼ばれていた若殿が部屋に戻って来られた。朽木弥五郎堅綱、朽木家の嫡男。今年十四歳、元服を済ませたとはいえまだまだ子供だ。その器量がはっきりするのはこれからだろう。だが性格は悪くない。新参者の俺と甘利郷左衛門に対しても避ける様な所は無い。素直に伸びて行ってくれれば良いのだが……。

若殿が上座に座られると傅役の竹中半兵衛が
「どのようなお話でございましたか」

と問い掛けた。同席している山口新太郎、甘利郷左衛門、細川与一郎、明智十五郎、黒田吉兵衛、そして自分、皆が若殿に視線を向けた。若殿が少し眩しそうな表情を見せた。

「安芸の事であった。十兵衛から父上に文が届いたのだ」

「明智殿から」

新太郎の問いに若殿が頷く。皆の視線が十五郎に向かった。

「若殿、父は何と？」

「十兵衛は今新たに城を造ろうとしているのだがその場所が決まったと報せてきた。佐東郡にある比治山に城を築くらしい。比治山は小さい山で海にも近いようだ。周りは平地も有り町造りもし易い。猿猴《えんこう》川と京橋川という川が傍を流れているから水利も良い。それを利用して海にも出られるという事だった」

小高い山、海が近く川も有るか。発展するだろう。甲斐には海が無かった、その分だけ豊かさとは無縁だった……。

「楽しみですな、十兵衛殿がどのような城を築くか」

半兵衛が笑みを浮かべている。元は美濃の国人領主だったと聞くが笑みを絶やさぬ穏やかな男だ。だが朽木の軍略を支えてきた男でも有る。そして朽木家の嫡男の傅役を任されてもいる。御屋形様からの信頼は厚い。

「一緒に縄張りをしたいのではありませぬか？　半兵衛殿」

「そういう想いが有る事は否定しませぬよ、新太郎殿」

「坂本、今浜、八幡、数多くの城を築きましたな」

「木の芽峠、鉢伏山、観音丸、西光寺もです。新太郎殿には随分と世話になりました」

「なんの」

二人が楽しそうに笑い声を上げた。二人を若殿も含めて若い者達が眩しそうに見ている。

山口新太郎、若殿のもう一人の傅役。朽木家では兵糧方に任じられている。兵糧方は朽木家独特の役職だ。最初は荷駄奉行のようなものかと思ったが違う。兵糧、武器、弾薬の備蓄、購入を平時から行い戦の時はそれを速やかに戦場に届ける役目を持つ。朽木家が長期に亘り戦を行えるのも兵糧方の働きによるものだ。そのために街道の整備もしている。

武田は常に兵糧の不足に悩まされた。そのために十分な戦いが出来ない事も間々有った。朽木にはそれが無い。膨大な財力とそれを効率的に使う兵糧方の存在によって解消してきた。朽木家における兵糧方の地位は高い。大評定では評定衆、奉行衆、軍略方、兵糧方の討議で戦が決定される。

その事に小山田殿が驚いていた。

「十兵衛からの文にはもう一つの報せが有った」

若殿の言葉に空気が変わった。

「十兵衛は安芸の一向門徒達に朽木の法に従うようにと命じた」

皆が顔を見合わせた。

「断って来たのですな?」

郷左衛門の問いに若殿が首を横に振った。

「では朽木の法に従うと?」

驚いて問うと若殿が頷いた。

「十兵衛の文にはそう書いてあった。仏護寺を始めとして皆朽木の法に従うと言って来たそうだ。

だが何処まで信じてよいかは分からぬとも書いてあった」

「……面従腹背、ですな」

半兵衛の呟きに若殿が頷いた。安芸は厄介な事になっているらしい……。

当主の務め

天正三年（一五七九年）四月下旬　近江国蒲生郡八幡町　八幡城　朽木堅綱

「信じて宜しいのでしょうか？」

「さて、何の混乱も無かったというのが信じられぬ」

「確かに多少の混乱は有っても良い、いや有った方が不自然ではないのだが……」

浅利彦次郎、甘利郷左衛門、山口新太郎が口々に安芸門徒への不審を口にした。そうだろうな、私もそう思う。残りの者も皆頷いていた。

「若殿、御屋形様は何と？」

竹中半兵衛が問い掛けてきた。また皆の視線が集まる。視線は重いのだという事を元服してから知った。

「昨年の事だが毛利家は一度安芸門徒を根切りにしようと考えた事が有る」

皆が顔を見合わせた。信じられぬのであろう。

「それを知ったのかもしれぬ。となれば拒否すれば朽木と毛利に根切りにされる事は必定、毛利を当てに出来ぬと考えた可能性はある。しかし昨年まで仏護寺の唯順の許に顕如の使者が訪れていた事を考慮すると油断は出来ぬと父上は考えておられる」

皆が頷いた。

「当初父上は新たな城を比治山に造るのは反対であられた。城は平城にしてもっと海に近い方が良いと考えておられたのだ。その方が今浜の様に繁栄し易いと。だが十兵衛からあの辺りは河川が多く水害に遭い易いので城は多少高い所が良い、それに安芸門徒の心底が訝しいのでその意味でも平地よりも比治山に造るべきだという意見が有りそれに同意された」

また皆が頷いた。口々に〝なるほど〟、〝確かに〟、〝そのような事が〟と話している。

「毛利家は如何考えておりましょう」

黒田吉兵衛が呟いた。シンとした。

「分からぬ。右馬頭殿、駿河守殿、左衛門佐殿は或る程度信じても良いのではないかと思う。だが毛利家中は一向門徒が多い、顕如はそちらに手を回したかもしれぬ。となれば万一の場合は混乱するのではないかと父上は懸念されている。私もそう思う」

父上は全てを話す事で毛利家に脅しをかけた。私には毛利家はその脅しを十分に理解しているように見えた。だが家中の者は……。毛利家が上と下で分裂する事は十二分に有り得よう。それ自体が父上の狙いなのだろうか？　毛利家として統一した行動を取らせない……。分からないな、分からない。

「万一の場合、九州攻めですな？」

郷左衛門が問い掛けてきたので頷いた。実際には九州攻めだけとは限らないだろう。織田殿に万一の事が有り東海から関東で騒乱が起こる様になれば、安芸で混乱が生じる可能性が有ると父上は御考えだ。島津が九州を統一するためには時間を稼ぐ必要が有る。関東、東海の混乱に付け込めば効果は大きい。その時は毛利の寝返りも狙ってくるだろう。

「安芸門徒には如何様な対策を」

新太郎が問い掛けてきた。また皆の視線が集まる。今度は眩しく感じた。

「無い、表向きはな。疑うような事はせぬという事だ」

皆が顔を見合わせた。

「しかしそれでは」

「分かっている、彦次郎。だから表向きはだ」

皆がまた顔を見合わせた。

「裏では動くのですな？」

「その通りだ、吉兵衛。父上は十兵衛に城造りを急ぐようにと命じた。銭も存分に使えと。拠点を造るという意味も有るが領民達も銭が懐に入れば今の豊かさを捨てるのに躊躇いを覚えるだろうという事だ。それと兵糧方に安芸領内の街道の整備も急がせる。商人達の行き来がし易くなるが兵の移動もし易くなるからな」

皆が頷いた。

「それと毛利家にも文を出す。これは私の仕事だ」

「若殿の？」

十五郎が驚いたような声を上げた。皆も驚いている。

「父上から命じられた。毛利家には父上からではなく私から文を送る。父上はそれほど心配していないが私が案じて毛利家に文を出すという形を取る。その方が毛利家も妙な考えを持たぬだろうという事だ」

皆が頷いた。

文一つ、誰が出すかで意味が変わってくる。父上の、朽木家の役に立っている事は嬉しいが自分が無知で無力である事が分かって落ち込む事ばかりだ。今年は上杉から嫁を貰う、大丈夫だろうか……。


天正三年（一五七九年）　五月下旬　　近江国蒲生郡八幡町　　八幡城　　朽木基綱

八幡城の櫓台から外を見る。良い景色だ。琵琶《びわ》湖、いや淡海乃海が何艘もの船を浮かべて美しく広がっている。湖の反対側が高島郡だ。朽木は更にその奥だな。山が見える。比良山系の山だ。良いなあ、湖が有って山が有って水田が有る。夏になれば青々と秋になれば黄金色に変わるだろう。近江は豊かな国だがその豊かさを表している。史実の信長もこの景色を楽しんだのかな。

「父上」

弥五郎の声だ。振り返ると弥五郎が片膝を突いて控え、その後ろに山口新太郎、竹中半兵衛、浅利彦次郎、甘利郷左衛門、細川与一郎、黒田吉兵衛、明智十五郎が控えていた。

「如何した？」

「おめでとうございまする。篠殿が懐妊されたと聞きました」

〝おめでとうございまする〟と後ろが唱和した。ちょっと恥ずかしいな。十代の娘二人を妊娠させちゃったって如何よ。現代なら鬼畜扱いだろう。

「ああ、祝ってくれるのか、有難う。生まれるのは来年早々といったところだろう」

「男なれば宜しいですね」

「そうだな、篠もそれを望んでいよう。だが父親としては男女どちらでも無事に生まれてくれれば良いと思う。辰も篠も初産だからな」

弥五郎が頷いた。

「あと一月程で上杉から奈津姫が来る」

「はい」

「そなた達の婚儀が終われば武田の二人の姫の婚儀を行う。俺も祝いの品を贈るがそなたと奈津姫からも祝いの品を贈るようにな」

「はい、心得ております」

弥五郎も多少は分かってきたようだな。俺の代だけじゃない、次代になっても武田の家を大事に扱うという意思表明だ。そして上杉家の姫も武田に敬意を払うという事でもある。武田の旧臣達も喜んでくれる筈だ。この場に居る浅利彦次郎、甘利郷左衛門が視線を交わしている。喜んでいるのだろう。

祝いを言ったのだから帰るのかなと思ったが弥五郎は帰らない。

「如何した？」

「父上が御一人で櫓台においでだと伺いましたので」

「案じてか？」

「はい」

ちょっと嬉しい。鼻の奥がツンとした。

「弥五郎、参れ。皆も参れ、遠慮するな」

弥五郎が立ち上がって傍に立つと半兵衛達も立ち上がって寄って来た。

「湖だ」

「はい」

「以前にも言ったがこの近江は日ノ本の中心に有る。この日ノ本を東から西、西から東に行くにはいずれもこの近江を通る。商人は湖を使って物を動かす。大津、草津、塩津浜、今浜」

「父上が今浜の町を造られました」

弥五郎が頷きながら言った。

「そうだな、西は大津、草津を六角家が押さえ、北は朽木が塩津浜を押さえていた。だが東にはそれが無かった。東海道、東山道を使い美濃、尾張、伊勢からの荷を集める湊がな。だから城を造り町を造った。国友を押さえるという意味も有った。城が出来、町が出来た時は嬉しかったな」

弥五郎が尊敬の目で俺を見ている。ちょっと面映ゆかった。自分の案じゃない、史実で秀吉がやった事の真似だ。

「近江は、いや淡海乃海は日ノ本の臍《へそ》だ。だが近江は南北に分かれ一つになる事が無かった。それに叡山が有った。近江に大きな勢力が出なかったのはその所為だろう。淡海乃海を十分に利用出来なかったのだ」

「六角家がございましたが？」

弥五郎が訊ねてきた。

「南近江を中心に伊勢、伊賀、大和に勢力を伸ばしたが百万石程だ。北近江を獲り叡山を潰す。近江を統一し淡海乃海を十二分に利用すれば六角の勢威は越前、若狭、丹後にも及んだと思う。忽ち二百万石を超えただろう。六角家は天下を獲ったかもしれぬ」

佐々木源氏は近江に勢力を伸ばした。だが六角と京極に分かれていがみ合った。京極が没落した時、六角が浅井を潰し北近江を直接治めていれば……。

「御屋形様がそれを成されました」

半兵衛がニコニコしている。

「そうだな、半兵衛。不思議なものだ、天下を目指したわけではない。だが叡山を焼き滋賀郡を手に入れた時、目の前がすっと開けた様な気がした。同時に三好の重さをズンと感じた。南近江を獲った時も似た様な事を思った。急に視界が開けたと……」

邪魔だったのだな、叡山も六角も。朽木が大きくなるためには邪魔だったのだ。

「父上、お伺いしたい事が有るのですが……」

「何だ？」

「上杉様の事です。父上に武田信玄公との戦の事を訊ねたと……」

「それか」

浅利彦次郎、甘利郷左衛門に頼まれたか。二人が微妙な表情で俺を見ている。

「まだ高島郡で五万石程の小領主であったな。謙信公は二度目の上洛の帰りであった。信玄公との戦が思わしくない、勝敗がはっきりしない、如何したものかと相談を受けた」

「死生命無く死中生有り、父上がそう申されたと聞いております」

弥五郎の声が弾んでいる。そう言えばこの話をした事は殆ど無いな。子供達にとっては不思議なのかもしれない。

「そうだな、それを言った。相手が近付かないのであれば自分が踏み込むしかないとも言った。謙信公も同じ事を考えていたのだろう。覚悟が付いたと申された。そしてあの戦が起きた。父は謙信公の背中をほんの少し押しただけだ」

何だか変な気持だ。この世界では第四次川中島の戦いは俺の助言で起きたとなっている。俺の助言が無くてもあの戦は起きた。結果がどうなったかは分からないが……。

「弥五郎、その方は信玄公を如何思う？　世評では忍人、冷酷、非情の人と評されているが」

「それは……」

弥五郎が答え辛そうにした。そうだろうな、この世界では信玄が第四次川中島の戦いに負けた事も有って信玄の評判は必ずしも良くない。武田の旧臣である彦次郎、郷左衛門の前では答え辛いだろう。

「信玄公は辛かったであろうな」

「辛い、ですか？」

弥五郎が訝しげな表情をした。

「甲斐は貧しいのだ。毎年のように冷害、水害が起こり飢饉が起きた。領民達も家臣達も飢えに苦しんでいた。領民達を守り家臣達に少しでも良い暮らしをさせようと思えば他国を攻め獲るしかなかった。信玄公はそのために随分と無理をせざるを得なかったのだと思う。父を駿河に追い妹婿を殺したのもそのためだ。他国との約定も自分が有利だと見れば平然と破った」

彦次郎、郷左衛門が控え目に頷いた。弥五郎がそれを見ている。

「酷い事だと思うか？　だがその方は貧しいという事が分かるまい、その辛さがな。近江は豊かだ、朽木もな。米も穫れるし銭も集まる。物も集まる。百姓達は戦に行く事も無い、安心して田畑に出て仕事をする事が出来る。その方にとっては見慣れた風景であろう」

「……」

「俺も飢えは知らぬ、貧しさもな。だが甲斐で何が有ったかは知っている。米は採れぬ、銭も無い、物も集まらぬ。それでも百姓達を駆り集め戦へと追い立てた。百姓達も生きるためにそれに従った。だがな、米も無ければ銭も無いのだ。戦は常にぎりぎりの状態で戦わざるを得なかった筈だ。無理を重ねて集めた米を喰いながら、残り少なくなる兵糧に怯えながら戦う。身の痩せ細る思いであっただろうな。そういう苦労をしながら他国を攻め獲った。そうやって武田家を大きくしたのだ」

彦次郎、郷左衛門が俯いている。昔を思い出したか。

「捕虜を得ればその捕虜を売って銭を稼いだ。捕虜の家族も売った、女子供もな。酷い話だと責める事は容易い。だがそうせねば大きくなれなかったのだ。皆を守れなかったのだ。同じ立場に立たされれば父も同じ事をしたかもしれぬ。その方は父を忍人と責めるか？」

「……いえ、責めませぬ。責められませぬ」

弥五郎が力無く首を横に振った。

「俺と信玄公の違いは生まれた場所が違うだけだと思う。信玄公が特別なのではない、俺が特別なのでもない。当主として家臣領民を守ろうとすれば取る手段は限られてくる。あとはそれを出来るだけの覚悟が有るかだ。信玄公は非難を浴びながらもそれをやった。見事なものだと思う」

彦次郎、郷左衛門が泣き出した。詫びながら泣いている。辛かったのだろうな、信玄の悪評を聞く度に辛かったのだろう。

米を売り付けたのは俺だ。大儲けさせてもらった。信玄を非難する資格は俺には無い。信玄を好きになれんし尊敬も出来ない。だがな、精一杯武田家当主として務めた事は事実だ。それは認めざるを得ない。甲斐というババ札握ってあそこまでやったのだ、凄いと思う、俺には無理だ、素直に感心するわ。それに武田の旧臣が朽木に仕えているのだ。それなりの配慮は要る。立場が上がると自由が無くなるわ。弥五郎もその事にいつか気付くだろう。或いはもう気付いているのか……。少しの間彦次郎、郷左衛門の啜り泣く声だけが櫓台に響いた。

天正三年(一五七九年) 六月下旬　近江国蒲生郡八幡町　八幡城　朽木基綱

雪乃と辰のお腹が迫《せ》り出てきた。篠はそれほどでもない。これから暑くなる、女は大変だとつくづく思う。男に出来る事は殆ど無い。大丈夫か、辛くはないかと声をかける事と腹を撫でてやる事ぐらいだ。そろそろ名前を考えないと。男を三人分、女を三人分。男なら六男、七男、八男だな。六郎、七郎、八郎ってのは如何かな? 生まれて来た順番が分かるから便利だと思うんだが。手を抜いたと思われるかな? 雪乃はともかく辰と篠は嫌がるかもしれない。やはり男はこれまで通り千代系で行こう。……梅千代、仙千代、文千代っていうのは如何だろう。女は幸《さち》、福、寿《ひさ》だ。うん、悪くない。喜んでくれるだろう。

三人とも男の子を欲しがっているんだよな。でもなあ、朽木家は男が五人、女が三人だ。女の子が一人か二人生まれても良いと思うんだが本人達の前では言えん。元気で丈夫な子が生まれれば十分だと言うのが精々だ。辰と篠にはあんまり思い詰めないで欲しい。十代の女の子が男の子を生むとか思い詰めているのを見ると痛々しいわ。こっちが辛くなる。

もう直ぐ七月だ。七月には上杉から奈津姫が来る。弥五郎も結婚だ、目出度い事だが妻を娶れば次は子作りだ。奈津姫も子供の事では苦労するかもしれない。小夜も最初は子供が出来なくて色々と悩んでいたからな。その辺りはプレッシャーをかけないようにしないと。小夜、綾ママにも注意しておこう。弥五郎にも言っておこう、焦るなと。

朽木は弥五郎の結婚でルンルン気分だが他は戦国らしく殺伐としている。九州では大友が島津、龍造寺に追い込まれてきた。豊前の城井民部少輔鎮房、肥後の名和左兵衛尉顕孝、城越前守親賢が大友から島津に寝返った。そして肥前の志岐豊前守鎮経、肥後の隈部但馬守親永、筑後の蒲池民部大輔鎮並、草野左衛門督鎮永、黒木兵庫頭家永が龍造寺に寝返った。

肥前は勿論だが筑後も駄目だろうな、龍造寺のものだ。筑後には筑後十五城と呼ばれる大身国人衆がいる。この連中は必ずしも大友に心服してはいない。大友の力が強いから従っているだけだ。耳川の敗戦で大友の力が弱まった。連中は必ず大友を見放して龍造寺に付く。蒲池、草野、黒木はその第一弾だ。これから先はドミノ倒しのように大友を見放すだろう。肥後は相良、阿蘇が大友と結んでいる様だがどうなるか……。

龍造寺はあっという間に大きくなるな。大友が不安になる程に。そろそろ大友から直接朽木に使者が来るかもしれない。あの家は外交上手な家だ。このまま座してはいないだろう。史実では信長、秀吉に何度も九州征伐を要請している。実際大友から朽木に救援要請が来た。直接ではない、飛鳥井の伯父を通してだ。

何でも死んだ飛鳥井の祖父、儀同三司飛鳥井雅綱は宗麟の若い頃に九州に降って蹴鞠《けまり》を教えたのだとか。その縁で大友と飛鳥井は繋がりが有るらしい。そんな話は初めて聞いたわ。そう言えば土佐の一条家にも飛鳥井家の人間が居た。飛鳥井家の人間は書道、和歌、蹴鞠と多才だからな。地方に行くと喜ばれたようだ。

しかしな、援《たす》けてくれと言われてもこちらも動けない。旧毛利領、特に安芸を押さえなければならん。まだ時間がかかると答えておいた。大友は生き残れるかな？　史実では生き残った。島津と龍造寺が九州の覇権を巡って争ったからだ。この世界ではどうなるか。島津と龍造寺が手を結ぶようなら大友は危ない。潰されるか、或いは義昭に服属するか。服属しても内実は島津への降伏に近いだろう。人質も要求されるだろうな。それに堪えられるか……。

西で大友が滅びかけている、そして東では北条が滅びかけている。信長が七月に兵を起こす。北条は小田原城に籠って籠城だろう。信長の狙いは青田刈り、或いは秋まで待って収穫の横領だ。米が無くては籠城は出来ない。今年は降伏しなくても来年は無理だ。信長は来年には居を駿府に移す筈だ。本格的な関東攻略が始まるだろう。

信長死す

天正三年（一五七九年）　七月下旬　　近江国蒲生郡八幡町　　八幡城　　朽木綾

「綾、この度の婚儀、真に目出度いの」

「左様、真に目出度い。次は跡取りかな」

二人の僧侶が弥五郎の婚儀を祝ってくれた。一人は兄の堯慧《ぎょうえ》、もう一人は姉婿の経範《きょうはん》。兄は伊勢の専修寺で浄土真宗高田派を率い、義兄の経範は京の佛光寺で浄土真宗佛光寺派を率いている。本願寺派から仏敵と罵られる事も多い息子は実は浄土真宗と密接に繋がっている。

「有難うございます。目出度い事ですけれども跡取りは……。曾祖母様《ひいおばあさま》とは未だ呼ばれたくは有りませぬ」

私が答えると二人が声を上げて笑った。

「子孫繁栄で目出度い事ではないか。権大納言様は子沢山、これから益々曾孫が生まれよう」

「その通りですな。此度も姫が二人生まれたと聞いた。今から慣れておかなくては」

「まあ」

三人で声を合わせて笑った。

弥五郎の婚儀の前後にそれぞれ娘が生まれた。先に生まれた雪乃の娘が幸、後から生まれた辰の娘が福。雪乃も辰も生まれたのが男子でない事を残念がっていたけれど息子は無事に子が生まれた事を素直に喜んでいる。そして次に男を産めば良いと声をかけていた。ホッとした。息子は生まれてきた子を愛おしんでいる。男女の違いで差別する事は無いらしい。雪乃も辰も男子でない事は残念でも夫が喜んでくれる事は嬉しいだろう。

暫く雑談を交わした後、焙じ茶で喉を湿らせた。兄が話しかけてきた。

「今年の初め、権大納言様が叡山の者達とお会いになったと聞いた」

「はい、叡山再興を願って訪ねて来たのですが珍しく会うと言って……」

叡山を焼き討ちしてからもう十五年が経った。そろそろ再興を許すのかと思ったが……。

「叡山の者が叡山から様々な宗派が生まれた、叡山の再興は全ての僧の願いだと言ったとか。それに対して権大納言様がそれらの宗派を排斥したのも叡山だと仰られたと聞いた」

「はい」

息子が叡山の僧と会ったのは孫の弥五郎のためだったようだ。弥五郎に神や仏に頼るなと諭した。廃嫡という厳しい言葉も出たと聞いている。

「それを聞いた時思った」

「何をでしょう、兄上」

「何故叡山から様々な宗派が生まれたのか？　何故叡山はそれを敵視したのか？　分かるかな？」

「さあ、何故でしょうな」

兄の言葉に経範義兄が小首を傾げた。兄がそれを見て微かに笑みを浮かべた。はて……。

「世の中が乱れたからだと思う。それ故人々が仏に救いを求めた。だが今の仏の教えでは人々を救えないと思った僧が居た。その僧が新たな教えを広めたのだと思う。救いを求めた人々がその教えに縋った」

経範義兄が大きく頷いた。

「なるほど、叡山はそれを自分達への否定、挑戦と受け取ったと。義兄上はそう思うのですな」

兄が頷いた。

「己の説く教えこそが人を救うのだと思った。それを阻む者を敵だと思った。何時しか宗門同士での戦いが起きるようになった。人を救う筈の教えが人を攻撃し殺す教えになったのだと思う」

「そうですな、浄土の教えを説く者達でも争う。考えてみれば愚かしい事だと思います」

高田派も佛光寺派も本願寺派とは激しく争った。特に佛光寺派は百年程前に本願寺派に多くの寺を奪われ大きな打撃を受けたと聞いている。だが今では本願寺派の寺はその多くが息子によって潰されるかそれを避けて高田派、佛光寺派等に改宗したと聞く。息子は浄土の教えを否定してはいない。門徒を唆す様な事をしないのであれば存続を許されるのだ。そして高田派、佛光寺派はそれに従い朽木領内で教えを広めている。

「権大納言様は領内で僧が領民の心を操る事を許さぬ。その所為で随分と苦労をされた。最初は不思議であった。宗門と敵対するのは不利であるのに何故それを行うのかと」

義兄が頷いた。確かに苦労した。酷い事もした。悪評も浴びた。でも息子はそれに屈しなかった。

「だが今なら分かる様な気がする。天下は統一へと動き出している。京では戦乱が無くなり来年には帝の譲位も行われるとか。天下の混乱が治まろうとしているのだと思う。であれば人々が救いを求めて仏に縋る事も徐々に無くなるのであろう。宗門が争う事も無くなるのやもしれぬ。我ら坊主は人々に寄り添いながら存続する事になるのであろう」

人々に寄り添いながら……。息子が願う事でもある。

「そのような時が来るのでしょうか？」

問い掛けると二人が顔を見合わせた。

「天下が統一されれば、のう」

「左様ですな」

天下が統一……。武家だけではなく僧もそれが間近だと思い始めた。本当にその日が来ようとしている。その日まで生き続け見届けなければならない……。それが舅との約束なのだから……。

天正三年（一五七九年）　八月上旬　　相模国足柄下郡小田原町　　木下秀吉

「如何なりましょう？」

問い掛けると丹羽五郎左衛門殿が渋い表情で〝うむ〟と唸られた。パチパチと薪が爆《は》ぜる音が響いた。

「御屋形様を動かす事は叶いませぬか？」

「意識が戻られればともかく、今のままでは……」

五郎左衛門殿が首を横に振られた。そして〝動かす事は出来ぬ〟と言った。

「しかし、戦はもう出来ますまい。兵は退かざるを得ないのではございませぬか？」

「分かっている。権六殿が兵を纏め右衛門尉殿が殿を務める。そこまでは決まっている。しかしな、薬師が動かしてはならぬと……。厄介な事になった」

五郎左衛門殿が溜息を吐いた。つられて自分も溜息を吐いた。

御屋形様が倒れられた。意識不明の重体。おそらくは卒中だろう……。

「意識を取り戻して下されば良いのだが……」

戻らなければこのままお亡くなりになる。今夜から明日が勝負の筈だ。だが意識が戻っても手足の震えや言葉が上手く話せないという事になるだろう。上杉謙信公がそうであった。そうなればこれからは勘九郎様が織田家を率いて行く事になる……。

「藤吉郎、兵に動揺は無いか？」

また溜息が出そうになって慌てて堪えた。

「不安がっております。何と言っても陣の見回りの最中に御倒れになりましたから……」

俺の言葉に五郎左衛門殿が渋い表情で〝そうであろうな〟と言った。皆が見ている前で倒れられた。口止めする事も出来なかった。悪い噂は広がるのが速い。織田軍五万、御屋形様が倒れられた事を知らぬ者は居ないだろう。お亡くなりになられたと思っている者も居よう。

「こんなところを敵に突かれれば」

「縁起でもない事を言うな」

五郎左衛門殿が顔を顰めた。

「しかし」

「北条にはそれだけの力は有るまい。城に籠ってこちらが撤退するのを待っているだけだ」

本当にそうなら良い。だが窮鼠猫を噛むという諺も有る。油断は出来ない。

「とにかく明日だ、明日になれば状況は変わる」

自らに言い聞かせるような口調だった。もしかすると五郎左衛門殿も本心では今を危うんでいるのかもしれない。

不意に騒ぎが起こった。喧嘩？　違う！　悲鳴が幾つも聞こえる！

「五郎左衛門殿！」

「藤吉郎！」

互いに顔を見合わせた。五郎左衛門殿の顔が引き攣っている。おそらくは自分もだろう。北条が攻めて来た！


天正三年（一五七九年）　八月上旬　　相模国足柄下郡小田原町　　酒井忠次

パチパチと薪が爆ぜる音がする。殿は上座で床几に腰かけ眼を閉じている。待っている、殿は待っている。だがその事を知らぬ者には殿が眠っているかのように見えるだろう。石川伯耆守、大久保新十郎、榊原小平太、大久保治右衛門、鳥居治右衛門、平岩七之助、大須賀五郎左衛門尉、そして儂酒井左衛門尉。殿は織田様が倒れた事を知って皆を本陣に集めた。何が有っても直ぐ動けるようにと……。

「織田の陣で騒ぎが起きておりますぞ！」

見回りに出ていた本多平八郎が本陣に入って来るなり怒鳴る様に報告した。石川伯耆守殿、大久保新十郎殿が儂を見た。始まったか。殿がゆっくりと眼を開けた。

「喧嘩だろう。織田殿がお倒れになったからな。不安から気が立っている者が喧嘩しているのであろうよ」

殿が詰まらなさそうに言った。

「喧嘩ではございませぬ！」

平八郎が首を振って否定した。

「お分かりになりませぬか、騒ぎは徐々に大きくなっております。ほれ、耳を澄ませば分かりましょう」

シンとした。パチパチと薪が爆ぜる。その音に紛れながら人の声が聞こえてきた。確かに喧嘩ではない。かなりの人数が争う音だ。どうやら北条は上手くやったらしい。皆が顔を見合わせた。緊張している。

殿も耳を澄ませている。

「ふむ、少々騒がしいの。喧嘩ではないか」

「喧嘩ではござらぬ！　北条の夜襲にござる！」

平八郎が怒鳴った。戦になると元気の出る男だ。その事が可笑しかった。ふむ、儂は落ち着いている。平八郎を可笑しく思う余裕が有る。

「如何なされます」

「如何とは何じゃ、小平太」

「織田様に助勢するのかと申しております」

じれったそうに小平太が言うと殿が首を横に振った。

「この夜中に兵を動かせば敵と間違われかねぬ。同士討ちは御免じゃ」

「しかし」

「北条は小勢じゃろう。織田勢は大軍、直ぐに追い払う、騒がずにおれ。今我らが騒げば織田勢に余計な疑いを抱かせかねぬ。鎮まっておれ」

小平太が畏まると殿が平八郎に〝その方も座れ〟と言って眼を閉じた。

おやりなさる。これなら北条の夜襲が失敗に終わって織田から詰問されても言い訳が出来る。問題はこの後よ、北条が何処まで攻め込むか、追い込めるか。それ次第で動きを決めなければならぬ……。

天正三年（一五七九年）　八月上旬　　　近江国蒲生郡八幡町　　　八幡城　　　朽木奈津

夫になった朽木弥五郎堅綱という殿方は至って生真面目な方だった。今も自室で書物を読んでいる。

「何を御覧になっていらっしゃるのです」

部屋に入り声をかけると夫は穏やかな笑みを浮かべて私を見た。舅の御屋形様に良く似た笑みだ。兄の喜平次とはこの辺りが違う。兄はぶすっとしているだけ、全く可愛げがない。竹姫は一体あんな兄の何処が良いのか。兄だから多少は頼りがいが有ると思えるが夫では刀の手入ればかりしている詰まらない退屈な男でしかないだろうに……。

「奈津か、朽木仮名目録だ。そなたも聞いた事があろう」

「ええ、御屋形様が御作りになったと伺っております」

「父上はこれを丁度今の私と同じ年の頃に作ったそうだ。今川仮名目録を基に作ったと聞いている。

信じられぬ事だ」

「……」

夫は御屋形様を尊敬している。そして御屋形様は夫の事をとても心配している。私にも夫を支えてやってほしいと頼んできた。世評では恐ろしい人、厳しい人と言われているがその様には見えない。

「半兵衛はそれを知って朽木に仕える気になったのだと言っている。戦上手なだけではなく政にも熱心だから安心して仕えられると思ったのだそうだ」

「まあ」

傅役の半兵衛殿が？　朽木の譜代家臣ではないの？　世継ぎの傅役を任せられるとは余程に信頼されているらしい。

「今、元の今川仮名目録との違いがどのあたりに有るのか確認しながら見ている。……そう言えば奈津、上杉家にはどのような式目が有るのかな？　聞いた事が無いが」

心許なさそうに夫が訊ねてきた。自分が物知らずだという怖れが有るのかもしれない。

「上杉家には式目は有りませぬ」

「なんと、では如何やって国を治めているのだ？」

目を丸くしている。幼い感じがして少し可笑しかった。

「政における決め事は個別に条目の形で発布されるのです。〝永禄三年の十一ヵ条の条目〟等と呼ばれております」

「ほう、良く分からぬな。不便ではないのか？」

「さあ、如何なのでしょう。もうずっとそれでやっていますから……」

不便なのだろうか？　言われてみればそのような気もする。今度はこちらが心許なくなった。後で兄に文を送ってみようかしら。

「そうそう、来月には武田の松姫、菊姫が婿を取って武田の名跡を立てる。そなたも知っての通り当家には武田に所縁《ゆかり》の有る者が多い。あの二人を無碍には扱えぬ。分かるな？」

「はい」

私が頷くと夫も頷いた。

朽木家に来て驚いたのが武田家所縁の家臣達が多い事だった。信濃、甲斐を離れて朽木家に仕えている者が多いのだ。家臣達の中に聞き覚えのある姓が数多有る。そして朽木家では武田家に仕えていたという事は何の瑕瑾《かきん》にもならない。武田の姫達が武田家滅亡後、朽木家を頼ったのは当然と言える。夫の側にも甘利、浅利の武田旧臣が仕えている。

「それに婿になるのは朽木家の親族であり重臣の者の息子だ。そういう意味でも粗略には出来ぬ。私とそなたから祝いの品を贈る。近日中に城下より商人を呼ぶ、そなたも何が良いか、考えて欲しい」

「分かりました」

頷くと夫が顔を綻ばせた。私が嫌がるとでも危惧したのかもしれない。

「少しは慣れたか？」

「はい」

「朽木は賑やかなので驚いたであろう」

「はい、驚きました」

朽木家は賑やかだ。夫の下には弟が四人、妹が竹姫を除いて四人居る。年内にはもう一人増えるだろう。

「若殿」

声のした方を見ると入口に近習《きんじゅ》の明智十五郎が控えていた。

「如何した、十五郎」

「御屋形様がこちらに」

「父上が？」

二人で顔を見合わせた。確かに足音が聞こえる。慌てて下座に控えた。

「お出でなさいませ」

二人で御屋形様に挨拶をする。御屋形様が上座に座られた。表情が硬い。何か良くない事が有った？

「如何なされました、父上」

弥五郎様が御屋形様に問い掛けた。声が硬い、私と同じ事を考えたらしい。

「……少々厄介な事が起きたかもしれぬ」

「と仰られますと？」

「小田原城を囲んでいた織田軍が敗れたという報せが入った」

「まさか」

弥五郎様が呆然としている。私も信じられない、織田軍が負けた？　北条はもう滅びる寸前だと……。

「俺もまさかとは思うがな、八門が報せてきた。織田勢が撤退しているのは間違いないだろう」

「……」

「奈津、落ち着いて聞いて欲しい。はっきりはしないのだが勘九郎殿が負傷したという報せも有る」

「そんな……」

声が出た。姉上は……。

「父上、織田の嫡子である勘九郎殿が手傷を負ったという事は……」

弥五郎様の問いに御屋形様が首を横に振った。

「分からぬ。おっつけ八門から第二報、第三報が届くだろう。そうなればもう少し詳しい事が分かるだろう」

「父上、まさかとは思いますが織田様が……」

「弥五郎」

弥五郎様の言葉を御屋形様が首を横に振って止めた。あの事だろうか、織田様の病、飲水病……。

「何が起きたのか、これから何が起きるのか分からんが少し騒がしくなって来たようだ。その方達も覚悟はしておけ」

「はっ」

「はい」

私達が答えると御屋形様は頷かれて去って行った。一体どうなるのか……。

天正三年（一五七九年）　八月上旬　　甲斐国山梨郡古府中　　躑躅ヶ崎館　　徳川家康

奥の部屋に行くと奥は壺に花を入れていた。儂が部屋に入っても花を弄るのをやめない。気にせずに部屋に入って座った。奥は花を弄り続けている。十も数えた頃だろうか、ようやく納得したらしく頷き、そして儂を見た。

「いらせられませ」

「うむ、人払いを頼む」

奥が侍女達を見た。侍女達が頭を下げて部屋を出て行った。

「如何なされました」

切れ長の眼で睨むように儂を見た。そういう眼なのだ。儂に腹を立てているわけではない。昔は怯んだが今は慣れた。

「織田殿が死んだ」

「はい」

「勘九郎殿も死んだとの報せが入った」

「まあ」

奥が眼を瞠り一呼吸おいて〝ほほほほほほ〟と笑いだした。

「おいおい、甥が死んだのだぞ」

今度は奥が〝プッ〟と噴き出した。

「それ、洒落ですの？」

「いや、そうではない」

思わず儂も苦笑した。二人で顔を見合わせて笑った。

「良い気味です事、貴方様もそう御思いでしょう」

覗き込む様に奥が儂の顔を見た。

「まあな」

勘九郎信忠、父親に似た目鼻立ちの整った冷たい印象の男だった。儂を蔑むような眼で見ていたな。好かぬ男だ。あれなら未だ織田殿の方がマシだった。少なくとも織田殿は儂を評価はしていた。嫌ってはいたが……。

「これからどうなりましょう？」

「さあ、どうなるか。誰が織田家を継ぐかで混乱するのではないかな」

奥が頷いた。

「三介信意と三七郎信孝でございますね」

「仲が悪いそうだからな、揉めるだろうよ」

また奥が頷いた。

「それでな、そなたから二人に文を送ってくれぬか」

「文でございますか？」

「先ずは御悔やみじゃ。そして一日も早く当主を決めて欲しいとな。北条が勢いを取り戻すのではないかと儂が困っていると書いて欲しい」

奥が笑い出した。

「煽れと?」

「物騒な事は言うまいぞ。徳川は織田の親族なのじゃからな。織田が混乱しては困る。だから一日も早く当主を決めてくれという事よ」

「親族? 本当にそう御思いですの?」

奥が儂をジッと見た。切れ長の眼が儂を貫く。ぞくりとする物が有った。

「利用するだけ利用して、邪魔になれば追い払う。ただの道具でございましょう」

「……」

「私も同じでございます。徳川は織田にとって大事な家、だから絆を強く結ぶために嫁いでくれと言われました。でも貴方様に対する扱いを見て分かりました。私も使い捨ての道具だったのだと」

「……その通りだ。所詮徳川は織田を守る盾でしかなかった。戦では常に厳しい役目を押付けられた。だが今川が滅び武田が滅び盾は不要になった。だから甲斐に追いやられた。しかも武田の旧臣を殺しまくった後でじゃ。儂が強くなるのは許せぬらしい。あの時思ったわ。いずれは徳川も滅ぶと」

奥が頷いた。

「道具のままで終わるのは嫌でございます」

「儂も嫌じゃ、だから一矢報いた」

〝うふふ〟と奥が含み笑いを漏らした。

「文を書きましょう、貴方様が困っている。グズグズせずに当主を決め、早く助けて欲しいと」

「うむ」

奥がニコリと笑った。

「どちらが当主になる事を御望みですの?」

「どちらでも構わぬ。三介信意と三七郎信孝、織田殿の息子という事の他は何の取り柄も無いわ」

「まあ」

「強いて言えば三介かの。愚図で優柔不断、何も出来ぬ男と見た。我らには都合が良かろう」

奥が笑い出した。儂も笑った。最近二人とも良く笑う様になった。織田殿がこの世に居らぬ、心が軽くなったのかもしれぬな。


天正三年(一五七九年)　八月上旬　　近江国蒲生郡八幡町　　八幡城　　朽木基綱

「織田軍は退却し兵を尾張へと戻しておりまする」

小兵衛の報告に評定の間の彼方此方から溜息が聞こえた。彼らを責める気にもなれん、俺も溜息を吐きたい気分なのだ。何でこうなった? 余りにも酷過ぎる。評定の間は憂鬱な空気に包まれていた。頭が痛いわ。これからどうなるんだろう?

信長が死んだ。享年四十六。史実よりも三年早い。まあ史実は自害、こっちは病死だからかなり違うな。嫡男の勘九郎信忠も死んだとなると死因は別でも織田家は史実同様の状態だ。

「織田の退却は已むを得ぬか。それで、誰が織田軍の指揮を執っているのだ？　殿《しんがり》は？」

まさか秀吉じゃないだろうな。

「はっ、柴田権六が全軍を纏め、佐久間右衛門尉が殿を」

かかれ柴田に退き佐久間か。まあ妥当な所だ。しかし……。

「軍には勘九郎殿の他に織田殿の子は居ないのか？」

「いえ、御次男三介信意様、御三男三七郎信孝様が居られます。なれど敗戦の混乱で……」

「遁走したか」

俺の言葉に小兵衛が〝はっ〟と答えた。皆の表情が渋い。頼りにならぬと思ったのだろう。その通りだ、あの二人は全く頼りにならない。織田家の混乱は必至だ。

信長の死因は謙信同様卒中だったらしい。陣の見回りの最中に発作を起こして倒れたのだという。しかし拙い時に倒れたわ。陣の見回りの最中では兵達の目の前で倒れた事になる。こういうのは幾ら口止めしても自然と広まる。あっという間に陣中に信長が倒れたと広まったらしい。寝ている時に発作を起こして朝になったら冷たくなっていたという方が余程にましだったと思う。かなりの時間を稼げたはずだ。

最悪なのは信長がその場では死ななかった事だ。昏睡状態になった所為で動かせなくなった。小田原城を囲んだ織田軍五万の兵は二進も三進も行かなくなった事になる。そこを北条に突かれた。夜中にいきなり織田の本陣が風魔の襲撃に遭った。本陣は大混乱になった、この時に勘九郎信忠が重傷を負ったらしい。これで織田の当主と嫡男が指示を出せなくなった。そして風魔の襲撃と時を同じくして北条が本陣を狙う様に織田に攻撃をかけた。

北条勢は織田軍に襲い掛かるまでは無言だったが攻撃を仕掛けてからは〝信長が死んだ！〟と声を上げながら攻めかかったらしい。つまり信長の発病は北条に知られていたという事になる。織田軍は混乱した、本陣から指示が来ないのだから余計だ。決定的だったのは参陣していた徳川勢が陣を退いた事だった。逃げる奴が出れば同調する奴は必ず出る。徳川同様参陣していた駿河、遠江の国人衆があっという間に逃げた。已むを得ずに織田も敗走した。信長はこの最中に再度の発作を起こしたらしい。そして息が絶えた……。勘九郎信忠も敗走中に死んだ。

「それにしても北条の手際が良過ぎますな。織田様の病を逃さずに風魔を使って本陣に夜襲とは。病の事を知っていたという事でしょうが些か腑に落ちませぬ」

新次郎が首を傾げながら疑問を呈すると何人かが頷いた。そうだよな、俺も疑問に思う。

「手引きした者がおります」

「誰だ？」

「徳川配下の忍び衆」

シンとした。皆が顔を見合わせている。

「徳川と北条が繋がっていたというのか？」

弥五郎が信じられないというような口調で問い掛けた。小兵衛が頷く。俺は納得したし腑に落ちた。道理で徳川が簡単に陣を退いたわけだよ。織田の混乱を助長するためだろう。賤《しず》ヶ岳の前田利家と同じだ。戦わずに逃げる事で織田を崩した。やるな、家康。流石は狸だ。

「徳川は甲斐に入った後、武田の忍び衆である透破者を召し抱えております。この者達、北条配下の風魔衆と密かに繋がりを持っているようで」

なるほど、武田と北条は対織田で協力していた。透破と風魔が繋がりを持っていても不思議ではない。

「つまりだ、徳川は表向きは織田に従属しながら裏では忍びを使って北条と繋がっていたという事だな？」

俺が問うと小兵衛が頷いた。徳川に仕えてからもその繋がりは断たなかった。いや、家康が何かに使えると見て維持させたのだろう。或いは目的が出来て復活させたか、その目的というのは……。

「小兵衛、徳川は織田殿の病を知っていた。そういう事だな？」

「おそらくは」

此方で調べた限りではそれを匂わせる様な物は無かった。八門からも伊賀からも……。服部半蔵との接触を任せた千賀地半蔵は顔を歪めている。伊賀の面目は丸潰れだ。そんな事を思っているだろう。

「北条にもそれを流した、そうだな？」

「おそらくは」

知ったのは松姫、菊姫が朽木に来た後だろう。

北条は後が無い、徳川も甲斐に移された事で織田への不信を感じたのだろう。何時かは潰される、そう思ったのかもしれない。そして信長の病気を知った。飲水病だ、下半身に痺れが起きる。落馬という事も十分に有り得る。源頼朝の死は落馬からの負傷が原因だったと言われている。徳川は密かに北条に報せた。最後まで諦めるな、頑張れとでも言ったのだろう。北条が健在な間は徳川も生き残れる、そう思ったのだ。北条も状況次第で徳川が自分の味方になると思った。希望が生まれた……。

「北条も徳川も千載一遇の機会を待ったわけだ。そしてその機会が遂に来た……」

あとは躊躇わずに動いたという事だ。徳川と北条が手を結んだ。そして織田は信長と信忠が死んだ。後継者問題が勃発するだろう。織田は間違いなく混乱する。東海から関東が揺れるな。少々どころかとんでもない厄介事になったようだ……。

余波

天正三年（一五七九年）八月上旬　　近江国蒲生郡八幡町　　八幡城　　小山田信茂

武田を滅ぼした男が死んだ。嫡男の勘九郎信忠も死んだ。徳川が裏切ったらしい、その陰に武田の透破者の働きが有るようだ。織田家は混乱するだろう。これからどうなるのか……。正直に言えば武田の透破者には良くやったと言いたい気持ちが有る。だが今の俺は朽木家に仕える身、織田の混乱は朽木にも影響を及ぼす。それを思えば軽々には口に出せぬ。

何と皮肉な事か。また思った、これから天下は、そして朽木はどうなるのか……。朽木の御屋形様は我ら武田所縁の者を大切に扱って下さる。信玄公の事も良くご存じだ。そして力量も有る。我らにとって理想の主君と言って良い。御屋形様は忍びの者を決して卑《いや》しまぬ。透破者も御屋形様に仕えていれば誇りを持って仕える事が出来たであろうに……。

「小兵衛殿、織田は徳川と北条が繋がっている事に気付いていなかったのか？」

真田源五郎の問いかけに小兵衛が首を横に振った。

「おそらくは気付いていなかったものと思われます。気付いていれば徳川に何らかの監視を付けた筈。それらしきものは……」

「……」

無かったという事か。油断だな、或いは見くびったか。

「もっとも監視を付けても気付いたかどうか。我等もあの戦の場にて両者の繋がりに気付いた次第。言い訳するつもりは有りませぬが徳川も北条も周囲に気付かれぬ様に苦心していたのでしょう。してやられました」

口惜しげな口調だった。そうだろうな、繋がりは秘匿する事に意味が有った。だからこそ表ではなく裏で繋がりを持ったのだろう。織田の油断とは言い切れぬか。

「そう嘆くな、小兵衛」

「ですが此度の事は……」

「してやられたのは事実だ。それは認めよう。だが大事なのはこれからであろう」

「……」

「徳川は織田殿の病を知った上で秘匿した。織田を信じていなかったのだ。従属していてもいずれは決別すべき敵と見定めていたのだろう。鮮やかなものよ。徳川は手強い、油断するな」

皆が頷いた。その通りだ、徳川は手強い。

「御屋形様、織田ですがこれから如何なりましょう？」

進藤山城守の発言に皆の視線が御屋形様に向かった。

「そうだな、先ずは葬儀の喪主を誰にするかで揉めるだろう。場合によっては葬儀そのものも執り行えぬかもしれぬ」

彼方此方で失笑が起きかけそして静まった。皆が顔を見合わせている。十分に有り得る事と思ったのだろう。

「御次男三介様、御三男三七郎様の間で跡目争いが起きると御屋形様は御考えなのですな？」

田沢又兵衛の問いに御屋形様が〝うむ〟と頷いた。

「しかし父上、此度の事、織田にとっては一大事の筈。跡目争いをしているような余裕は有りますまい」

嫡男弥五郎様の発言に今度は御屋形様が苦笑を漏らした。

「三介殿、三七郎殿がそう思えば良いがな。此度の一件を運が悪かった、織田殿の病の所為だと思うようなら跡目争いが起きる可能性は高いだろう。織田は徳川と北条の繋がりに気付いていない可能性が有る。小兵衛がそう言った筈だぞ」

「……」

「弥五郎、そなたは嫡男として育った。それゆえ三介殿、三七郎殿の思いが分からぬのだろう」

弥五郎様が困った様な表情をしている。次男、三男の気持ちか。分からぬでもない。俺も次男だった、本来家督を継ぐ立場ではなかった。兄が死んだから跡目を継いだがそうでなければ……。

「良いか、織田家は美濃、尾張、三河、遠江、駿河、伊豆、それに徳川の治める甲斐を入れれば二百万石を超える領地を持つ。動かせる兵は六万を超えよう。織田の当主となればそれを自由に出来るのだ。だが当主になれなければたとえ兄弟であろうとも精々二、三千から四、五千の兵を預けられて終わりだ。一家臣として一生を終えねばならぬ。豪《えら》い違いだな」

「……」

「あの二人は当主になれる立場ではなかった。これまでは諦めていただろう。だが勘九郎殿が亡くなった事で織田家の当主になれる可能性が出てきたのだ。四、五千の兵を率いる家臣で終わるか、六万の兵を率いる当主になるか、争わずにはおられまい」

弥五郎様が小首を傾げている。

「それは分かりますが徳川が織田に反旗を翻したと知ってもでございますか？　北条と徳川が組めば厄介な事になると分かると思いまするが……」

御屋形様が顔を綻ばせた。

「報せるつもりか？　無駄だぞ。三国志の袁《えん》家の馬鹿息子達を思え。敵に攻められても身内で争ったではないか。それに跡目争いで負けた者は余程に運が良くなければ命を全う出来ぬ。良くて隠居、多くは殺される事になる。跡目争いは一旦火が点いたならば燃え尽きるまで消える事は無いのだ」

その通りだ、皆が頷いている。弥五郎様が二度、三度と頷いた。納得したのだろう。

弥五郎様か……。浅利彦次郎、甘利郷左衛門の話では御屋形様には及ばぬが愚かな方ではないとの事だった。確かに御屋形様に比べれば些か喰い足りぬ所は有る。だが懸命に学ぼうとしているようだ。御屋形様からどれだけ学び取れるか……。出来る事なら良い大将に育って欲しいものよ。

「御屋形様、織田に報せまするか？」

御倉奉行の荒川平九郎が尋ねた。御屋形様が考えている……。

「やめておこう、織田が知らぬ事だ、こちらが知っているなどと手の内を明かす必要はない」

「父上！」

弥五郎様が驚いて声を上げた。それを聞いて御屋形様が〝落ち着け〟と弥五郎様を制した。

「少し考えれば余程に愚かでもない限り何者かが北条に情報を流したのではないかと思う筈だ。本人が気付かなくても周囲《まわり》の者が指摘するだろう」

「……」

「三介殿、三七郎殿が如何動くかな？　重視するか、軽視するか。跡目争いをするか、否か。そして跡目争いをするなら早急に終わらせるだけの力量が有るのか、否か」

御屋形様が問い掛けるかのように皆を見た。何人かが頷いた。

「父上は三介殿、三七郎殿を試すと仰られますか？」

「当然であろう。相手の事を知らなければこれから朽木が如何動くかを定められぬ」

「如何動くか、でございますか？」

弥五郎様が訝しげな声を出した。

「二百万石の当主としての力量が有るなら手を結ぼう。そうでなければ潰して喰らう」

「父上」

声が震えている。それを聞いて御屋形様が低く笑った。

「力量の無い者に大領は任せられぬ。それにな、弥五郎。喰える物を喰う、躊躇わずに喰う、それが戦国の掟だ。朽木はそうやって大きくなった。そなたもその生き方を学ばなければならぬ、生き残りたければな。覚えておけ」

「……はい」

弥五郎様が答えると御屋形様が頷いた。

「今朽木は西では動けぬ。東で動くというのも一つの手だ。安芸の門徒共が如何するか。朽木が慌てていると見て動いてくれるのなら大いに結構、島津が北上する前に安芸の門徒共を根切りにしてくれる。それ以外にも手紙公方に踊らせられる阿呆が居ればそれも潰す」

また御屋形様が低く笑った。弥五郎様は顔面蒼白だ。乱世の厳しさを改めて知ったという事か。それにしても御屋形様の厳しさ、そして頼もしさよ。流石に乱世を制しようとしているだけの事は有る。何処か信玄公に似ているやもしれぬ。

「徳川、北条は如何動きましょう？」

公事奉行の守山弥兵衛が呟くように疑問を呈した。

「先ずは伊豆、駿河を狙うのであろうが……」

「伊豆、駿河は徳川に任せ北条は関東に向かうのでは？」

「伊豆は北条が起こった土地、徳川に委ねはするまい」

彼方此方から声が上がった。確かに伊豆は北条にとっては大事な土地、そう簡単に徳川に与えはしないだろう。あそこは小さいが金山が有る。

「御屋形様は如何思われますか？」

問い掛けると御屋形様が〝ふむ〟と鼻を鳴らした。

「分からぬな。だが小田原には今川治部大輔が居る筈。となれば今川家再興を名目に駿河に兵を出す事は十分に有り得よう。駿河の国人衆に調略もかけやすい筈だ」

なるほど、今川治部大輔が居たか。今川家再興は十分に有り得る話だ。皆が頷いた。

「多少は争うだろうが織田、上杉の事を考えれば手を結ぶ筈だ。如何いう取り決めをするかだな……。俺なら今川に駿河の東半分を与え徳川に西半分を持たせる。そして北条が伊豆を獲る。北条は背後を今川に任せ関東に出る。徳川は織田に対して駿河西半分を獲ったのは今川、北条を抑えるためだと弁明する。自分が防いでいる間に跡目問題を解決しろと言ってな。そうする事で駿河の領有を織田に認めさせる」

彼方此方から〝なるほど〟と同意する声が上がった。

「今川が大きくなる場が無いが一度は国を失ったのだ、文句は言えまい。いずれ織田が徳川に駿河の返還を求めようがそれが何時になるか、それまでに徳川、今川、北条がどれだけ戦の準備を整えられるかが勝負の分かれ目だな。甲斐、駿河、伊豆、相模。ざっと七十万石程か。織田が美濃、尾張、三河、遠江で百五十万石程。全く戦えぬというわけでもあるまい。あとは遠江の国人衆をどれだけ切り崩せるか、三河に残った徳川所縁の者をどれだけ上手く使えるかだろう」

皆が唸っている。武田に代わって徳川が入る新たな三国同盟か。織田、上杉に対抗するには確かにそれしかない。

「父上、徳川には織田様の妹姫が嫁いだ筈ですが」

弥五郎様が訊ねると御屋形様は軽く首を横に振った。

「徳川に留め置くだろうな。三介殿、三七郎殿を欺き油断させるためにも徳川は甲斐に留める筈だ。或いは織田家を裏切った事を伝えておらぬかもしれぬ」

「……」

その可能性は高い。いや、徳川家でも知っている人間は一部かもしれぬ。徳川は何もせずに撤退したのだ。裏切ったという自覚の有る人間は少なかろう。

「たとえ知っても戻りたがらぬという事も有り得よう。跡目争いが起きかねないと思えばな。巻き込まれれば危険だという事は分かる筈だ。それに織田家から貰った正室というのは徳川家にとってまだまだ利用価値が有る。大事にされる筈だ」

弥五郎様が大きく息を吐いた。戦国の厳しさが心に沁みたのだろう。

「上杉に使者を送らねばならん。山城守、次郎左衛門尉、越後に行ってくれるか」

「はっ。この場での事、話すのですな?」

「それについては後程指示を出す。その方達は大評定の後、此処に残れ」

「はっ」

進藤山城守、目賀田次郎左衛門尉が畏まった。はて、何やら格別の指示が有りそうだが……。

「織田にも使者を出さねばなるまい。五郎衛門、新次郎、その方達に頼む。その方達も此処に残れ」

「はっ」

「弥五郎、兵庫頭、左兵衛尉、小兵衛、半蔵も残れ。話す事が有る」

「はっ」

俺に？　さては甲斐の事か、それとも北条か。一体どのような……。


天正三年（一五七九年）　八月上旬　　近江国蒲生郡八幡町　　八幡城　　進藤賢盛

大評定が終わり弥五郎様、日置五郎衛門殿、宮川新次郎殿、蒲生下野守殿、黒野重蔵殿、伊勢兵庫頭殿、目賀田次郎左衛門尉殿、小山田左兵衛尉殿、黒野小兵衛殿、千賀地半蔵殿と私が残った。下野守殿と重蔵殿は御屋形様より名を呼ばれなかった事で下がろうとしたが御屋形様が止められた。〝相談役は俺が席を外せと言わぬ限り傍に居よ〟

御信任の厚さに下野守殿と重蔵殿は酷く恐縮している。羨ましい事だ。

「山城守、次郎左衛門尉。済まぬな、暑い中での遠出になる。気を付けて行ってくれ」

「はっ、お気遣い有難うございまする」

「上杉様には先程の事をお伝えすれば宜しゅうございまするか？」

次郎左衛門尉殿が問うと御屋形様が首を横に振った。

「先ずは向こうが如何考えているかを探ってくれ。織田と縁組して一年、どの程度織田の事を押さえているかを知りたい」

なるほど、弾正少弼様の御器量の程を探ろうという事か。

「こちらの話は跡目争いが起きるのではないかと心配していると伝えてくれればよい。肝心なのは華姫の事だ」

「華姫？　勘九郎様御内室のでございますか？」

次郎左衛門尉殿が問いながらこちらを見た。訝しんでいる。

「そうだ。出来るだけ早く上杉に戻した方が良い。織田に残しておいては跡目争いに巻き込まれかねぬ。その事を伝えてくれ」

なるほど、それが有ったか。皆も頷いている。

「三介様、三七郎様が華姫様を己の陣営に取り込もうとすると御屋形様は御思いなのですな？」

確認すると御屋形様が首を横に振られた。違ったか。

「それだけなら良いがな。頭に血が上って華姫を自分の物に、そうすれば上杉も朽木も自分を跡取りと認めるだろう等と考えられては堪らぬ」

皆が顔を見合わせた。

「父上、幾らなんでもそれは……」

「甘いぞ、弥五郎。命を失うか、二百万石の当主になるかだ。追い詰められれば有り得ぬと言えるか？」

「それは……」

御屋形様が厳しい視線を弥五郎様に向けた。絶句している。

「下野守、山城守、次郎左衛門尉の前で話すのは気が引けるが六角家では親兄弟で殺し合いになった。六角右衛門督は父親と弟を殺した。六角家は織田家よりもずっと小さかったのだぞ」

弥五郎様が〝申し訳ありませぬ〟と頭を下げた。

「場合によっては織田の混乱が落ち着くまで当家で御預かりしても良いと伝えてくれ」

「はっ」

頭を下げた。有り得ぬ話ではない。六角家だけではない、美濃の一色家も親兄弟で殺し合った。右衛門督様が承禎入道様、御舎弟次郎左衛門尉様を弑《しい》したのはそれに影響を受けたのやもしれぬ。何処の家でも跡目争いは容赦の無い争いになる。華姫は危ない。華姫を押さえれば上杉と朽木を押さえる事が出来る。両家から兵の援助を得られれば競争相手を圧倒出来ると三介様、三七郎様が考える可能性は十分に有る。御屋形様の危惧は杞憂とは言えない。皆もそう思っているのだろう、頷いている者も居る。

「五郎衛門、新次郎」

「はっ」

「尾張には弔問の使者として行ってくれ。越後よりは近いが海が使えぬ。陸路は老体には堪えるだろうが頼む」

「何の、大した事ではござらぬ」

「左様、隠居したとは申せ余りに年寄り扱いをされては迷惑にござる」

五郎衛門殿、新次郎殿が顔を綻ばせている。御屋形様が〝頼もしいぞ〟と言うと皆から笑い声が上がった。

「三介殿、三七郎殿がその方等に会おうとする筈だ。自分に味方しろと迫るだろうが言質は取らせるな。隠居であるその方等を送るのもそれ故だ。適当に煽《おだ》てておけ。それと二人の器量の程、確《しか》と見届けよ、人望の程もな」

「必ずや」

「織田の重臣に華姫の事を相談しろ。家督争いに巻き込ませるなと。相手は丹羽五郎左衛門が良かろう」

「仰せの通りに」

「それと鈴村八郎衛門を連れて行け。八郎衛門は尾張の出だ。織田家中に知り合いも居よう。八郎衛門には織田家中での三介殿、三七郎殿の評判を調べさせよ」

「はっ」

二人が畏まると御屋形様が頷かれた。

「弥五郎、奈津に文を書かせよ」

「華姫宛てにでございますか？」

「そうだ、織田の家督争いに巻き込まれるなとな。その文を五郎衛門と新次郎に持たせる。二人はそれを華姫に渡せ」

「はっ」

矢継ぎ早に御屋形様が指示を出す。迷いが無い、御屋形様は織田の家督争いは酷い事になると想定しておられるようだ。

「左兵衛尉」

「はっ」

御屋形様の呼びかけに小山田左兵衛尉殿が畏まった。

「武田の松姫、菊姫の婚儀は予定通り秋に行う。その方は武田家とは血が繋がっていたな？」

「はっ、信玄公の叔母が某の祖母に当たりまする」

「良し、真田の恭と共に二人の親代わりとして婚儀を差配せよ。兵庫頭、鯰江満介と取り計らえ」

左兵衛尉殿と兵庫頭殿が揃って頭を下げた。

「今のところ織田の跡目争いに介入する事は考えておらぬ。だが徳川が朽木を警戒する可能性は有る。となれば武田の旧臣に手を伸ばすは必定。俺が武田家を粗略に扱っている等と思われては徳川の仕事を遣り易くするだけだ。そんな事はさせぬ。二人の婚儀だが費用は俺が持つ、新郎の分もな。遠慮は要らぬ、派手にやれ」

二人がまた頭を下げた。

「半蔵、東で混乱が起きれば必ず九州の公方様が燥《はしゃ》ぐ筈だ、監視を怠るな」

「はっ」

「大友からは飛鳥井を通して救援の要請が有ったが今は動けぬと断った。大友は土佐一条にも声をかけるだろう。土佐の動きからも目を離すな」

「その事でございますが」

半蔵殿が御屋形様に何かを言いたそうにした。御屋形様の表情が厳しくなった。どうやら土佐で動きが有ったようだ。

外伝XV

降嫁

［こうか］

あふみのうみ
みなもがゆれるとき

朽木基綱

元亀五年(一五七七年) 十月中旬　　山城国葛野・愛宕郡　　東洞院大路　　飛鳥井邸
伊勢貞良

「既に権大納言様には御存じかと思いまするがこの度、永尊内親王様の西園寺家への御降嫁が正式に決まりました。先程、武家伝奏勧修寺権大納言様から某に滞りなく進める様に主朽木左近衛中将に伝えて欲しいとの御言葉が有りました。降嫁の時期は準備との兼ね合いもございますが来年の後半との事にございます」

「左様か。目出度い事ではあるが中将とそなたにはこれまで以上に苦労を掛ける事になろう。この通りじゃ」

権大納言様が頭を下げられた。

「畏れ多い事にございます。如何か、御頭をお上げ下さい」

権大納言様が頭を上げられた。

「いやいや、麿にはこれくらいしか出来ぬ。そなたと中将にはこの降嫁の件で随分と苦労を掛けた。何と言っても西園寺家は本来なら降嫁が許される家ではおじゃらぬからの。その分だけ無理が生じた。その無理が全てそなたと中将に掛かってしまった」

頷きそうになるのを慌てて堪えた。西園寺家は家格で言えば清華家であり、五摂家に次ぐ家格を有しているが身代は決して高くない。むしろ家格は低くても飛鳥井家の方が身代は高いのだ。到底降嫁が許される家ではないという権大納言様の言葉はその通りなのだ。

「目々典侍、内親王様も感謝しておる」

「はっ。その事、必ず主に伝えまする」

権大納言様が頷かれた。多分、飛鳥井家は感謝している事を御屋形様に伝えて欲しいという事なのだ。もしかすると西園寺権大納言実益様が不安なのかもしれぬ。如何もあのお方は周囲への感謝の気持ちが無い。御父君の前左大臣様は御屋形様への感謝を口にされているが……。

「実はの、宮中で妹より妙な話を聞いた」

「と申されますと？」

権大納言様の表情が渋い。余り良い話ではないのだと思った。

「西園寺家の邸は永尊内親王殿下を迎えるには些か老朽が激しいのではないかとな」

妙な話だと思った。確かに西園寺家の邸は些か古い。しかしあの程度の家なら幾らでも有る。

「某、何度か西園寺家に足を運んだ事がございます。確かに古い屋敷ではございます。しかし老朽が激しいとは思いませんでしたが……」

権大納言様が頷かれた。

「麿もそう思う。古くは有るが老朽が激しいとは思わぬ」

「となりますと……」

権大納言様の表情が更に渋くなった。

「おそらくは故意に流したのでおじゃろうな。麿の耳に入る様にと、朽木の耳に入る様にと」

「……」

「分かるでおじゃろう、兵庫頭。降嫁が正式に決まる前に流したのよ。そして勧修寺権大納言殿がそなたに滞りなく進める様に中将に伝えよと言った。そなたなら如何受け取る」

「新たに屋敷を建て替えよとの謎かけと取りまする」

「そういう事でおじゃろうな」

なるほどと思った。

「この事、帝の思し召しでございましょうか？」

権大納言様が〝それはない〟と首を横に振られた。

「もし、帝がそのように御考えなら妹にその事を申された筈じゃ。麿にも話が有った筈。関白殿下にも相談された事でおじゃろう。そして正式に中将に建て替えてくれと頼んだ筈じゃ」

「では？」

権大納言様が〝うむ〟と頷かれた。

「それが無い、麿も与《あずか》り知らぬという事は流したのはその事で利益を得る者、西園寺とその周辺という事でおじゃろう」

「……万里小路様にございますか？」

権大納言様が顔を顰めた。

「勧修寺も絡んでおるやもしれぬな。あそこは息子を万里小路に養子として送り込んだ」

なるほどと思った。西園寺権大納言様の顔が浮かんだ。この婚儀から利を得ようという想いが見えて不愉快であった。父親の前左大臣に抑えを頼んだが足りなかったか。

「宮中で流した、麿と目々の耳に入る様にしたという事は麿と目々に中将を動かせという事でおじゃろうの。小細工をする」

御不快なのだろう、吐き捨てるような口調だった。

「無視する事は出来ましょうか？」

「それは出来る。所詮は噂でおじゃるからの。だが……」

「後々の事を考えれば、という事でございますな」

権大納言様が〝うむ〟と渋い表情で頷かれた。

「万里小路は帝の御傍に深く絡んでおじゃる。勧修寺は東宮様の御傍じゃ。そなたの言う通り、後々の事を考えれば断るのは拙い」

「……」

「朽木は裕福だからのう。これを機に利を得たいと思っているのでおじゃろう。飛鳥井に対するやっかみも有るかもしれぬ」

「やっかみでございますか？」

権大納言様が頷かれた。

「飛鳥井は朽木と結ぶ事で利を得た。独り占めするな、我らにも利を寄越せという事よ」

「なんと」

権大納言様が苦笑を漏らされた。

「随分と中将には世話になったからの。お蔭で飛鳥井は銭で苦労した事は無い。父の葬儀も中将に頼んだ。お蔭でとんでもない葬儀になった」

権大納言様の苦笑が更に深くなった。

「だがの、他の家は違う。銭が必要となれば家財を質に入れるために夜中にこっそりと土倉に行く事も有る。昼間に行っては恥ずかしいからの」

「……」

「良く知っているとは思わぬか？」

「それは、まあ」

権大納言様が声を上げて御笑いになられた。

「昔は飛鳥井家も夜中に土倉に行った」

なんと、そんな事が……。驚いていると権大納言様が嘘ではないという様に頷かれた。

「それにの、目々の子等はそれぞれに親王宣下、内親王宣下を受けた。竹田宮様は世襲親王家となり春齢内親王様は一条家へ、永尊内親王様は西園寺家へ御降嫁じゃ。他の皇子様、皇女様は東宮様を除けば皆寺に入れられた。これでやっかみが無ければおかしかろう」

「左様でございますな」

権大納言様が沈んだ表情をしている。或いはこれまで何度も不快な想いをされたのかもしれない。

「兵庫頭よ、頼めるかの。中将は毛利攻めの最中じゃ、譲位の事も有る。色々と苦労をさせてしまう。それを考えればこのような我儘は避けねばならぬのじゃが……」

「分かりました。某から主に西園寺家を建て替えては如何かと進言致しましょう」

権大納言様がホッとしたように息を吐かれた。

「済まぬのう、この通りじゃ」

権大納言様が頭を下げようとするので慌てて止めた。

「某はこれから西園寺家を訪ねまする。御降嫁の件を伝え、建て替えの件も話しまする。その際、余り我儘をされては困ると釘を刺しましょう」

「うむ、頼むぞ」


元亀五年（一五七七年）　十月中旬　　山城国葛野・愛宕郡　　八条大路　　西園寺邸　　西園寺公朝

「武家伝奏勧修寺権大納言様より永尊内親王様の西園寺家への御降嫁が正式に決まったと承りました。降嫁の時期は準備との兼ね合いもございますが来年の後半との事にございます。おめでとうございまする。伊勢兵庫頭、心からお慶び申し上げまする」

伊勢兵庫頭が頭を深々と下げた。

「良かったのう、権大納言。ようやく決まったわ。兵庫頭よ、これまで随分と苦労をさせてしまったな、中将にも気遣って貰った。何と礼を言ったらよいか分からぬわ。この通りじゃ」

頭を下げると息子が〝父上！〟と声を上げた。阿呆！　そなたが頭を下げぬからこの年寄りが頭を下げるのではないか。少しは察しろ！

「兵庫頭よ、これからも色々と面倒をかけると思うが良しなに頼むぞ」

「はっ」

兵庫頭が畏まった。その隙に息子を睨み付けると息子が慌てて〝良しなに頼む〟と言った。溜息が出そうじゃ。

「ところで少々気になる事がございます」

「ほう、何かな?」

「最近の事ですが宮中において永尊内親王様をお迎えするには西園寺家の邸は些か老朽が酷いのではないかと不安視する声が有るそうにございます。前左府様、権大納言様には御存じでございましょうか?」

はて、老朽が酷い? 妙な話よ、確かに古いが老朽という程の物ではない。ん? 息子の表情が動いた。まさか……。

「麿は隠居してから宮中に出仕しておらぬからそのような話は聞いた事が無い。権大納言よ、そのような話がおじゃるのかな?」

視線を向けると明らかに表情が動いた。この阿呆!

「さあ、麿は良く分かりませぬ」

声が小さい。儂に怒られると思ったのであろう。兵庫頭に視線を向けた。兵庫頭が厳しい視線でこちらを見ている。あれだけ注意したのに無にされたと思っているのだと分かった。なんとも遣る瀬無いわ。

「なるほど、御存じありませぬか。某はこの話、飛鳥井権大納言様より伺いました。権大納言様は日々典侍様よりお聞きになったとか。お二方とも大層案じておられます」

「詰まらぬ噂が流れたようじゃ。当家の邸は確かに古いが老朽等とは程遠い。心配は無用じゃとそなたから伝えてくれるかな」

兵庫頭が頷いた。

「良く分かりました。前左府様の御言葉を聞けば飛鳥井権大納言様、目々典侍様も安堵なされましょう」

「……」

「しかし詰まらぬ噂とはいえ老朽が酷いという風聞が立ったとなりますと其処に内親王殿下を御迎えするというのは帝の権威に傷を付ける事になりませぬか？」

兵庫頭がじっとこちらを見ている。拙いわ、大分怒っておる。

「うむ、その虞れは十分に有ろう」

兵庫頭が頷いた。

「そうなってはこの御降嫁に傷が付きましょう。帝も、内親王殿下も御不快に思われる筈。勿論、我が主も」

息子は顔面蒼白だ。己が何をしたか、漸く分かったらしい。

「それでは西園寺家にとっても御降嫁を願う意味が有りませぬ。取り止めにした方が良いのではありませぬか」

「……」

「そうなればこれまでの準備も全て無駄になります。困った事でございますな、権大納言様」

兵庫頭が問い掛けると息子が〝そうじゃな〟と小さい声で答えた。

「我が主が如何思うか。……已むを得ませぬな。某より主に邸の建て替えを進言致しましょう」

「そうしてくれるか」

息子が露骨に安堵の声を出した。阿呆め、もう庇う気も無くなるわ！

「新しい邸に建て替えれば飛鳥井権大納言様、目々典侍様も安心なされましょう。詰まらぬ噂も払拭出来ます」

「そうじゃの。御降嫁も無事に行われよう」

息子が声を弾ませている。何が嬉しいのだ。兵庫頭はニコリともしておらぬぞ。

「ところで気になりますのは誰が噂を流したかでございます。帝の権威を傷付けこの御降嫁の取り止めを望んだとしか思えませぬ。一体そこにどんな利が有るというのか」

「……」

「飛鳥井家、西園寺家、万里小路家、朽木家の結び付きを阻もうとしたとなると毛利、或いは公方様の意を受けた者かもしれませぬな」

また息子の顔が強張った。儂はもう助けぬぞ。

「今後の事もございます。放置は出来ませぬ。必ずや捕まえ厳しく詮議致しまする。前左府様、権大納言様には今しばらくお待ち頂きたく伏してお願い致しまする」

兵庫頭が深々と頭を下げ、そして〝失礼致しまする〟と言って下がった。兵庫頭の姿が無くなると息子が直ぐに〝父上〟と情けない声を出した。

「このタワケが！　誰と組んだ？　その方一人の仕業か？」

「……万里小路右少弁におじゃります」

「この邸が不満か！」

その場で思い切り殴り付けた。息子が不満そうな表情をしている。もう一度殴った。

「そうではありませぬ。新しい邸で内親王殿下を迎えたいと思っただけにおじゃります」

「ならば何故そう言わぬ。詰まらぬ小細工をするな！」

更にもう一度殴った。殴っても腹立ちは治まらなかった。

「良いか、此度の永尊内親王様の御降嫁、本来なら有り得ぬ事なのじゃ。それが実現したのは帝の思し召し、万里小路、飛鳥井の利害の一致が有ったからじゃ。そして近江中将の骨折りが有った。その方のやった事はそれを無にしかねぬ事でおじゃろう」

「……」

「飛鳥井と兵庫頭はそなたが小細工をしたと気付いておるぞ。あの二人から中将に事の顛末が伝われば如何なる？　その方は中将の怒りを受け止める覚悟が有るのか？」

息子が顔面を強張らせた。

「今一度問うぞ、その覚悟が有るのか？」

「……有りませぬ」

「言っておくが帝に縋っても無駄でおじゃるぞ。中将は帝の譲位の為に土地を用意しているのじゃ。譲位は帝の悲願、その方を庇ってその悲願が潰れるのを甘受されると思うか？　いや、その前に宮中の公家達がその方を許すと思うか？　帝と武家の棟梁の対立を招きかねぬ愚行を犯したその方を！」

息子が項垂れた。

「此度の御降嫁で西園寺家は皆の嫉妬を受ける立場になったのじゃ。その事を忘れるな。誰もそなたを助けようとはせぬぞ」

「……」

「それと、中将を甘く見るな。中将は公方とは違う。銭も有れば力も有る。真の武家の棟梁なのだ。間違っても武家の棟梁を怒らせてはならぬ。中将は公家には厳しく当たらぬが叡山を焼き討ちし門徒を根切りにした男なのじゃ。それを忘れるな」

息子が顔面蒼白になって頷いた。

「出かける、その方も支度を致せ」

「出かけるとはどちらへ」

「勧修寺と万里小路の所じゃ！　勧修寺権大納言はこの件、知るまい。全てを話す、その上で飛鳥井権大納言に謝罪せねばならぬ！　その程度の事も分からぬのか！」

怒鳴り付けると息子が慌てて立ち上がって部屋を出て行った。

「六十を超えたというのに……。まだまだ死ねぬわ……。情けない事よ」

溜息が出た。

外伝XVI

改元

[かいげん]

[あふみのうみ
みなもがゆれるとき]

朽木基綱

元亀五年（一五七七年）　七月上旬　　　山城国葛野・愛宕郡　　平安京内裏　　目々典侍

「ふーっ、暑くなってきたのう」

兄が扇子で顔を仰ぎながら部屋に入って来た。

「兄上の苦手な季節の到来でございますね」

「歳を取って身体は萎《しな》びてきたというのに汗だけは昔と変わらず出る。如何いう訳でおじゃろうの」

「まあ」

声を上げて笑うと兄も笑い声を上げながら腰を下ろした。

「水を用意致しましょう」

「いや、出来れば白湯にしてくれぬか。水だと一息に飲んでしまうからの、余計に汗が出る。ゆっくり少しずつ飲んで汗を止めるとしよう」

「はい」

女官に白湯を用意するように頼むとそそくさと部屋を去った。兄と二人だけだ。兄が一つ息を吐いた。

「改元の事、聞いたかな？」

「はい、天正と」

兄が〝うむ〟と頷いた。

「静謐は天下の正たり、老子でおじゃるの」

「不思議でございます。中将はあまり学問に親しまぬと姉上から聞いておりますが」

「周りに詳しい人間が居るのでおじゃろう。綾も居る」

「……左様でございますね」

聞いた話では中将自らが天正と口に出したのだという。兄は知らぬらしい。

女官が戻って来た。兄と私の前に白湯を置く。席を外す様に命じた。女官が立ち去るのを見届けてから兄が白湯を口に運んだ。

「帝も御喜びじゃ」

「はい」

「武家の棟梁ならば天下静謐の任を果たす事で天下に安寧を齎《もたら》すのが役目、だが足利にはそれが無かった。むしろ好んで乱を起こした。それによって朝廷がどれだけ困窮したか……」

兄の口調が苦い。足利は弱く、そして無責任な天下人だった。その事は朝廷に関わる人間なら誰もが身に染みて知っている。

「帝が中将に天下静謐の任を与えたのもそれ故じゃ。此度公方が愚かにも洛中で騒乱を起こした。帝は酷く御怒りじゃ。そして改めて中将に武家の棟梁として朝廷を守れ、天下に静謐を齎せと命じられた。天正は帝のその御心に応えたものだと皆が見ている。見事なものよ」

兄の言う通り、見事だと思う。元号は天下に伝えられ皆が使う。天正に込められた意味を知れば中将が足利に代わる天下人の座を目指し始めたと誰もが理解するだろう。

「公方様は反発しましょうな」

「そうでおじゃろうな、元亀の元号を使い続けよう。毛利も元亀を使う筈じゃ。だがそれは朝廷に対する反逆を意味する。中将にとっては公方を、毛利を討つ大義名分となる」

「……」

「ま、毛利もそんな事は百も承知の事でおじゃろう。朽木と毛利の戦いもこれからが佳境でおじゃるの」


元亀五年（一五七七年）　七月上旬　　安芸国高田郡吉田村　　吉田郡山城　　小早川隆景

「では改元が有ると？」

「はい、近江中将様が改元を要請され新たな元号は天正と決まったそうにございます」

私が問いに答えると右馬頭が〝うーむ〟と唸った。

「静謐は天下の正たりでございましたな。なかなか良い元号でございます。まあ、元亀は公方様が決められた元号です。朝廷としては一日も早く捨て去りたいのでございましょう」

坊主頭を擦りながら皮肉を帯びた口調で言ったのは恵瓊だ。兄が睨んでいるが気にする素振りも無い。気付いていない筈は無いのだが……。

「公方様は使うまいな。元亀を使い続ける筈だ」

兄の言葉に恵瓊が〝それはそうでしょう〟と言った。

「使えば中将様を武家の棟梁と認める事になります。それに、フフフ、……改元はあのお方が将軍として行った唯一の事でございますからな。簡単には捨てられますまい」

兄が〝口を慎め！〟と恵瓊を叱責すると恵瓊が軽く頭を下げた。

「それで、如何なされます」

恵瓊が右馬頭に問い掛けると右馬頭は困惑した様な表情を見せた。はてさて、困ったものよ。右馬頭の察しの悪さを責めるべきなのか、前提を省く恵瓊の質問が悪いと責めるべきなのか……。

「殿、恵瓊は改元が為された場合、新たに定められた天正を使うのか、それとも元亀を使い続けるのかと訊ねております」

助け船を出すと右馬頭の表情が更に困惑を深めた。

「使わぬわけには行くまい。我らは公方様を担ぐのだ」

「私もそう思う。恵瓊よ、何か有るのか？」

兄と右馬頭の言葉に恵瓊が軽く一礼した。

「元亀を使うという事は朝敵になるという事でございます。天正を使えば朝敵にはなりませぬ。朽木のやりように不満が有るから敵対するが朝廷に敵対する意志は無いと表明する事になります」

「公方様は面白くは思うまい。恵瓊よ、諸大名の力を結集するには公方様の御力が要るのではないか？」

右馬頭が首を傾げている。

「さて、問題はそこでございます。公方様の御力で何処まで諸大名が我らに協力するのか……」

恵瓊の言う通りだ。三好、松永、内藤が此方の味方に付く事は無い。となれば……。

「期待出来るのは龍造寺、島津ぐらいのものか」

「左衛門佐様の仰られる通りにございます。大友の抑えには役に立ちましょうが朽木への牽制には使えませぬ」

兄が渋い表情をした。

恵瓊は公方が余り対朽木戦の役には立たぬと見ている。朽木が相手となれば朝敵になるのは危険が大きいと見ているのだろう。

「恵瓊の危惧は分かる。しかし島津、龍造寺が大友を抑えてくれればその分だけ我らは戦力を朽木に集中する事が出来る。元亀を使わねば公方様は我らに不信を抱こう。そうではないか？」

兄の言葉に恵瓊が右馬頭に視線を向けた。右馬頭が頷く、それを見て恵瓊が頭を下げた。

「ところで公方様はこの事、御存じかな？　報せた方が良いか？」

右馬頭が小首を傾げている。

「それには及びますまい。公方様は京にはそれなりに親しくしている者が居りましょう。その者達から報せが届く筈でございます」

恵瓊が答えると右馬頭が〝そうだな〟と言って頷いた。

話が終わり右馬頭の前から下がった。後ろを歩く恵瓊に声を掛けた。

「恵瓊よ、あれは本心か？」

「本心とは何だ、左衛門佐」

「公方様に報せる事は無いと言った事でございます、兄上。恵瓊は京から報せが届くと言いました」

隣を歩く兄が足を止めた。自然と私も足を止め恵瓊も足を止めた。

「如何なのだ、恵瓊」

再度問うと恵瓊が頭をつるりと撫でた。

「京から報せが来れば良いと思いますぞ。京に公方様を気遣う者が居るという事ですからな。情報を得る事も出来ますが朝廷への働きかけも出来ましょう」

「来なければ？」

「……毛利は役に立たぬ、屑札を朽木に押付けれたという事でございます」

「……」

兄が私を見た。頷く事で答えると兄が大きく息を吐いた。そして〝厳しいの〟とポツンと呟いた。


元亀五年（一五七七年）十一月中旬　備後国沼隈郡鞆村　鞆城　上野清信

「改元だと！　元亀を変えると言うのか！」

公方様が声を荒らげた。

「そのようでございますな。新たな元号は天正との事にございます。来月には行われるとの事ですから元亀は五年で終わりとなります」

事も無げに答えて恵瓊がつるりと頭を撫でた。この坊主のこの仕草、癪に障るわ！

「何時決まったのだ！　予は何も知らぬぞ！」

「何でも今年の六月頃には決まっていたそうで」

幕臣達の間からざわめきが起こった。皆が顔を見合わせている。今はもう十一月中旬、半年も前に決まっていたとは……。

「大膳大夫がそれを強請《ねだ》ったと言うのか！」

「さて、愚僧はそこまでは存じませぬ。ですが朝廷が近江中将様と……」

「大膳大夫じゃ！」

公方様が声を荒らげた。胸を喘がせている。御労しい事だ。

「大膳大夫でさえ僭越だというのに近衛中将など予は認めぬ！　予は認めぬぞ！」

「これは御無礼を致しました」

恵瓊が一礼しまた頭を撫でた。

「朝廷が大膳大夫様と相談し大膳大夫様が天正を選ばれたという事は存じております。改元を望まれたのが朝廷なのか、近江中将、いや大膳大夫様なのかは分かりませぬ」

「……」

「静謐は天下の正たり。老子でございますな、そこから取ったと聞いております」

シンとした。静謐は天下の正たり、天下静謐の任を委ねられた自分こそが正義であると言うのだろう。小賢しい！

「それで、毛利家は如何なされるのかな？　天正を使われるのか？」

私が問うと恵瓊がチラリと私を見てから公方様に視線を戻した。

「毛利家は公方様に従いまする」

公方様が満足そうに頷かれた。

「元亀、天正、いずれを選ばれようとも構いませぬ」

「元亀じゃ！　天正など有り得ぬ！」

公方様が叫ばれると皆が頷いた。

「朝敵となりますが宜しいのでございますな？　場合によっては将軍職の剥奪も有り得るかと思いますが」

恵瓊が周囲を見渡した。

「……」

「分かりました。公方様は元亀をお使いになると戻って右馬頭に伝えまする」

恵瓊が一礼して立ち上がろうとした時、三淵大和守殿が〝恵瓊殿〟と声を掛けた。恵瓊が座り直した。

「はて、何でございましょう？」

「毛利家では何時頃改元の事を知ったのかな？」

シンとした。皆が顔を見合わせている。恵瓊が思い出そうとするかのように宙に視線を向けた。

「そうですなあ、あれは未だ暑くなる前の事だったと記憶しております。となると七月になる前には知ったのかもしれませぬ」

七月になる前？　改元が決まったのは六月、では改元が決まると直ぐに知ったという事か。

「恵瓊殿、何故我らには報せが無いのかな？」

一色宮内少輔殿が問うと恵瓊がつるりと頭を撫でた。

「さあ、何故でしょうなあ。愚僧にも分かりかねます」

「とぼけられるな！　毛利家の事であろう！　その方が知らぬという事が有るか！」

宮内少輔殿が声を荒らげると恵瓊が声を上げて笑い出した。大きな頭がぐらぐらと揺れている。いっそ転げ落ちれば面白いものだが。

「何が可笑しい！」

「いや、これはとんだ勘違いを致しました。愚僧は京から何故報せが無いのかと問われているのだとばかり……、ハハハハハハ」

「……」

恵瓊が笑うのをやめた。もっとも顔は笑みで崩れている。

「我らは公方様の許には昵懇にしている方から報せが来るものと思ったのでございます。それこそ我らよりも詳しい情報が来るだろうと。何と言ってもこれまで京に居られたのですからな。それ故御報せする事も無いと判断した次第にございます」

「……」

「しかし、報せが無かったとすると中将様、いや大膳大夫様の締め付けは随分と厳しいようでございますな。困った事で……」

「……」

「今後は如何致しましょう?」

恵瓊が我らを見た。

「恵瓊殿、我らは協力して朽木と戦う。何か分かればどんな些細な事でもお報せ願いたい」

三淵大和守殿が答えると恵瓊が頷いた。

「分かりました。そのように致しましょう。何よりも協力する事が大事ですからな。では愚僧はこれにて失礼致しまする」

恵瓊が去ると公方様が不愉快そうに〝無礼な〟と吐き捨てた。

「敢えて報せなかったのでございましょう」

「如何いう事か、大和守」

公方様の問いに大和守殿が一つ息を吐いた。

「京の公家達にどの程度我らの味方が居るか、居るとすればどの程度朝廷を動かす事が出来るのかを計ったのだと思いまする」

公方様を始め皆が渋い表情をした。

挙兵は計画が漏れるのを避けたため公家達には報せなかった。それも有ってこの場には幕臣だけしかいない。後から来る方が居るかと思ったが未だ誰も公方様の許に馳せ参じていない。せめて音信だけでもと思うのだがそれも無い事が今回の一件で分かった。京の公家達は当てにならない。二条様でさえ我らを見限ったのだ。あの連中は貧しい、大膳大夫めの銭に眼が眩んだのであろう。

「此度の改元の事を考えると余程に状況が好転せぬ限り、京の公家達が我らに協力する事は有りますまい。となれば我らは毛利のために大友を何とかしなければなりませぬ」

「うむ。大和守の申すところ、道理である。龍造寺と島津を動かそう」

公方様が大きく頷かれた。

「それと京の公家達にも文を出し続ける事が肝要にございます。こちらが有利になった時、公家達が動き易い様にしなければ……」

「そうじゃな。それと織田じゃ。大膳大夫が欲心を露わにした今、織田は面白くあるまい。織田を動かす。さすれば上杉も動く」

公方様の言葉に皆が頷いた。朽木は強大だが天下には朽木の強盛を面白く思わぬ大名が数多居るのだ。それらを糾合《きゅうごう》すれば必ず朽木を倒せる筈だ。


元亀五年（一五七七年）十一月中旬　備後国沼隈郡鞆村　鞆城　安国寺恵瓊

役に立たぬわ……。鞆城の廊下を歩きながら思った。今の今まで改元の事を知らぬとは……。あの連中は京に何の手蔓《てづる》も無いのだ。将軍として京に居たというのに何をしていたのか……。予は何も知らぬと息巻いていたが朝廷から報せが来ないのは当然だろう。あの室町第の中に閉じ籠って自分が将軍だ、自分こそが武家の棟梁だと騒いでいただけなのだろうな。そして役にも立たぬ文を大名達に出していたのだろう。

弱い者ほど耳敏《ざと》くなければならぬ。そのためには様々な手蔓が必要なのにその事が全く分かっていない。本来なら事有るごとに公家と接触し朝廷に自分の味方を作るべきだった。それが出来ていれば今回の改元を知る事は難しくなかった筈だ。一番大事な事が出来ていない。それが出来ているのが朽木だ。耳敏く銭を惜し気も無く使い公家、商人に強い影響力を持っている。京で足利が朽木に敗れた筈だな。

多分、自分は将軍であり大名達は自分に従うのが当たり前と思っているのだろう。だから周囲の状況を無視した自分勝手な思いだけで動く。三好左京大夫を殺してしまったのがそれだ。あれで松永、内藤も足利から離れた。全く、余計な事をしてくれた。

あれでは中将様のために畿内の邪魔者を消したようなものではないか。おかげで朽木の侵攻が早まったわ。あのお方の利用価値も半減、いや皆無に等しい……。もっとも本人はそうは思っていないだろう。恩着せがましく島津、龍造寺を使って大友を牽制する、毛利を助けると考えていような。

「笑止な事よ、屑札の分際で」

思わず失笑が漏れた。大膳大夫か、近衛中将を認めぬと叫んでいたな。見苦しいわ、認められていないのは自分であろう。京では悪御所と呼ばれていた事を知らぬと見える。いや、分かっているのかもしれぬな。将軍職の剥奪も有り得ると脅した時、眼が泳いでいた。公方だけではない、幕臣達もだ。誰かその可能性を指摘するべきであろうにそれが出来ない。あそこに居るのは事有るごとに自分こそが将軍であると騒ぐ公方と阿諛追従《あゆついしょう》しか出来ぬ取り巻きだ。到底役に立たぬ。いっそ本当に剥奪されれば面白いのだが……。

なまずえファミリー①

基綱の三代目近習だった
鯰江左近定春
10代
スピッツ似
ブルちゃんの孫
左近の父・基綱のイトコ
鯰江満介貞景
30代
ボルゾイ似
ブルちゃんの長男
左近の叔父・同
鯰江小次郎氏秀
30代
ドーベルマン似
ブルちゃんの次男
そして基綱の義伯父《おじ》
鯰江備前守為定
50代
ブルちゃ〜ん
ぷるるる〜ん
誰一人として備前守に似ていないのであった

犬ばっかりの一族。(担当氏コメント)

なまずえファミリー②

鯰江備前守に嫁いだ基綱の伯母
照
50代
アフガンハウンド似
DNA強い
照伯母はとにかく弟たちから恐れられる姉で
すぐ下の嫡男である晴綱よりも男勝りだったらしい
晴
藤
男勝り…
じゃあ鯰江の義伯父御《おじご》との縁談が上がった時は大変だったんじゃないか？
いえ殿… その逆です
逆？
藤
照姉上の一目惚れなんです……
きゃーッ♥
カワイイ
カワイイ♥
日の本一のカワーイさ♥
たぷたぷたぷ
ぎゅうううう

照さんの愛が重い(笑)

コミカライズ出張版おまけまんが。

早いものでこの出張版おまけまんがも4回目となります。どうもありがとうございます!! もとむらえりです。

こちらのネタはコミカライズ版よりも先取りで、まだ漫画に出て来ていないキャラも出て来ております。ネタは本編からふくらませていますが、私の妄想(?)も多分に入っておりまして…、イスラーフィール先生の広すぎる懐に甘えて描かせていただいております…いつもありがとうございます!!! 本編に全くさしつかえないアレンジを、スパイスとして効かせてお届けしておりますコミカライズは現在六角編を執筆中です。こちらも併せてよろしくお願いいたします♥

2020.7.XX もとむらえり☆

がんばれ左近☆
くぅう～～ん

姉と弟

照さんが嫁ぐ時
すぐ下の弟晴綱は元服済みでしたが—
晴
下の弟四人はまだ小さくあまり照姉上の事を覚えていません
特にこの2人
宮内少輔晴綱…
朽木を頼みますよ
討ち死にと聞いた時は朽木はもうお終いだと思ったけれど…
晴綱は朽木を生かしてくれた
基綱を遺《のこ》してくれたのだから…
どうした照ご機嫌だな
何を仰います
照は日の本一のりりしい殿と一緒に居られて毎日ご機嫌ですよ♥

鯰江家は今日も平和です。

あとがき

お久しぶり、でもないですね、イスラーフィールです。
この度、「淡海乃海 水面が揺れる時～三英傑に嫌われた不運な男、朽木基綱の逆襲～八」を御手にとって頂き有難うございます。

五月に第七巻、六月にコミカライズ四巻、七月に異伝の第一巻、八月にこの第八巻と四カ月連続刊行です。そして異伝のコミカライズも始まり舞台のＤＶＤもあと一週間程で発売になります。うん、凄いです。忙しかったですね。でも良い仕事をしたなあと感慨に浸りたいところですが、何と！　帯にも書いて有りますが淡海乃海のボイスブック版が配信される事になりました。朗読は山口勝平さんと羽飼まりさんです。山口勝平さんは言うまでも無く有名な方です。ここで記す必要は無いでしょう。羽飼まりさんは宮部みゆき先生の『ソロモンの偽証』のボイスブックでも朗読をなされています。そしてテレビドラマ『キャッスル～ミステリー作家は事件がお好き』では主人公の娘、アレクシスの吹き替えをされています。自分はあの作品が大好きでしたので直ぐに〝ああ、あの声か〟と思い、嬉しくなりました。皆さんにも楽しんで貰いたいと思います。

さて、第八巻では朽木と毛利の戦いにとうとう決着が付きます。朽木の勢力は拡大し天下人としての基綱の地位はまた一つ強固になったように見えるのですが関東から東海にかけて大激震が走ります。そして新たな野心家が登場する。天下はまだまだ安定しないのです。基綱は西だけではなく東へも対応しなければならなくなる。そういう中で朽木家にも次の世代が登場してきます。どんな時代でも後継者の育成というのは極めて難しい。特に戦国時代ではあっという間に勢力の伸長に繋がります。基綱は天下の趨勢を睨みつつ後継者の育成にも力を入れる事になる。そして基綱の嫡男、堅綱は基綱の跡を継ぐという重圧に耐えられるのか？　天下人としての器量が有るのか？　少しずつその覚悟と器量を試される事になります。

今回もイラストを担当して下さったのは碧風羽様です。素敵なイラスト、本当に有難うございました。これからも宜しくお願いします。そしてTOブックスの皆様、色々と御配慮有難うございました。編集担当の新城様、今回もまた大変お世話になりました。皆様のおかげで無事にこの本を出版する事が出来ました。心から御礼を申し上げます。

最後にこの本を手に取って読んで下さった方に心から感謝を。

第九巻でまたお会い出来る事を楽しみにしています。

二〇二〇年七月　イスラーフィール

コミックス3話
試し読み

あふみのうみ
みなもがゆれるとき

朽木基綱

第三話
孫四郎《まごしろう》様 朽木《くつき》が将軍家を見捨てて 三好《みよし》家に付けば
筑前守《ちくぜんのかみ》様は 如何《いかが》思われますかな?
当然だが 御喜びになるだろう

しかし信用はしますまい
代々忠義を尽くしてきた足利家を裏切った
一度裏切った者が二度裏切らぬという保証はない
縁の薄い三好家など更に容易《たやす》く裏切るだろう
信用できぬ……
信を失った国人《こくじん》領主など結局は滅びるしかない
違いますか？
……

ここで攻められれば公方様《くぼう》を逃がし
敵わぬまでも一戦いたします
負けるでしょうな朽木村も失う
某《それがし》も生きているかどうか……
その後は生き残った者たちが如何《いかが》するか決めれば良い
将軍家に仕え続けるか
………
それとも義理は果たしたとして別の道を歩むか

どちらの道を選んでも朽木を責める声はありますまい
鎌倉以来代々受け継いできた朽木谷を失うまで忠義を尽くしたのですから
そしてそういう家ならば
どこの大名家でも召し抱えるのに不安は感じませぬ
喜んで召し抱えてくれましょう
………
はーーー
惜しいことだ
どうやら朽木家は三好とは縁がなかったらしい
本気で口説いたのだが……

心配は要《い》らぬ
朽木を攻めるようなことはせぬ
では
これにて御免
……
悪いな
信用云々は建前だ
三好はこれから徐々に下り坂になる
負け馬には賭けられん
くるり
ぱあああぁ…!!
うるうる
うるうる
がくー
…ダメだ
御爺は——

どーーん
さすがわが孫…!!
御爺二人きりで話がある
ずるずる
御爺の部屋
御爺
公方様の傍に三好に通じている人間がいるかもしれん
まさか
本当だ
ようやくまともになったか
三好孫四郎は例の一向宗《いっこうしゅう》の件
俺が策を立てたと知っていた

三好はそれを何処から知った？
岩神館は厳しく守られている外からは探れまい
となれば内から漏れた可能性がある
公方様が危ない!!
落ち着け御爺
落ち着け!
しかし
……!
間者《かんじゃ》が居ない可能性もある
騒げば危ない
間者がいれば自暴自棄になって公方様を襲いかねん
俺と御爺だけの秘密だ
…コクン
……

三好の狙いは
朽木だ
上手く行けば
公方様を
裏切らせて
三好に付かせる
それができずとも
朽木に内通の疑いをかけ
公方様との間を
裂こうとしたと
俺は見ている
なるほど
三好は
朽木が邪魔か

そうだ
公方様に
忠節を
尽くして
いるからな
目障り
なんだろう

だから
あんなことを
言ったか
心の臓が
止まるかと
思ったぞ

まあ三万は
ないな
朽木の百倍だ
已《や》むを得ん
ああ言わねば
朽木は疑われる

呆れた奴だ
あっはっはっはっ
御爺 京を三好から奪回するのは不可能だと俺は思う
御爺はそう思わんか？
……かもしれんの
六角も朝倉も頼りにならん
和睦《わぼく》を考えるべきだと思う
戦の準備をしつつ交渉を行う 和戦両様… 如何かな？
そうかもしれんが公方様がのう…
受け入れられまい
だけわがまるううう
ゆるじでぐれえええええ

ああああああん
そちのように力量に優れた者にとっては予のように無力な者に仕えるのは苦痛であろうと思ったのじゃあああ…ふぐっ
みっみっ三好ならそちを十分に厚遇するに違いないとっそちが予を見捨てるのではないかとぉおおぼっでっうええ
なんだこいつ
愚かなことをした
朽木の者が予を裏切るなどあろう筈がないのにすっすまぬっふぐっ許してくれぇえええ
鼻水を垂らすなよ…！
いやいやいやいや
数え十八歳の若者が数え六歳の子供に泣きながら抱き着くっておかしいだろ

ないわないわないわ～
わぁあん
わあぁん
わあああん
ドン引きだわこれ
竹若丸
そちにこれを授けよう
九州の大友家から贈られたものの写しじゃ

ありがとうございます
おすそわけがオイシイよな
詫びのつもりかな鼻水の
火薬の秘伝書か…まあ火薬の作り方なんて知ってるけど…
火薬作りか……
二月
公方様は義藤《よしふじ》から義輝《よしてる》に改名した
これでようやくしっくりきたわ
四月
今川《いまがわ》 北条《ほうじょう》 武田《たけだ》が手を結んだ
甲相駿《こうそうすん》三国同盟である
上杉
武田
北条
今川
これにより越後の長尾《ながお》家は関東管領山内上杉《やまのうちうえすぎ》家を助けるべく
信濃で武田 関東で北条と戦うこととなる

寂しいのぅ
はあ・・・
六角・朝倉は頼りにならず弾正《だんじょう》も頼れぬか
その方がせめて近江の北半分でも持っておればのぅ
どれほど心強いか……
西山城
殿!?
どうなさったのですか突然
竹若丸の大叔父
朽木蔵人《くらんど》惟綱《これつな》

伴《とも》は
五郎衛門《ごろうえもん》のみか!?
いくら
朽木城と
左程離れていない
とはいえ
不用心すぎるぞ!!
俺が頼んだ
大叔父上
二人だけで
話したい
内密に
公方様から
『鉄砲薬之方并調合次第《てっぽうやくのかたならびにちょうごうしだい》』
をもらった
大叔父上も
御存じだろう

はい 知っております
火薬は 硫黄 炭 硝石 から作る
割合も 分かった
そして朽木には 温泉があるから 硫黄と炭は 問題ない
となると 問題は 硝石で ございますな
うん
鉄砲は高価だ …朽木には鉄砲鍛冶が いるにはいるが…
火薬は更に 値が張る
これからの戦は 金がかかる 金のない大名は 滅ぶ
竹若丸は その金を 作り出すことが できる——
…硝石は 買うという 手もあるが
作ろうと 思う
!!?!
作れますのか!?
作れる
これじゃ

ヨモギ
人馬の糞尿
真にこれで作れますのか？
作れる
椎茸や石鹸と同じだ
時間はかかるがそれほど難しくはない
これを西山でやって欲しい
内密にな
西山で…!?
朽木では作りませぬのか？

朽木は人の出入りが多い
なるほど…
誰にも知られたくないということか…
まさか――
御隠居様はこの件御存じで？
知らぬ
御爺に言えば岩神館に漏れかねん
だからここに来た
…間者の件案じておいでですか
！
知っているのか
…言うなと言ったのに…

いえ御隠居様が悩んでおいででしたので無理に聞き出したのです
……
御隠居様も某に話して心が軽くなったようです
御爺は足利に甘すぎる
はぁ…
……!

大叔父上は俺が足利と呼び捨てたことが不満か？
不満というより…驚きましたな
殿は知勇兼備《ちゆうけんび》の忠臣と言われておりますから
誰のことだよ!!
俺じゃねえぞ!
……もし硝石を朽木が作っていると周囲に知れたら皆が朽木を狙うだろう
朽木には鉄砲と火薬があるのだ
公方様も幕臣どももそれは同じだ
朽木を支配することで軍事力の強化を目指し
将軍の…幕府の権威を取り戻せるからだ

そして
朽木は小さい
潰し
易いのだ
…
なるほど…
正直
硝石を作ることには
抵抗があった
一つ間違えれば
朽木は滅びかねん
だが朽木は
少々名を
売り過ぎた
朽木の財力や
京への近さは
三好に目を
付けられた
他も
注視している
筈だ
朽木を取り巻く
環境は厳しい

今は公方様がいるから露骨に攻めようとする者はおらん
せいぜい三好が嫌がらせをするくらいだ
なるほど
しかし京へ戻れば危ういと思う
口惜しいが朽木の身代は小さく兵が少ない
となれば装備を充実させることで補うしかない
鉄砲はその一つだ
鉄砲に頼る以上火薬に不安を覚えるようではいかん
…どうしても硝石を作らざるを得ん
…朽木に繁栄をもたらした当人である六歳の童子が将来を悲観している…
今朽木にここまで考えている者がいるだろうか？
やはりこの御方こそが朽木の領主なのだ

わかりました
この西山で硝石を作りましょう
皆には新しい肥料を作っているとでも言っておきまする
済まぬ
硝石ができるまで四年から五年はかかる筈——
御爺にはできた時点で話すつもりだ
七月
放て!!
ドドドドン

ヒヒヒヒーン
相変わらず馬は駄目か
以前よりは良くなった多少は慣れたのだろう
それより御爺弾が上に逸れたぞ
弾が上に逸れた！もっと良く狙え！
五郎衛門はわかっているようだな
そうでなければ困る
鉄砲隊を任せたのだから
鉄砲隊は左門がやりたがっていたが？
左門
五郎衛門の息子
あれには槍隊を任せる

竹若丸殿
調練に立ち会わせて
もらった身で聞くが
その人選は
何故かな？
細川《ほそかわ》兵部《ひょうぶ》大輔《たいふ》藤孝《ふじたか》
理由は
特に
ありませぬ
強いて言えば
老練な
五郎衛門のほうが
良いと
思っただけです
左様か
確かに
そうだが…
構えて！
よーく
狙え
放て！

鉄砲は威力はありますが準備に時間がかかりますな
戦場《いくさば》で役に立ちましょうか
準備の間に敵が攻め寄せてくるのでは
五郎衛門！三人一組！
はっ
放て！
あれは何の調練でござろう

狙い撃ちでござる
狙い撃ち？
左様
籠城の折は三人一組にて寄せ手の侍大将《さむらいたいしょう》や物頭《ものがしら》を狙う
確実に殺す
それは……

卑怯とお思いですか兵部大輔様
所詮戦など人殺し
ならば体裁など如何でもよろしい
卑怯と言われようが汚いと言われようが勝つ
それだけのことでござりましょう

――……!!
こ…
この幼児は…!!
やはり只者では無い…
あ…
あっ…
ああ…
あっあっあっあっ…!

暑い!!
暑くて眠れん!!
そろそろ組屋に新米の買い付けを頼まなければ
豊作の所があれば良いが
清酒の製造所を増設したほうがいい
椎茸の栽培場所も増やす必要がある…
あとは綿糸だな
琵琶湖や若狭《わかさ》の船頭たちが欲しがっていると…
船の帆にするらしいが生産量が少ないんだよな…
もっと領地が広ければな……
起きておいでかな?

……声？妙だな
隣の部屋には宿直《とのい》が居るんだが…
宿直《とのい》の者は寝ており申す
…ずっと寝たままか？
御安堵あれ 朝になれば眼を覚まし申す
何の用だ 夜中に押し入るとは穏やかではないぞ

御無礼はお許し下され
某は黒野《くろの》重蔵《じゅうぞう》影久《かげひさ》と申す
朽木竹若丸だ
で 何の用だ？
されば
我らくらま流忍者百五十名一族総勢四百名を
朽木家で雇って頂けないものかと

[著] イスラーフィール。
[絵] 碧風羽《みどりふう》
最新第九巻
2020年冬
発売予定!

淡海乃海
水面が揺れる時
あふみのうみ
みなもがゆれるとき

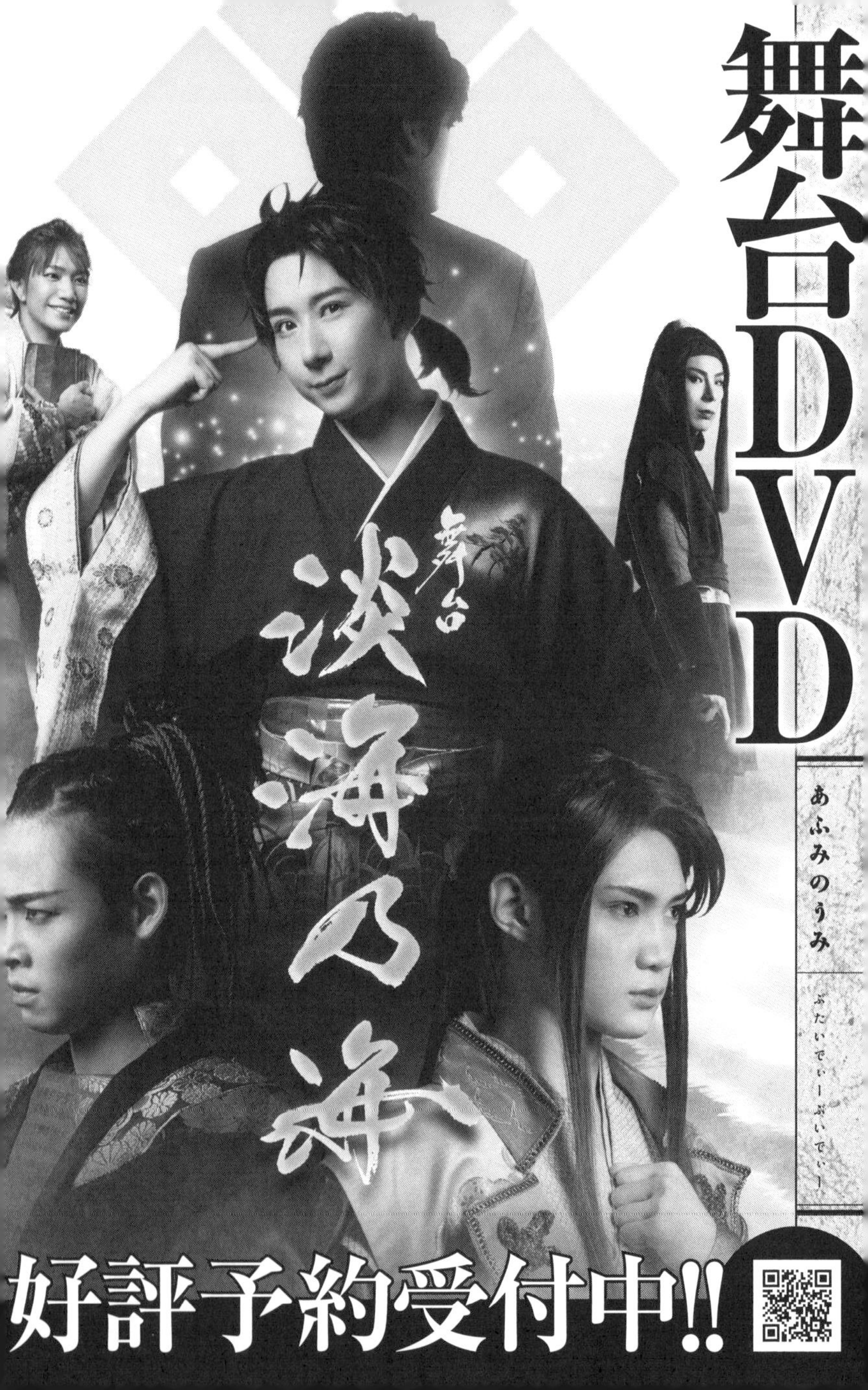
舞台DVD
ぶたいでぃーぶいでぃー
舞台
淡海乃海
あふみのうみ
好評予約受付中!!

発売決定！
特典映像&
原作 イスラーフィール
書き下ろし
SS付き
!!
収録時間：240分予定
価格：3800円（税別）
発売時期：2020年8月28日!
TOブックスオンラインストアにて

TOブックス
そなたと
を目指す！
コミカライズ企画も進行中！
（電子書籍を含む）
シリーズ累計
30万部突破！

天下を目指したい――
異伝 淡海乃海
羽林、乱世を翔る
いでん あふみのうみ
一
著 イスラーフィール
絵 碧風羽《みどりふう》
好評発売中!
公家に転生した基綱が信長と共に天下

楽しい船遊びから一転、
はぇ……
……？
寝起き

無人島で遭難!?

そして明かされる
呪いの盟約とは――

第三部「月と星々の新たなる盟約」へ突入！

ティアムーン帝国物語V
断頭台から始まる、姫の転生逆転ストーリー

TEARMOON EMPIRE STORY

餅月 望――著
Gilse――イラスト

2020年秋発売！

淡海乃海《あふみのうみ》　水面が揺れる時
～三英傑に嫌われた不運な男、朽木基綱の逆襲～八

2020年9月1日　第1刷発行

著　者　イスラーフィール

発行者　本田武市

発行所　TOブックス
〒150-0045
東京都渋谷区神泉町18-8　松濤ハイツ2F
TEL 03-6452-5766（編集）
0120-933-772（営業フリーダイヤル）
FAX 050-3156-0508
ホームページ　http://www.tobooks.jp
メール　info@tobooks.jp

印刷・製本　中央精版印刷株式会社

ISBN978-4-86699-023-1